上海师范大学"上海市高水平地方高校建设计划"资助

顾问　陈思和　主编　朱振武

第二辑
书海摆渡

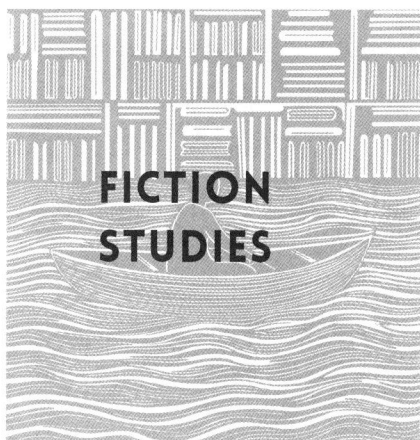

小说研究

莫言题

上海文艺出版社
Shanghai Literature & Art Publishing House

目 录 | CONTENTS

名品研究

小说现场　《云落》

新著评介

理论的"式微"与小说批评的走向

朱振武

▶ 主编的话

上海师范大学　外国文学研究中心

特里·伊格尔顿（Terry Eagleton）在《理论之后》（*After Theory*）中说："文化理论的黄金时代已成过去。"[1] 理论真的过去，或者该过去吗？理论是社会实践的总结，只要有文艺创作，就会有理论不断诞生，因此，只有过时的理论，没有不产生理论的时代。

一、自说自话的小说批评

在西方人说到理论的终结时，我们很多人也会跟着"起哄"，殊不知，眼下正是到了我们总结和建构理论的时代。我们至少应该对过去 100 多年的文学艺术实践做全面总结，更应该对当下和今后的艺术创作提出理论指导，而不是仰人鼻息，人云亦云。伊格尔顿理论的两个重要话语背景就是西方马克思主义和英国本土的文化研究传统，而中国马克思主义和中国本土文化研究传统不正应该是我们文学艺术批评相关理论的基础吗？

其实，各民族间的文化发展都有相似性，小说批评也不例外。殷企平等人在《英国小说批评史》中，把英国小说批评分为萌芽时期、成熟时期、繁荣时期和反思创新时期[2]，这是很符合实际情况的。中国的小说批评也曾经历了规模化、理论化、功利化和科学化四个阶段，并先后出现了明代中叶到明末、清初到清中叶、戊戌变法前后和 20 世纪初期四次勃兴。[3]

说到英国小说批评家及其理论贡献，我们的外国文学学者，特别是外国文学批评家们，可能倒背如流，如数家珍，从笛福（D. Defoe）、理查

---

1 Terry Eagleton, *After Theory*, London：Penguin, 2003, p. 1.

2 殷企平、高奋、童燕萍：《英国小说批评史》，上海：上海外语教育出版社，2001 年。

3 朱振武：《中国通俗小说批评的四次勃兴》，《上海师范大学学报（哲学社会科学版）》1995 年第 4 期，第 129—137 页。

逊（S. Richardson）讲到菲尔丁（H. Fielding）；从小说的道德功能讲到詹姆斯（H. James）、王尔德（O. Wilde）的理论贡献；从攀登美学阶梯的福斯特（E. M. Forster）讲到福特（F. M. Ford）、康拉德（J. Conrad）、伍尔夫（V. Woolf）、乔伊斯（J. Joyce），再到分别提出"小说三要素"的劳伦斯（D. H. Lawrence）和鲍温（E. Bowen）；从李维斯（F. R. Leavis）的反理论和克莫德（F. Kermode）的终极关怀讲到默多克（I. Murdoch）、威廉斯（R. Williams），再到布雷德伯利（M. Bradbury）的小说诗学和洛奇（D. Lodge）的小说理论。

说到当代美国小说批评理论，我们也一下子能想到很多，布斯（W. C. Booth）的修辞性小说美学、普林斯（G. Prince）与查特曼（S. Chatman）的结构主义叙述理论、希利斯·米勒（J. H. Miller）的现象学批评与解构主义小说理论、肖沃尔特（E. Showalter）的女性主义小说理论、盖茨（H. L. Gates）与贝克（H. A. Baker）的黑人美学及其小说理论、詹明信（F. Jameson）与赛义德（E. Said）的文化研究和小说理论建构。[1]

至于我国的小说批评，从事中国古典小说研究的学者对其中的代表人物自然是了若指掌，可以娓娓道来，从明代的李贽、焦竑、汤显祖、袁宏道、冯梦龙、凌濛初等一大批人，数到清代的金圣叹、毛宗岗、"天花藏主人"、张竹坡、脂砚斋、冯镇峦，以及民国的金丰、刘廷玑、蔡元放、"闲斋老人"、王希廉、哈斯宝等人，一口气能说出几十个人名。至于批评形式，则能从序跋、笔记等，一口气说到回评、凡例、读法、眉批、弁言、题辞、论赞、杂说、例言等。[2]

平心而论，我们的外国小说研究者对中国古代小说批评却知之甚少，同样，从事中国古代小说研究的学者对外国小说理论也少有问津。我们迫切需要精通中外双语乃至多语文学文化、能够跨越中外小说沟壑的学者。打通中外，纵观古今，突破窠臼，挣脱藩篱，促进小说繁荣发展，实现小说创作和小说研究的多样性，这应该是小说批评当下和未来的责任。

二、心同此理的小说批评

1990 年，中国社会科学院外国文学研究所把西方的《小说技巧》（*The Technique of the Novel*）、《小说面面观》（*The Aspects of the Novel*）、《小说结构》（*The Structure of the Novel*）三本书合成一本书，遂成了《小说美学经典三种》这本影响至今的小说美学译著。译者之一的方土人先生在译本前言中说，三位作者"都是从西方小说发展史出发，就俄、法、英、美、德等国影响较大的一些小说家及其代表作，对小说艺术加以比较有系统的分析，也都是试图对小说艺术

---

1 程锡麟、王晓路：《当代美国小说理论》，北京：外语教学出版社，2001 年。

2 朱振武：《论明代中叶到清代中叶通俗小说批评的美学特色》，《明清小说研究》1996 年第 2 期，第 22—30 页。

的特殊规律做出小说美学理论的初步概括"[1]。这话说得非常精准，但同时也让我们清楚地看到西方学者的关注重心和审美阈限。

珀西·卢伯克（Percy Lubbock）的《小说技巧》实际上是为亨利·詹姆斯的小说创作理论与实践，特别是为他的《小说艺术》（"The Art of Fiction"）那篇著名论文，所做的评论或注释。福斯特的《小说面面观》是公认的西方小说美学的奠基之作，提出了著名的"扁形"人物与"浑圆"人物之说，尽管他提出的"历史在发展，而艺术却岿然不动"[2]的假设很快就遭到了像伍尔夫这样的名家的质疑。《小说结构》的作者埃德温·缪尔（Edwin Muir）则重在探讨小说的各种样式及其规律，如把小说分为人物小说、戏剧性小说以及纪实小说等。[3]这三本书在20世纪20年代先后问世，标志着西方小说美学的首次崛起。

西方小说在100多年的时间里在世界文学中占据的压倒性地位是毋庸置疑的，其影响之深远也是无可争议的。中国小说批评也取得了很大成绩。以序跋、评点为主要形式的我国通俗小说批评，到明代中叶掀起了小说批评的第一次勃兴。清代初期至清中叶，出现了不少小说批评大家。金圣叹、张竹坡、脂砚斋等人的典型化理论，尽管当时还没有出现"典型"一词，包含的内容非常丰富，几乎涉及了后人所说的典型化理论的各个方面，和写实理论一起，构成了这一时期小说批评理论的特色，成为通俗小说批评第二次勃兴的显著标志。[4]

这些小说批评活动发生在三五百年前甚至更久远的中国，但我们无意做孰先孰后的比较，而是说，各民族都有自己的审美活动，虽然不尽相同，但是可以相互沟通的，是可以互补的。人同此心，心同此理。钱锺书的十六字说得好：东海西海，心理攸同；南学北学，道术未裂。小说创作和小说研究，特别是小说美学研究，同样适用这个道理，学界本来就是一个应该互学互鉴的多样性共同体。但这些年来，有的学者似乎有意无意间在小说研究领域内筑起了一堵堵高墙。研究中国小说的，不研究外国小说；研究中国小说批评的，不研究外国小说批评；研究古代的，不研究现当代；反之亦然。当然，有些人有时也想翻越这一堵堵高墙，但这需要跨界、跨学科和跨领域的研究能力。

可以说，实现区域与国别的跨越、民族与文化的跨越、语种与类型的跨越，构建文学研究共同体，实现各民族间的文明互鉴，是中国文学"走出去"的真正目的。

1 方土人：《西方小说美学的首次崛起——〈小说美学经典三种〉中译本前言》，载卢伯克、福斯特、缪尔《小说美学经典三种》，方土人等译，上海：上海文艺出版社，1990年，第2页。

2 E. M. Forster, *Aspects of the Novel*, New York: Harcourt Brace and Company, 1927, p. 39.

3 卢伯克、福斯特、缪尔：《小说美学经典三种》，方土人等译，上海：上海文艺出版社，1990年，第343—413页。

4 朱振武：《中国通俗小说批评的四次勃兴》，《上海师范大学学报（哲学社会科学版）》1995年第4期，第129—137页。

三、呼唤中国学派的小说批评

在物质生活已经相对充盈的当下，人们越发需要精神上的慰藉和心灵深处的抚慰，需要在生活中实现对他人的认知和与他人的共鸣，需要找到情感的寄托和精神的皈依，而小说恰恰能够使这一切成为可能。当下的人们更需要阅读，更需要小说，更需要小说美学，否则，往近了说，《达·芬奇密码》（The Da Vinci Code）和《哈利·波特》（Harry Potter）也不可能畅销20年，成为一种文学现象；往远了说，四大名著和世界文学等经典也不可能穿越时空，曹雪芹和巴尔扎克等文学巨匠也不可能跨洋过海，进入世界各地的寻常百姓之家，成为无数人的难忘记忆。

正如前面所说，同许多经典文艺理论一样，《小说美学经典三种》也都出自西人之手，描述西人创作经验和读者反应。这同时也暴露出其不足之处，即缺少世界眼光和全球视野，缺少东方经验和比较视域。这个短板正是今天的中国小说研究者们应补充的，北京大学叶朗的《中国小说美学》让我们概览了中国小说美学的演变与中国小说美学大师们的细腻精微。学术界和文坛还需要更多有文化自觉和批评自觉又熟稔中外文学文化的专家学者在小说美学领域开疆拓土。

可以说，世界文学应该包括所有国家和地区的文学，不能没有三千多万平方公里的非洲的文学，也不能没有拥有五千多年文明史的中国的文学。的确，没有外国文学或者翻译文学，中国的现代，特别是当代文学，就绝不是现在这种表现形态或方式，但这不等于说中国文学这些年来只是单向接受，对世界文学没有贡献。文化需要多样性，文明互鉴需要文学，也需要中国文学，我们呼唤中国学派，呼唤中国学者的责任和担当。当下，我们需要打破中外藩篱，实现古今融通，进行跨域结合，摆脱西方理论桎梏，实现话语自觉和理论自觉，促进文明交流互鉴，提出具有中国特色的小说批评和小说美学理论。

热点摭谈

"中外文学研究在全球科技化背景下的
新挑战与新方向"笔谈

编者按：

2024 年 10 月 28 日，"郑克鲁、孙景尧、黄铁池纪念文集发布会暨中外文学研究存在问题与当下任务高峰论坛"在上海师范大学徐汇校区举行。本次论坛由上海师范大学比较文学与世界文学国家重点学科、上海市世界文学多样性与文明互鉴创新团队主办，《中国比较文学》《上海师范大学学报（哲学社会科学版）》《小说研究》编辑部协办。论坛汇集了包括陈建华、聂珍钊、李维屏、吴笛、刘建军、曹顺庆、王宁、陈众议、查明建、宋炳辉、彭青龙、董晓、周敏、袁筱一、张帆、金雯、尚必武等国内中外文学研究的专家学者。在赓续文脉、致敬先贤的同时，各位学者面对全球科技化的趋势，对当下中外文学研究中存在的诸多问题进行了多方面、多角度的交流与探讨。编辑部根据现场讨论，将学者们较为集中讨论的热点问题汇集成笔谈，以飨读者。

语言文学作为精神文化主权

陈众议 *

　　说本国语言是一个国家的文化主权，这基本没有争议。每个现代国家都有自己的通用语言，规范地说，是写入宪法的通用语言。我国即将为国家通用语言文字修法，现《中华人民共和国国家通用语言文字法》中的通用语言文字为普通话和规范汉字，而我的建议是将"汉语"（普通话和规范汉字）改成中文。中文更具包容性，也更符合实际。第一，"汉语"是中华民族大家庭共同且重要的精神财富和文化创造。在西汉之前，中华民族并没有汉族或汉语的概念，它是对应匈奴等域外民族应运而生的。我们的语言文字规范则是在秦始皇统一六国之后才形成的。至于再后来，多元一体始终是中华民族生生不息的重要基础。废除"汉字"是五四时期一些激进的青年知识分子如钱玄同等的主张，他们认为汉字四四方方，阻碍了中华民族的发展。

　　连青年鲁迅也说过"汉字不灭，中国必亡"这样的话。但他很快意识到了中国的问题并不能归咎于汉字，于是在《阿Q正传》的序言中，对自己曾经的言论进行了检讨。第二，在几乎所有的外语中，除汉文化圈的语言外，中文和中国人往往是同一个词。

　　再说文学，倘使将语言比作体，那么文学就是魂。二者须臾不可分离，并铸就了一个民族国家的基本认同和情感共鸣。当我们有了《诗经》等古老的歌谣和三皇五帝[1]的神话传说时，我们的语言和文学就血肉难分、浑然一体了。此外，文学作为发展的加法，不同于其他学科，甚至不同于她的近亲，如史学和哲学。后两者一个追求历史真实，一个

* 陈众议，男，中国社会科学院学部委员，湖南师范大学特聘教授。主要研究方向：西语文学和比较文学。

[1] 三皇：燧人、伏羲、神农，这一说法出自《尚书大传》；伏羲、女娲、神农，这一说法出自《春秋运斗枢》；伏羲、祝融、神农，这一说法出自《风俗通义》；另有天皇、地皇、泰皇（人皇）等说法。五帝：太昊、炎帝、黄帝、少昊、颛顼，这一说法出自《吕氏春秋》；黄帝、颛顼、帝喾、尧、舜，这一说法出自《史记》《大戴礼记》。这些是目前相对通行的说法。

追寻终极真理。因此，二者随着时代的变迁不断否定或自我否定。举个例子，一个世纪前，无论是蔡元培等中国学人还是西方学界（当然主要是西方学界）都相信中国文化西来说。譬如，黑格尔在断言中国没有历史[1]的同时，还在其《哲学史讲演录》（*Vorlesungen über die Geschichte der Philosophie*）中否认中国存在哲学[2]。然而，讽刺的是，当马克思用历史唯物主义将黑格尔拥抱的唯心主义哲学雄辩扬弃的时候，哲学发生了革命性变化。马克思主义的经典理论不仅有悖于唯心主义主导的西方古典哲学体系，还以建立在存在和实践基础上的丰富的理论包容、发展了我国传统哲学，并化合、催生了以实事求是为内核的马克思主义中国化。而且，西方学界的中华文化西来说被仰韶文化、红山文化、殷墟文化等考古发现打破之后，中国的"史学转向"便不可阻挡。其中仰韶文化和红山文化的遗存于 1921 年被发现，殷墟于 1928 年开始发掘（尽管零散的甲骨碎片是 19 世纪末被大量采集的），继之而来的是良渚文化、二里头文化、河姆渡文化、三星堆文化等。与此同时，山顶洞人、蓝田人、元谋人化石等也于 20 世纪 30 年代至 20 世纪 60 年代被先后发现。因此，说中国文化西来或没有哲

学完全是西方中心主义的偏见。因为希腊文化受两河流域、古埃及和古印度文化的影响，所以他们便想当然地认为中国文化也应该是从西域传入的。

回到"文学如何是发展的加法"这个问题，则必须先对它有所说明：第一，文学经典往往既是历史的，也是现实的；第二，文学经典往往既是民族的，也是世界的。但需要注意两个问题，一个是"民族的就是世界的"。这个命题是鲁迅在答陈烟桥先生的信札中提出的，它是有前提的。最简单的例证便是《红楼梦》至今没有进入西方人炮制的世界经典文学谱系，连夏志清、马悦然（Göran Malmqvist）这样的汉学家都对这个谱系颇有微词。另一个问题是，并非所有文学都可以被相加，大多数只不过是累积起来的庞大的分母而已。因此，我强调的是文学经典。用著名心理学家阿瑞提（S. Arieti）的话说，如果没有哥伦布，总会有人发现美洲；如果没有伽利略、法布里修斯、谢纳尔、哈里奥特，也总会有人发现太阳黑子。[3] 但奇怪的是，如果没有艺术家，又有谁能创作出那些精美绝伦的艺术作品呢？同理，如果没有莎士比亚，又会有谁来创作《哈姆雷特》（*Hamlet*）呢？倘使把这个问题换作：如果没有曹雪芹，又有谁会来创作《红楼梦》呢？这本南北、满汉文化交融，宫廷市井生活并举的《红楼梦》，除了曹雪芹，绝对不会有第二个人可以写出。

---

1 黑格尔：《历史哲学》，王造时译，上海：上海书店出版社，2001 年，第 117 页。当然，他的所谓"没有历史"主指史学理论体系阙如和我国历史中重复或周期律性的王朝更迭，而西方历史学界的中华文明西来说却出于根深蒂固的臆断和偏见。

2 黑格尔：《哲学史讲演录》第 1 卷，贺麟、王太庆译，北京：商务印书馆，1983 年，第 132 页。

---

3 S. 阿瑞提：《创造的秘密》，钱岗南译，辽宁：辽宁人民出版社，1987 年，第 387 页。

况且，文学作品一旦游离那个特定的时代、那个特定的作家，终将是不可再生的。这不得不说文学经典是具有偶然性的。与此同时，大处着眼，童年的神话，少年的史诗，青年的戏剧（或格律诗），成年的小说（或传记）又显然是文学的另一种规律。换言之，体裁的衍生契合人类社会生产力的特定发展水平。因此，其中的偶然性和必然性就像基因谱图中的两根主轴，可以衍生出无限可能性。

再就是，我们即使有了外国文学（外国经典开始进入我国也不过百余年，从"百日维新"到五四运动再到中华人民共和国成立后的前三十年和最近四十余年，基本上服从了我国发展的需要），或者我们即使有了当代文学，也决然不会放弃或者轻视古典文学，从《诗经》、楚辞、汉赋、唐诗、宋词、元曲、明清小说等，一路下来，古典文学在今天同样具有鲜活的生命力，依然能够激发我们的共鸣和共情。我们在想起或默诵起那些充满家国情怀的作品时，一定会血脉偾张、激情澎湃。当然不仅仅是因为家国情怀，用丘吉尔的话说，如果非要让他在英国殖民地印度和莎士比亚之间做出选择，他一定选莎士比亚。而我们从事外国语言文学教育与研究，一是出于了解和交流的需要，二是出于内外兼修的需要。后者包含着一个重要或主要向度，即为了发展和繁荣母体文学。没有"百日维新"、五四运动，就没有德先生、赛先生和马克思主义的引进；没有中华人民共和国成立后的前三十年和最近四十余年的改革开放，就没有马克思主义中国化的发展和中国式现代化思想的形成。

这里就不能不说说特定意义上的情感在语言文学中的重要作用了。自古老的哲学（美学）到文艺学，再到相对新兴的心理学和社会学，这些学科都无法简单界定情感。正因为如此，它也许是人类抗衡 AI 的重要法宝，几乎没有之一。情感不仅是文艺审美的重要内容，还因其不确定性拒绝所有格式化和程序化操作。它既是动物本能，也是社会规约的最高级生命体验。没有情感，人类便只能是有知识、会思想的机器。当然，情感可以是积极的，也可以是消极的，甚至是丑恶的。它还有性别差异，而且可以是短暂的、稍纵即逝的激情，也可以是恒久的、伴随一生的喜悦或感动，梦魇或伤悲。作为本能，情感是生命表征，受制于人的内在与外在、个性和情绪；作为社会规约的反映，它又是认知心理性和感官性的复杂内化或奇妙外化。前者瞬息万变、变幻莫测，一个外向开朗或内向忧郁的非排中律犹如无垠的宇宙，其程度之毫差让一切喜怒哀乐、爱恨情仇在生活中纷繁呈现，在文学中精彩聚焦，甚至被无限放大；后者可以是一切伦理道德、人文思想、技术理性和社会关系的主客观反映，甚至是集体意识和无意识的表征。是故，灵与肉、内与外、形上与形下如量子纠缠，难分难解。

语言文学作为学科在科技理性日趋发达的今天举步维艰，以至于我们这样一个拥有悠久语言史、文学史和无数语言文学珍宝的国度不得不面对无用论的冲击。诚然，无用论不是今天第一次出现。文学本就是"无用之用"（这是庄子的话），所谓"方为大用"的"用"是指人在衣食住行方面的需求被基本满足之后的精神需要，其中情感诉求占首要位置。这种精神需求既可以是狭义的审美愉悦和心灵滋润，也可以延展至广义的精神享受和文化修养。

总之，语言文学是个大话题，但是只要记住以上几点，就不必担心有用无用的问题。

文学理论原理研究与文学理论重构

聂珍钊 *

从 21 世纪初开始，文学界出现了有关理论和文学死亡、终结的观点，影响甚大。无论是理论的终结还是文学的终结，从根本上说都是理论失效导致的问题。理论无法解决问题，自然死亡。对于中国文学研究与外国文学研究而言，理论研究非常重要。但是，文学理论研究的表面繁荣，并不能说明理论的基础研究，尤其是原理研究，真正取得了突破。理论终结论正是理论研究出现危机引发的观点，这需要我们高度重视理论研究的问题，尤其是要重视文学理论重构的问题。

就文学理论的终结或死亡的观点而论，如果真的出现这种倾向，也是理论家犯下的错误。理论家在取得一些成就后，往往容易故步自封，只注重死守自己研究的领域而不愿意拓展，更很少愿意开辟新的领域。一些理论家将自己封

闭在所谓的文学艺术圈子中，不仅只在文学艺术中追求审美，还要将文学艺术与现实和科学割裂开来。正是这种倾向阻碍了文学理论研究的突破，因为这样的研究即使实现了所谓的审美目标，理论也必然会变得无效，无效的结果必然是理论的死亡。理论无效的表现，就是理论无法解释现实问题。当前科学技术和人工智能快速发展，文学出现了新的现象，而理论不能与时俱进，落后于文学现实。因此我们不能不说，既有的文学理论已经无法解释新出现的文学现象，文学理论的重构是新的文学现实引发的现实理论需求。

当前文学理论面临的问题是，作家创作的旧文学即传统文学依然存在，但 AI 生成的新的文学类型也同时出现了。在新旧文学并存的情况下，新的文学类型的出现并未导致新的文学理论的出现。通过深度学习、自然语言生成（Natural Language Generation，NLG）等一系列先进技术手段，AIGC（Artificial

* 聂珍钊，男，教授，广东外语外贸大学"云山工作室"首席专家，欧洲科学院外籍院士。主要研究方向：文学理论与批评、英美小说与诗歌、文学伦理学批评。

Intelligence Generated Content，人工智能生成内容）已经展现出了惊人的文学创作能力，能够模拟并生成风格多样、内容丰富、情感细腻的文学作品。这些作品不仅在语言组织、情节构建、情感表达上达到甚至超越了部分人类作家的水平，还能根据用户需求进行个性化定制，展现出前所未有的创作灵活性。随着人工智能技术的快速提升，AIGC 生成的文学大有取代传统文学的趋势。这给我们已有的研究方法和理论造成了威胁。目前网络上有很多文学作品，它们实际上是由 AIGC 生成的，不是作家创作的。这种迎合读者口味的 AI 文学很受欢迎，拥有很多读者。因此，我们现在面临的理论研究对象已经发生了改变，这种改变必然会导致文学理论的改变。如果文学理论不改变，继续守旧就必然没有前途，势必"死亡"或终结。

的确如此，现有的文学理论在解释传统文学或新出现的 AI 文学现象方面已经表现出无能为力或力不从心。例如，现有的文学理论关注作家的创作过程，探讨作家如何把自己的生活感悟与情感融入文本，认为文学是作家创作的，文学是作家情感的载体，因此研究文学不能离开研究作家。但是 AI 文学是由人工智能程序生成的，而人工智能程序不是作家，没有生活感悟，也没有类似作家把情感融入作品的过程。这种新出现的文学现象无法用旧有的文学理论解释。

现有的文学理论不能解释新出现的文学现象，这是现有文学理论的原理不清晰导致的。只要文学理论的原理问题不解决，新的文学现象就无法得到解释。关于这个问题，陈众议教授很早就开始思考，倡导学界重视对文学原理问题的思考和研究。他主持的国家社科基金重大项目"外国文学原理研究"就是对文学原理思想的研究。文学原理涉及的问题很多，但需要研究和解决的核心问题仍然是文学的定义、文学的生成、文学的功能、文学的价值等。实际上，这些问题至今并未得到很好解决。

以上提到的问题表明，文学理论的研究仍然不够深入，尤其在 AI 文学出现之后，我们更需要加大研究力度。目前面临新的文学现象时，我们中国学者和西方学者实际上处于同一条起跑线上，我们可以同步展开研究。我们要保持这样的状态，要从这条起跑线出发，共同参与文学研究。

文学理论如何重构？我认为重构文学原理主要有三条路径。第一，坚持科学引领。我们谈论到两个文化，一个是科学文化，另一个是人文文化。科学文化和人文文化一直到现在都没有融合在一起，这不是科学文化的问题，而是人文文化的问题，是我们人文学者拒绝和科学融合导致的。我们长期坚持一种观点，认为文学属于意识形态范畴，我们研究的是意识形态的问题，同科学无关。我们认为科学无法解决意识形态的问题，并在这种观念中将自己禁锢起来。因此，我们需要在科学的引领下，突破意识形态的藩篱而将文学融入科学领域。

第二，我们需要打破旧有理论范式。文学理论的出路绝不是在以前旧有的理论上进行修补，而应该加强陈众议教授一再强调的文学原理的研究，应该打破旧有理论的框架而在新原理发现的基础上创建全新的理论，建构文学理论新体系。

第三，应用智能工具研究文学。无论是现有的文学研究还是文学原理的研究，都需要改变传统研究方法而运用人工智能的方法和工具。使用人工智能工具研究文学是十分必要的。借助 AI 工具，我们的研究会更快速、高效、准确。我们无论怎样勤奋，都无法同 AI 工具相比。在传统观念中，由研究方法导致的效率低下乃至甘愿坐十年冷板凳，成为对学者研究精神的褒扬。但在拥有海量信息以及追求效率的今天，这种十年冷板凳精神已经成为旧有的、过时的、不科学的观念。虽然有些课题研究需要冷板凳精神，但是大多数研究需要效率。一些有关现实需要的问题，是无法用十年时间来等待的，十年之后，我们的研究可能会变得没有价值。但是，AI 工具可以帮助我们提高效率，可以帮助我们在一个很短的时间内完成十年的研究。AI 工具和方法是我们快速完成研究任务的利器。例如，运用传统的方法阅读和整理一项研究课题的文献，可能需要数周、数月甚至更长的时间，但是 AI 工具可能只需要几分钟甚至几秒钟就可以完成。我们必须认识到 AI 工具在不少方面远比我们研究者强大。

在文学领域，人工智能文学即 AI 文学正在到来，我们需要认识到 AI 文学给文学理论带来的危机，需要加强文学原理的研究，重构新的文学理论。

中外文学研究要关注人类社会和国家发展的重大现实问题

彭青龙[*]

我认为面对当下世界的发展，我们的研究应该朝着"中外文化互鉴"和"科技人文融合"的方向努力，关注人类社会和国家发展的重大现实问题。近年来，中外比较文学的发展遇到诸多问题，社会上出现不少唱衰文科，尤其是唱衰外语学科的言论，这对人文学科影响很大。此外，招生和就业也存在不少困难，大家都有焦虑。从某种意义上来说，学科焦虑和专业焦虑弥漫整个学界。但是，我们对此要有清醒的认识，甚至可以达成共识，即外国文学研究一定要结合国家的战略发展需要，一定要结合当下时代的需要，也就是结合国家之需和时代之需。那么国家需要什么？国家当然是世界的一个组成部分。当今世界有两大主题需要我们从事外国文学教学与研究的同仁关注。一个是气候变化，气候危机是有关人类社会和世界文明何去何从的重大而现实的问题，包括联合国在内，许多国际组织召开了各种会议，敦促各国政府采取行动，以应对气候变化引起的种种问题。联合国曾经规定，每年因干旱等极端气候造成的难民，叫气候难民。我们生活在中国，生活在上海，感受可能没有那么强烈，但是在那些气候非常恶劣的地区，如非洲沙漠地区，一旦遇到极端气候变化，当地人的生活便十分困难。若任由其发展下去，而不做任何治理和改变，地球就会遭到严重破坏，人类文明也会遭遇危险。这一世界性问题也引起了作家和学者的关注。我们应该有现实问题意识，从理论和实践两个维度开展研究。比如说，后人类主义、新物质主义、新环境主义、深度生态批评的理论研究和气候小说的文本研究等，都和我们的气候相关。我本人也在关注这方面的变化，关注生物多样性，摸索研究路径。我还读了一些相关著作，汲取一点营养，写一点文章，呼吁学界

* 彭青龙，男，上海交通大学外国语学院特聘教授，《上海交通大学学报（哲学社会科学版）》主编。主要研究方向：澳大利亚文学、比较文学、外语教育教学、科技人文。

关注这类问题。我觉得这个领域我们可以有所作为。

第二个涉及世界性的问题，是人工智能技术带来的双刃剑效应逐渐显现的问题。我们要关注科学技术，特别是人工智能。很多学者，包括像刘建军老师这样资深的学者，学习和融会贯通的能力特别强。前不久，在上海交通大学讨论一些有关科学技术和人工智能等的问题时，他的观点非常深刻。聂珍钊教授也在做一些引领学界进行前沿研究的事情。

科学技术引发的一些文学理论和文学创作的变化值得我们关注。比如，我们过去教授外国文学理论这门课时，常讲理性主义和人文主义的钟摆效应，现在我们更多地关注科技理性和异化问题。怎么样去探讨这些问题，特别是人工智能所引发的理论内涵和外延拓展的问题是十分重要的。昨天我参加了一个活动，华东师范大学的王峰团队发布了人工智能小说写作平台。搭建这个平台，就是为了人人都能当作家。因此，现在的问题变成了文学创作主体可能不再像传统作家那样通过自己爬格子来写小说，这引发我们去思考文学的主体性问题。我们需要重新思考文学的审美、伦理，以及作者、读者、文本之间的关系，需要寻找新的角度。个人认为，我们从事外国文学与比较文学研究，应该关注科学技术引起的与文学相关的议题，要关注人类社会的重大问题，包括其对外国文学和中国文学的影响，并做一些有益的探索，只有这样，我们才能无愧于国家和这个时代。

人工智能时代的中外文学研究

周敏 *

聂珍钊和陈众议两位老师提到，在这个新的人工智能时代，我们需要重新审视文学的原点问题，思考我们该怎么去看待文学。我认真拜读了两位老师的文章，也非常赞同他们的观点。在人工智能时代，我们确实需要重新思考"何为文学""何为世界文学"等问题。拿世界文学来说，众所周知，当下世界文学的兴起是对 20 世纪末比较文学学科危机的回应。然而，如果我们回顾 200 年前歌德（J. W. von Goethe）所提出的世界文学概念就会发现，其主要是一个有关民族性与世界性关系的问题，或者说是地方性与普世性之间的张力问题。在今天的世界文学定义中，达姆罗什（D. Damrosch）说，世界文学就是跨越了语言和文化的边界的文学。但今天，在 AI 背景下，我们需要重新审视世界文学的

定义。首先，从创作者角度来看，人工智能文学的兴起引发了关于作者身份的疑问。人工智能文学是一种生成式的文学。随着神经元网络和大语言模型的兴起，文学作品的作者是谁就变成了一个疑问。"作者已死"的问题可能在后现代之后又要被重新提起。其次，从文本来说，我们也需要回到文学的原点。人工智能实现了瓦格纳（R. Wagner）所倡导的"总体艺术作品"的观念。语言的翻译、文化的传播在 AI 时代发生了巨大变革，点击一下，一种语言的文本就被翻译成另一种语言。此外，我们一下子进入了视觉的时代。所以，从创作者和作品两个维度来讲，我们可能都需要重新思考什么是世界文学，甚至是否有必要保留"世界文学"这个名词。对于世界文学的讨论，我一直抱有极大的兴趣。文学就是文学，为何非要加上"世界"的标签？我们需要重新考虑文学创作和作品在文化之间的流动。

在人工智能时代，我们也需要再次

* 周敏，女，杭州师范大学外国语学院教授、院长。主要研究方向：当代英美文学、加勒比文学、文化理论和区域国别。

审视文学的概念。文学创作是否仅限于人类？文学还是不是"人学"？如果说歌德的世界文学概念是在民族和世界之间的，那么人工智能时代的文学概念要考量的是人和机器之间的问题。很多人对人工智能文学还有着很大的偏见，认为它没有情感，这个文学最为紧要的要素。但人工智能的意识和情感问题也不像我们想象得那么简单。是不是也存在一种人类尚未意识到的机器的意识呢？每次媒介的大规模变迁，都会引发我们对文学的重新思考。我们应该摒弃人类中心主义观念，保持开放的心态，重新思考人与机器的关系，重新思考何为文学，何为世界文学。

立足于现实的文学研究与 AI 技术的双向互动

尚必武 *

我认为当下文学批评最主要的任务是研究真问题，而真问题大抵分为以下两类：一类是文学研究的学术问题，比如做文献学、做学术史的考据，去解决整个学术生产过程中学界始终没有解决的一些问题；另一类是有关当下现实的一些问题。就后一个问题而言，我们当下的文学研究可能需要回应现实生活中无法绕开的气候变化问题，可以围绕气候变化文学加以探讨。又比如，我们可以探讨有关当下一些新型战争的问题，像利比亚、伊拉克、阿富汗等地正在发生的战争。这些问题，当下的西方和中国作家都有所回应，那么我们文学家有没有深入探讨这些问题？实际上，目前中国学界大部分学者都在探讨第一次世界大战、第二次世界大战，包括朝鲜战争、越战作品中的战争问题，但对 21 世纪以来我们周围发生的、与我们每个人相关

的现实问题却鲜少涉及。再比如，文学中的能源问题，不仅是汽油、油田、煤矿，还有新型能源的生产。这些问题实际上在文学作品中被大量地呈现，这是文学批评应该探讨的真问题。

我想更重要的是，中外文学研究者还应该围绕新的文学现象进行探讨。聂老师明确提到了 AI 文学，它作为一个新型的文学样式，无论我们承认与否，已经来到我们的身边，并且给我们带来了非常大的影响。那么普通的读者可能好奇，专业文学研究者会如何看待这个文学现象，如何解读 AI 生成的文学。如果我们对这些问题视而不见，装作没有这种现象的发生，或者表示自己完全不知道，这无疑是不负责任的事情，会阻止我们学术事业的推进。在这种意义上，对于新型文学样式的生产，我们可能也要加以密切关注，尤其是 AI 文学。

最后，我认为我们要在中外文学研究中做到真正融通和真切对话。我们有必要和全世界范围内的研究者围绕共同

* 尚必武，男，上海交通大学特聘教授，博士生导师，外国语学院院长。主要研究方向：叙事学、文学伦理学批评、英美文学。

的问题展开有效的探讨，以解决我们所有文学研究者面临的各种问题，从文学文化的角度来寻找答案，进而形成有效的对话机制，促进文明的融通。可能这也是我们所有学者在当下中外文学研究中要关注的问题。作为文学研究者，我们不惧怕真问题，恰恰相反，这些问题说明了我们工作的意义，也是我们未来努力的方向。

人工智能时代外国文学研究的坚守与突围

张帆 *

人工智能让我们步入第四次工业革命，也必然带来一场文学革命，它更新了文学的样态和叙事的模式，"机械复制"时代正在转向"机械原创"时代，这必将带来一场划时代的学术革命。随着科技人文的发展，"创"作发展到"制"作，再到现在的"智"作。创作成为一种算法，其底层逻辑可以说是一种数学逻辑。AI技术或者 AI 文学具有高度能动的意义重建、情感再造、伦理重组、知识生产等功能，在流量经济运作下，个人情感与集体记忆实现超时空连接，即逾越语言、文化的阻隔，快速建构或改变人们的认知，包括文化认知、身份认同、国家形象等，由科技共同体生发出无限丰富的共同体想象。

数字化时代生成了一些崭新的文学景观和新近崛起的叙事文本，它们具有崭新的艺术样式和文化形态，借助多模态、跨媒介的传播媒介，在全世界构建新的思想和情感的连接，具有强大的延展性和结构性力量，并形成一种庞大复杂的知识生态系统。数字化的图像叙事、游戏叙事、影像叙事，在很大程度上沿用了文学的叙事风格，但也衍生出崭新的样态。人工智能文学是既有的文学理论无法阐释的，未来学界或将通过大量实证研究进行理论重建，如人工智能叙事学、人工智能美学、人工智能诗学等，这无疑对文学生产机制具有革新性意义。

如今，数字人文业已被广泛应用于语言学、翻译学、跨文化等研究领域，也被用于文学研究领域的词频分析、情感分析、社会网络分析、可视化分析等研究，展现出巨大的应用潜能。我们在研的教育部重大课题攻关项目，也尝试运用数字人文技术，全面采集、清洗、序化各语种、国别的"中国故事"的文本数据，探索中国故事在世界文学中的流传谱系，可视化呈现"中国故事"的

* 张帆，女，上海外国语大学德语系教授、文学研究院院长、中国话语与世界文学研究中心主任。主要研究方向：德国浪漫主义文学、德国女性文学、中德文学关系。

知识转化效能。通过这个项目，我们切实感受到数字人文是传统研究的创新、补充和延伸，同时这个项目也让我们对世界文学研究的视野、范式和方法论等方面产生了一些反思。

数字人文逐渐成为人文研究的新范式，这种技术介入带来了文学观念和研究方法的革新，它具有超乎想象的远读能力、可视化能力和海量文本分析能力，可以轻松解决文本细读难以揭示的宏大问题，在一定程度上助力我们外国文学研究对新方法、新手段和新视角的探索。但是，我们也陷入深刻反思：数字人文究竟是加强了文学的科学性，还是让文学越来越偏离文学性？语言学家质疑文学研究不够科学，但是文学家也会质疑，在人工智能或数字人文的介入下，我们从事的还是文学研究吗？文学难道需要借助数据和图表以体现它的科学性吗？传统的文学审美、情感和想象，需要或者真的能够借助数字化方式呈现出来吗？究竟要以科学的名义终结文学，还是以文学为名抵制科学？

如今，我们必须承认：数字人文对文学研究而言既是挑战，亦是机遇。或许可以这么认识：数字人文与文学研究处在两个不同的维度上，如果说传统的文学研究是人工作坊，那么数字人文则像机器化生产线。通过复杂的技术处理过程，文学究竟是被复杂化了，还是被简单化了？数字人文技术具有极高的可复制性和高孵化力，它的使用会带来一种现象级的学术生产效应：使用同样的数字化工具软件，换用不同的选题或文本素材，可以快速生成数据图表，学者再对其进行描述和阐释即可产出大量研究成果，如今这些成果主要走向 A&HCI（Arts & Humanities Citation Index，艺术与人文科学引文索引）或 SSCI（Social Sciences Citation Index，社会科学引文索引）等国际期刊。从建库建模，到统计分析，再到图表阐释，这些技术对传统研究来说是一个巨大的冲击。

文学研究如何守正，又如何创新，这是我们亟须直面的问题。我们需要进行深刻理论反思，把一切问题重新问题化，积极寻求科技与人文之间的相互作用与平衡，在中国式现代化的语境中，充分利用数字人文对中华传统文化理论和话语资源进行创造性转化，形成批判性中国话语概念和理论体系，以文本为证，以史料为据，探索中国知识深度介入世界文学的话语体系的路径，进而重构世界知识体系，重建世界文学的新秩序。

（特约编辑：张静）

特约讲稿

编者按：

（中国）中外语言文化比较学会小说研究专业委员会和《小说研究》编辑部于 2024 年 10 月 19 日至 20 日在苏州科技大学召开 2024 年"理论反思与价值重塑"专题研讨会。（中国）中外语言文化比较学会会长吴笛教授与小说家、茅盾文学奖得主毕飞宇教授分别作了大会主题发言。本期特刊两位发言稿，以飨读者。

小说如何"大说"：关于小说批评的思考

吴笛 *

AI 时代，在外国语言文学学科面临极大挑战和转型的时候，我们探究小说研究的"理论反思和价值重塑"，很有必要。虽然，聚焦于小说的外国文学研究，作为典型的基础学科，很难对社会的发展，尤其是经济的腾飞，起到立竿见影的作用，但是，无论面对什么样的社会语境，无论势头如何迅猛，AI 都代替不了文学对人类的思想和情感所产生的潜移默化的影响，都满足不了广大民族的精神需求。所以，随着 AI 技术的推进，外国文学研究的前景依然光明，文学学者的使命依然崇高。本文拟从"小说名称的渊源探究""小说及文学批评的社会功能"，以及"小说批评与研究的跨界视野"三个方面，讨论对小说的社会功能以及小说批评的看法。

一、小说名称的渊源探究

在所有文学创作的门类中，小说是最为普及、最受关注的门类，也是最有影响力的门类。在《文学术语词典》（*A Glossary of Literary Terms*）中，艾布拉姆斯（M. H. Abrams）对小说所作的定义简洁而富有深意："小说是一种叙事性虚构作品，通常以散文形式书写，并以书籍形式出版。"[1] 这一简洁的定义说明小说的艺术形式具有散文体特征、叙事性和虚构性，以及其以书籍形式为传播途径。

尽管伊恩·瓦特（Ian Vatt）的名作《小说的兴起》（*The Rise of the Novel*）将英国小说的生成时间设定为 18 世纪，但是西方小说的历史极为悠久，其传统可追溯到古希腊和罗马小说（如阿普列乌斯的《金驴记》）、中世纪的骑士传奇，以及文艺复兴时期的中长篇小说和短篇小说集（如

---

* 吴笛，男，杭州师范大学外国语学院钱塘学者讲席教授，浙江大学世界文学与比较文学研究所所长。主要研究方向：英美诗歌、俄罗斯诗歌。

---

1 M. H. Abrams et al., *A Glossary of Literary Terms*, Boston: Wadsworth Cengage Learning, 2009, p. 226.

塞万提斯的《堂吉诃德》、乔叟的《坎特伯雷故事集》和薄伽丘的《十日谈》）。

根据小说的名称，我们也可以探究出小说的渊源和内涵。从篇幅而言，小说又可分为长篇小说、中篇小说、短篇小说，甚至小小说。在欧洲国家的一些重要语言中，长篇小说是有固定词汇的，而中篇小说和短篇小说基本上以增加后缀或形容词的形式来体现，譬如，英语中的"中篇小说"可以在 novel（长篇小说）之后加后缀，变为 novelette，或是加形容词，以 short novel 来表示。而篇幅短的小说，常常以 story（故事）一词取代 novel，如英语中的 short story（短篇小说）和 short short story（小小说）。而在俄语中，无论是 Повесть（中篇小说）或 Рассказ（短篇小说），都具有"故事"的含义。

中文的"小说"一词最早见于《庄子·外物》，其内涵为对日常生活和琐事的叙述。这一名称相对于西方语言中的"小说"而言，对文学社会功能的削弱比较明显。

"小说"一词在欧洲各主要语种中，根据区域不同，而有所差异。法语 roman、俄语 роман、德语 Roman、意大利语 romanzo、挪威语 roman 等，这些欧洲国家语种中的"小说"一词都是相近的，尤其是中东欧、北欧国家语种中的"小说"一词。这一词语源自中世纪的"骑士传奇"（romance），它所聚焦的是小说中所具有的浪漫传奇色彩。

而西班牙语 novella、葡萄牙语 novel、爱尔兰语 Úrscéal、英文 novel 等

一些语种中的"小说"一词源自拉丁语 novellus，其基本内涵是"新颖"。爱尔兰语 Úrscéal 源自 úr（new, fresh）+scéal（story），意为新颖的故事。

由此可见，各个语种的"小说"名称的渊源和内涵，说明了小说所具有的社会功能。在英语中，表示"小说"概念的词语，除了流行的词汇 novel 和 short story 外，还有 fiction 一词。但该词所侧重的是"虚构性"，所以，在很多评论家看来，该词所体现的文学性虽然较强，但社会功能性似乎不足。譬如，我们常说的小说题材"历史小说"，其所对应的英文一般是 historical novel 或 history novel，英国的"历史小说学会"，名为 Historical Novel Society，其主办的杂志《历史小说评论》，英文名是 *Historical Novels Review*（HNR）。如果小说一词用 fiction，那么在表示历史小说时，基本上只用 historical fiction，而不用 history fiction。为什么不用 history fiction？原因在于 fiction 一词具有"虚构"的内涵，将"历史"与"虚构"并列，"虚构历史"的表象就显得太强，小说的社会功能就相应受到削弱。

二、小说及文学批评的社会功能

小说的社会功能是小说家所强调的思想意义所在。英国著名小说家兼诗人劳伦斯（D. H. Lawrence）就特别强调小说的重要性。在1936年出版的文集《凤凰》（*Phoenix: The Posthumous Papers of D. H. Lawrence*）中的《小说为何重

要》（"Why the Novel Matters"）一文中，劳伦斯开篇就提出了"健全的身体里有健全的头脑"这句话，他试图确立小说家优于其他职业的地位。为了说明小说的重要性，劳伦斯竭力解释生命和活着的人的重要性。在确定了活着的人和小说家的重要性之后，劳伦斯开始解释小说的意义。劳伦斯称小说是生活之书。他认为，书就像思想一样，只不过是"以太上的颤动"。只有当一个活着的人接受它们时，它们才有意义。但他说，小说所带来的震颤比其他任何书都要强烈，它能让人全身都颤抖。这就是说，小说比其他任何书都更能有效地影响他人。例如，布道或《十诫》只能影响人的一部分，但小说却能震撼一个人的全部。这是因为小说所描写的不是别的，而是活生生的人。因此，他在文中写道：

> 我是一个活着的人，只要我还能活着，我就打算继续活着……因此我是一个小说家。作为一名小说家，我认为自己优于圣人、科学家、哲学家和诗人，他们都是活生生的人的不同部分的伟大主人，但从来没有得到过全部。[1]

在他看来，小说家充分理解生命和活着的人的重要性。因此，小说家胜过科学家或哲学家。小说之所以重要，就在于小说所具有的社会功能。

1 D. H. Lawrence, *Phoenix: The Posthumous Papers of D. H. Lawrence*, New York: The Viking Press, 1936, p. 535.

（一）小说是社会现状和历史真实的折射

小说尽管不像历史著作那样书写历史，但依然具有历史意义。根据玛格丽特·杜迪（Margaret Doody）的说法，小说"讲述了大约两千年的连续而全面的历史"。[2] 所谓的历史小说，具有呈现久远的过去的典型特性，也具有悠久的传统。中国四大古典名著中，就有三部属于历史小说。《水浒传》写的是 12 世纪的农民起义。《三国演义》描述的是 3 世纪曹魏、蜀汉、东吴三国之间的政治和军事斗争，以及最终司马炎一统三国，建立晋朝的经历。《西游记》以 7 世纪的佛教朝圣者玄奘的经历为线索，侧面反映了明朝时期的社会生活状况。除此以外，明清时期还有大量历史小说，它们在当时也甚为流行，例如冯梦龙的《东周列国志》、褚人获的《隋唐演义》、熊大木的《南北两宋志传》、杨尔曾的《东西晋演义》等。

俄国小说家列夫·托尔斯泰被誉为俄国革命的一面镜子，这是因为他以小说的形式呈现了历史的画卷。他所创作的描写俄国反抗拿破仑的卫国战争的《战争与和平》，是 19 世纪历史小说的一个成功范例。他同时代的小说家屠格涅夫的小说创作，甚至被誉为俄国 19 世纪 40 至 70 年代的社会编年史。

英国作家沃尔特·司各特（Walter Scott）依据苏格兰历史创作了"威弗利小说集"（"Waverley Novels"），狄

2 M. A. Doody, *The True Story of the Novel*, New Brunswick, NJ: Rutgers University Press, 1996, p. 1.

更斯创作了反映法国大革命的《双城记》，法国作家雨果创作《巴黎圣母院》，美国作家霍桑创作《红字》等，有太多的小说家介入历史的范畴，抒写历史，折射历史的进程。

在现当代社会，小说像其他文学类型一样，尽管不能对一个国家的经济发展产生直接的影响和作用，但是，其所发挥的潜移默化的作用以及在思想层面对经济发展产生的影响也是存在的。更何况，在现代社会，文学与经济的关联也是显而易见的。文学家不仅是人类灵魂的工程师，还是知识商品的生产者。就商品流通而言，只有进入流通领域，文学作品才能成为商品，成为文化资本。文学翻译也是如此，它不仅具有精神文化属性，同时还具有经济交往的商品属性，而且在作为商品的各国文学竞争中，逐渐形成了基于经济的世界文学体系。

（二）小说创作具有独特的审美功能和教育功能

文学文本与教育读本的区别主要在于文学文本更注重形象思维，文学的教育功能在于文学本身具有的丰富想象力、隐喻性语言和生动的文学技巧。著名文学家纳博科夫曾经说过，"我们可以从三个方面来看待一个作家：他是讲故事的人，教育家和魔法师。一个大作家集三者于一身，但魔法师是其中最重要的因素，他之所以成为大作家，得力于此"[1]。

---

[1] 纳博科夫：《文学讲稿》，申慧辉等译，北京：生活·读书·新知三联书店，1991年，第25页。

纳博科夫此处所说的三个方面，也是文学的三种功能。"讲故事的人"体现的是审美功能，"教育家"体现的是伦理教育功能，而"魔法师"则兼而有之，既体现了针对语言和技巧而言的具有艺术感染力的审美功能，亦体现了富有感召力的教育功能。作家可以通过小说，传达自己的教育思想。因此，无论是小说情节中的教育书写，还是小说中所塑造的典型形象，都体现了伦理教诲功能，都是在通过小说进行教育。

劳伦斯在《无意识幻想曲》（*Fantasia of the Unconscious*）中甚至认为，在体制教育失败的地方，小说可以作为推动进化和发展的理想教育模式。当然，小说之于教育，如同诗歌一样，只能起到一些辅助作用，却难以取代知识的传播。尽管在小说创作和小说评论领域，"成长小说"或"教育小说"似乎就是实现这一教育目的的理想模式，但其反映的其实也只是教育的现状，其目的还是实现推动教育发展这一社会功能。

在 AI 时代，无论是小说的审美功能还是教育功能，无疑都会受到一定的冲击，但是，即使面对 AI 的冲击，小说创作和小说研究在人类社会依然具有重要的无法取代的位置。

在《弗兰肯斯坦》中，玛丽·雪莱以哥特式的方式表达了她那个时代的人们对于创造物脱离创造者控制的焦虑。对于小说家而言，就没有这种焦虑。小说家不像自然科学家那样去创造机器人，也完全不必像机器人那样去创作那种综合而成的 AI 作品，但却能够依靠 AI 的辅助作用，借助网络的传播效应，凭借文学的想象力去思考问题，去发挥文学的审美功能和伦理教诲功能，并以自己的笔墨发出 AI 时代对科技伦理的呼唤。

AI 也冲击着以小说翻译为代表的文学翻译。AI 正在引领各个领域的变革与发展，以我们无法想象的方式重塑我们的生活，并将在未来几十年内极大地改变我们的生活，引发经济和社会变革。但是，小说翻译的功能是难以削弱的，更是无法取代的。自然科学家研发的 AI 技术，对文学翻译具有重要的辅助作用，但是，正如小说创作一样，小说翻译不可能被机器翻译取而代之。翻译艺术会随着 AI 的发展，不断提升，我们也会随着 AI 技术的发展，发现更好的翻译手段和翻译技巧，从中领略更多的翻译乐趣。有一本 2024 年新出版的卡普兰（J. Kaplan）的著作，名叫《每人都应知晓的生成式人工智能》（*Generative Artificial Intelligence: What Everyone Needs to Know*）。当我们尝试着用 AI 技术对这本书的部分内容进行翻译时，还是有不少内容是无法被准确翻译的。譬如，开始部分的 introduction 一词，翻译软件能够准确地将之翻译成"导言"，但作为"结语"或"尾声"的 outroduction 一词[1]，由于是一个新词，以前没有出现在海量的数据库中，软件也就不能准确地翻译它，而是将它译成了"生产"或"引言"。由此可见，AI 的强项主要是记忆和综合能

力，而其缺少的是创造力和思辨力。

因此，在信息处理、语法认知等方面，人工智能具有很大的辅助作用，但是，就文学翻译而言，文学作品中的人类真实的情感体验，是 AI 难以模仿的。AI 只能对文学翻译发挥检索、综合，以及文字输入等方面的辅助作用，但无法取代。更何况，文学翻译过程，是思辨的过程，并且在一定意义上还是一个创造的过程，而 AI 尽管具有强大的信息处理和归纳能力，但缺乏原创能力，所以，只能"鹦鹉学舌"，而无法创造。而且，AI 能够处理的对象主要限于数据和逻辑，对情感、美感和一切感性对象，AI 却不如人脑，它的感知是有限的。

三、小说批评与研究的跨界视野

如果说《弗兰肯斯坦》的产生是由于 19 世纪自然科学的发展，那么进入 20 和 21 世纪之后，由于时代的进步和社会的变迁，小说的创作形态更是在不断地扩展，以适应社会发展和人民大众精神文化的需求。AI 冲击下，电子图书（e-books）、网络小说（web novels）、在线小说（online novels）、互动小说（interactive fiction）的兴起，就是小说家面对现代科技抗争的结果。

再如，尽管犯罪书写是一个传统的主题，但是到了 20 和 21 世纪，这一题材却成了一些小说家创作的主要主题，因为犯罪小说反映了现代工业化社会的现实。于是，文学中，就有了犯罪小说（crime fiction）或法律小说（legal fiction）这类

---

1 Jerry Kaplan, *Generative Artificial Intelligence: What Everyone Needs to Know*, Oxford：Oxford University Press, 2024, p. 188.

名称。因经济发展，早在 19 世纪就出现了财经小说（finance novels），同样，生态环境的恶化导致了生态小说（eco-novels）或环境小说（environmental novels）的出现。而文化的交融互通，又使得图像小说（graphic novels）、视觉小说（visual novels）、超文本小说（hypertext fiction）颇为盛行。

正是因为小说具有独特的社会功能，所以，小说家必须紧扣时代的脉搏，以自己的创作和新的小说形态反映社会现实，适应时代的需求。同样，正是由于小说类型的不断发展，以及跨界意识在小说家创作中的呈现，所以，在小说批评中，跨界视野自然显得必不可少甚至尤为重要。

小说的跨界批评范围非常广泛，如我们大家熟悉的文学伦理学批评，此外文学法律批评、文学生态批评、文学经济批评，以及跨媒介批评等，都可以应用到小说批评中。

文学研究的社会功能在于文学研究疆域的拓展，聂珍钊教授等文学伦理学批评的相关理论与实践就是成功的范例。我们也力图在文学跨学科领域进行一些必要探索。在文学伦理学批评方面，我们特别赞赏与斯芬克斯之谜相关的"斯芬克斯因子"的观念，"'斯芬克斯之谜'常被用来比喻复杂、神秘、难以理解的问题，但是其中却蕴藏着更深刻的含义，即对人的定义的追问"[1]。

在文学法律批评方面，笔者今年发表的数篇论述英国作家瓦尔特·司各特的论文，就是在强调小说的社会功能。很多小说，如狄更斯的《双城记》，还有《爱丽丝漫游奇境记》等，都是优秀的普法教育的范本。

而且，文学法律批评，也可以使我们对文学文本自身有更深的理解，譬如，探究司各特作品中冤狱书写的特质及其呈现的法律思想。司各特的冤狱书写中，既有对当时不合理的法律制度以及法律审判程序的批判，也有对处于伦理困境之中的犯罪嫌疑人心理状态的关注，还有对理想人物的性格塑造，这些内容使得其冤狱书写中贯穿着文学的伦理教诲功能以及对司法正义的理想企求。

文学生态批评也是在文学层面对宏大问题的思考。生态批评强调的是对生态意识的弘扬以及对人类中心主义的反思。人类与自然是高度相关、紧密联系、相互作用的，正如恩格斯早已指出的那样："我们决不像征服者统治异族人那样支配自然界，决不像站在自然界之外的人似的去支配自然界——相反，我们连同我们的肉、血和头脑都是属于自然界和存在于自然界之中的。"[2] 人类必须具有一种良好的生态意识，认识到人与自然界的辩证关系，才能真正建构"人与自然命运共同体"。

作为上层建筑的文学离不开经济基础的支撑，甚至连生态批评一词

---

1 聂珍钊：《文学伦理学批评导论》，北京：北京大学出版社，2014 年，第 275 页。

2 马克思、恩格斯：《马克思恩格斯选集》第 3 卷下册，北京：人民出版社，2012 年，第 518 页。

ecocriticism，其实也有着与生俱来的经济批评的内涵，这不仅是跨学科性质的文化批评的拓展，更是生态文明建设的本质特征的内在需求。"从表面上看，文学和经济似乎相距甚远，甚至是对立的……然而，大量的学术研究已经确定了文学和经济学在很大程度上相互融通的现象。学者们已经表明，现在看起来独立的'文学'和'经济'是由一个共同的话语和实践以及相互交织的目标和价值体系所产生的。"[1]而且，我们生活在现实世界，文学本身也离不开经济的滋养，文学的发展同样依赖于经济的发展和社会的进步，即使是19世纪初期歌德所倡导的世界文学，无疑也基于深邃的历史文化渊源以及各个民族国家之间的经济交往。因此，"文学还具有引导经济发展的超前意识，文学的想象能为经济的腾飞激发灵感，文学的经济书写亦可为经济活动提供借鉴"[2]。

跨媒介批评，对于小说艺术而言，亦显得独到和重要。小说作品，尤其是中外小说经典，无疑是重要的文化资本，是包括影视改编在内的文学跨媒介传播的理想资源。通过改编，源语的文字文本在影视的视觉文本中获得再生，进而有了本雅明（W. Benjamin）所说的"源语文本的来生"。可见，文学经典具有经久不衰的艺术魅力和永恒的生命力，这与其传播途径密切相关。一部作品无论多么精良，如果缺乏有效的传播途径，也很难成为经典。在影视传播尚未出现的年代，文学作品主要以口头传播、文字传播、表演传播等形式得以经典化。"自从影视产生之后，影视改编成为文学作品经典化的一个重要途径。由于影视受众更广，为文学经典的传播创造了极好的契机，使得文学经典中的精神文化能够更为有效地传播，更为深入人心。"[3]

而上文提及的图像小说、视觉小说等，作为有别于传统小说形式的新的小说类型，更是为小说批评提供了新的文本，从而促使了跨媒介批评的产生，极大地拓展了小说批评的理论空间。

结语

小说这种体裁尽管在中文名称上是small talk，但是，在小说的创作和批评实践中，我们既要借鉴德法俄等外文名称romance中蕴含的"传奇"含义，也要领悟英语novel这一名称中的"创新"之意，适应时代的需要，坚守中外文明互鉴，形成小说"大说"，将small talk（"小说"）变成符合新时代需求、书写人类文化共同体这一宏伟篇章的great talk（"大说"）。

（特约编辑：张静）

---

1 Paul Crosthwaite. et al., *The Cambridge Companion to Literature and Economics*, Cambridge：Cambridge University Press，2022，p. 1.

2 吴笛：《文学经济批评的可行性》，《中国社会科学报》2024年8月26日，第A05版。

3 吴笛：《文学经典的影视"翻译"》，《中国社会科学报》2024年1月24日，第A05版。

小说是一种创作，也是一种学术

毕飞宇*

有关小说研究，我首先想说一句实话，我从没有去研究过小说，我只是写，在写的过程中自然也有反思。如果从写作的角度来说的话，我觉得我就干了三件事：一、我写出了关于世界的认知；二、我写了对于这个世界的愿望；三、伴随着这两样东西，我流露了我的情感。我还是要强调一下，这些都不是我的研究成果，是我对写作的一些体会。

先谈认知。当我决定在我的写作中大幅度地呈现认知的时候，我要说，这不是我的创造。在我读过的小说当中，我很快就发现了一个普遍的行为，即绝大部分的作品都在处理认知，我甚至愿意相信，虚构也是认知。这个认知当然是针对人类社会的，也有较少的一部分涉及宇宙自然。我的阅读过程帮助我走进了小说的内部。事实上，和戏剧、史诗与诗歌比较起来，小说要年轻得多，小说所继承的，也许就是戏剧和史诗的

一些基本方法。这个基本的方法就是临摹，临摹你所感知到的大千世界。小说的基本功能也许就是这个。当你读完了一部小说，你对作者所处的社会、历史阶段，或者说人际，就有了一个基本的概括。这个概括源于作者的认知。如果作者不能认知，或者说，小说不能呈现作者的认知，那小说又是干什么的呢？

为了把话说得更明白一点，我也可以结合一下我的作品。我的小说《推拿》是书写盲人世界的，因为我多少熟悉那个世界，而许多人并不熟悉，这就是我写作的动因：我可以通过一本书的书写去呈现一些对于盲人世界的认知。我如何才能呈现对于那个世界的认知呢？我必须描述盲人世界里的盲人，再往下说，我如何能描述那个世界里的盲人呢？我认为要呈现那些盲人有关这个世界的认知，比方说，他们对推拿这个职业的熟悉程度，他们对身体的熟悉程度，他们与客户的关系，他们的小世界内部所呈现出来的社会结构方式，这自然也包括

---

* 毕飞宇，男，作家，南京大学文学院教授，博士生导师。

他们的内心动态。一句话，我，作为一个写作者，在我进入书写阶段的时候，我对这个世界的认知将变得微不足道。我所要呈现的，恰恰是盲人们有关这个世界的具体认知。当然，这里头还包括他们的应对方法。如果我能够呈现他们的认知，我就能呈现他们的世界，如果我不能，那我所描述的盲人世界就是失效的，最起码是失焦的。

这就带来了一个问题，我如何才能够获得他们的认知。——依靠想象？许多人对小说家有一个误解，以为小说家都是靠想象去完成他们的工作的。这个想法不能说是错误的，但最起码是偏颇的。想象作为一种方法，在小说的创作过程中自然会起到很大的作用，但是，和认知比较起来，它的作用要次要得多。比方说，我要描写一个盲人正在推拿，而他的力气恰恰又比较大，我该如何去交代客户的反应呢？我想我首先要交代与人体相关的认知，比如天中穴。那是一个痛穴，在天中穴受力的时候，人体会相当痛苦。我们可以"想象"一下，如果盲人在按摩客人心俞穴的时候，客人张大了嘴巴，这样的"想象"就比较接近笑话，可是，如果一个盲人找到了天中穴，在他发力的时候，客人张大了嘴巴，我以为，这样的描写才可以构成所谓的"小说"。——小说家确实在"虚构"，可是，构成虚构的元素不是别的，而是认知，这个是小说的前提。我不认为一个对世界十分无知的人适合于虚构，也就是写小说。虚构从来都不是一件为所欲为的事情，小说家会尽最大可能去

拓展他的认知范围和认知深度。

有一件事情很容易被忽略，那就是小说的公信力。说起对小说的接受，人们很容易用"写得好"和"写得不好"去总结。事实上，"好"和"不好"是一个接近于滥情的说法。小说其实是存在"公信力"问题的。丧失了公信力的小说，很难和所谓的"好"搭上边。在我看来，所谓的判断是否具有公信力的标准指的是作品所提供的认知和读者的认知能不能建构有效的互动。这个互动包含着融合，也包含着拓展和深入。我们习惯于把严重挑战了读者认知的部分命名为"硬伤"。可以想象一下，一部到处都是"硬伤"的小说会带来什么？必然是丧失公信力。在我看来，一部小说如果丧失了公信力，将会彻底脱离审美的范畴。我不想夸张，每当我打算完成一本新小说的时候，我的许多精力其实都花在为认知作准备上。

但是，我不认为一个作家真的会为了提供认知而去写作。认知只不过是小说的基本面，比认知更为重要的，其实还是作者的愿望，或者说，人的愿望。这个愿望我们也可以用康德的概念去替换一下，叫合目的性。人们经常说，小说是有走向的，是有结构的，但人们容易忽略的是，这个走向或者说结构，其实暗含了目的。我想这样说，一个作者在彻底放弃了目的的时候，其实也正表达了一种目的。他清晰地表明了"放弃"这个目的。道理很简单，争取是一种态度，放弃同样也是一种态度。这么一说其实就简单多了。小说的结构或者走向不完

全是一个技术的问题，它清晰地表明了作者的内心驱动，它和作家的内心是紧密相连的。趋向哪里，目的就在哪里，反过来说也一样。

补充一下，这里头其实也有悖论。说到底，写作者的愿望其实也很可疑。作品写完了，一曲终了，我们会吃惊地发现，有时候，作者的愿望和外部世界的愿望同步，有时候，不仅不同步，还可能背道而驰。正因为这个原因，我们会发现小说其实有许多不同的种类，像戏剧那样，可以有正剧，可以有喜剧，也可以有悲剧。

还是来看看鲁迅先生所写的阿Q吧！写这部作品的时候，鲁迅先生有愿望吗？有。他的愿望就是写出阿Q的愿望。阿Q的愿望是什么？彻底地改变自己。阿Q实现了自己的愿望没有？没有。换句话说，作者鲁迅完全丧失了他自己的愿望。作品一步一步呈现出了这样的局面：阿Q一步一步走向了撕裂，作者也一步一步走向了撕裂。这是一出大悲剧。鲁迅的天才就在于，他将一个巨大的悲剧演变成了一部令人捧腹的喜剧，我觉得这不是一般的作家可以做到的。就处理小说人物的目的而言，或者说，就处理作者的愿望而言，鲁迅不只是为我们提供了一篇小说，更提供了一个范本。

接下来我必须要说第三个问题了，那就是情感。我想说，情感是小说内部的幽灵。一个作家最为快乐、最为痛苦、最为无奈的地方就在于，无论是他所面对的写作对象，还是写作者自己，我们都必须承认，人是有感情的。关于情感，它真是一个难以名状的东西，你可以说它好，你也可以说它不好。所以我说，它是幽灵。我为什么要这么说呢？因为情感和价值体系构成了一种极为复杂的关系。情感不是价值，但是，情感会放大价值。这么一来就很麻烦，一个小说家，到底是放任情感好，还是克制情感好，他似乎陷入了两难困境。情感有时候是顺着价值跑的，有时候，则专门和价值唱对台。就我个人的写作体会来说，如何面对情感这个幽灵，经常让我陷入痛苦。我一直说，这样的痛苦极为珍贵，最起码，因为存在这样的痛苦，写小说这件事情，AI很难替代。

刚才我说了认知、愿望和情感，这是从我作为一个写作者的角度去说的。而事实上，有关小说，它的维度远远不止于此。无论从小说的内部去考察，还是从小说的外部去思考，小说可以提供的话题远远不止这些。从内部来看，比方说小说的语言，关于小说的本质，有人认为，小说的本质在语言的内部，但马上就有人不同意了，曰"色不异空，空不异色；色即是空，空即是色"。但我认为，如果小说还有本质，那么这个本质就是语言。想想也是，何为莫言，用莫言的语言写成的小说就是莫言；何为王安忆，用王安忆的语言写成的小说就是王安忆。这哪里是什么语言？这是生活、生命史、性别、学养、性格、阅读、环境、家庭、民族、嗜好、健康水平、认知能力、想象力水平。言语习惯，这么说吧，将一个人一生全部相关的内容集中在一起，然后，就形成了所谓的语言。在这些要素中，选择其中的哪怕一个元素加以研究，也是极其有价值的。同时我们也必须看到，每一个作家其实都不是坐在家里写作的，他是在大的文化思潮里写作的。把他放在整个文化史、思想史和文学史的坐标上去看，他的写作究竟意味着什么呢？这样的思考是有价值的。同时我们也必须看到另一件事，小说其实也是参与教育的，它是教育的内容之一。这么一来小说就必须面对另一个巨大的话题，也就是经典化。所以我要说，就小说而言，小说的写作其实只是一个极为有限的世界，从更大的意义上说，小说从来就是一个学术话题。我们今天的会议就是一个有关小说的学术会议，作为一个写作者，我非常愿意参加这样的会议，这是小说的别样洞天。

（特约编辑：张静）

说坛纵横

12 世纪拜占庭文化世界的"心理还原"

——普洛德罗姆斯的《罗丹瑟和多西科勒斯》分析

刘建军 *

内容提要：狄奥多希·普洛德罗姆斯的爱情浪漫传奇《罗丹瑟和多西科勒斯》承接源自古希腊罗马文明的拜占庭文学传统，同时开启更具世俗性人文主义思想的新文学传统。《罗丹瑟和多西科勒斯》的写作尽管仿写了 4 世纪的《埃塞俄比亚传奇》，但主人公故事中对"爱欲"极具个人性的追求、超自然因素的褪去、现实生活因素作用的加强，都还原出具有时代典型性的新兴道德规范和观念态度。这部浪漫传奇预示了文艺复兴时期即将出现的对"人"的发现、个性的解放，以及世俗文化的兴起。

关键词：《罗丹瑟和多西科勒斯》 拜占庭文学 浪漫传奇 狄奥多希·普洛德罗姆斯

The "Psychological Restoration" of the Byzantine Cultural World in the 12th Century
——An Analysis of Prodromos' *Rhodanthe and Dosikles*

Abstract: The romantic love legend *Rhodanthe and Dosikles* by Theodore Prodromos inherits the Byzantine literary tradition originating from the ancient Greek and Roman civilizations while also inaugurating a new literary tradition with more secular humanistic ideas. Although the writing of *Rhodanthe and Dosikles* imitates the 4th-century *Aethiopica*, the highly personal pursuit of "erotic desire" in the story of the protagonists, the fading of supernatural elements, and the strengthening of the role of real-life factors all restore the emerging moral norms and conceptual attitudes typical of the era. This romantic legend has already foreshadowed the discovery of "man", the liberation of individuality, and the rise of secular culture in the

---

* 刘建军，男，上海交通大学特聘教授，博士生导师，曾出版《欧洲中世纪文学论稿》《百年来欧美文学"中国化"进程》等著作。主要研究方向：欧洲中世纪文学、拜占庭文学。

Renaissance.

Keywords: *Rhodanthe and Dosikles*; Byzantine literature; Romantic legend; Theodore Prodromos

在 12 世纪拜占庭帝国科穆宁王朝统治时期，作家们（尤其是那些民间出身或与普通大众联系密切的作家）重新燃起了对古希腊浪漫文学的兴趣，虽然他们的创作模仿了传统作品的情节结构和故事设置（包括复杂的事件均发生在古代东地中海地区，保留了古代的神祇和信仰，延续了传统故事结构和事件进程）等众多要素，但在一定程度上又把它完全变成了中世纪中期的新体裁和新文学样式，变成了对拜占庭新的历史时期文化世界的"心理还原"。

一

《罗丹瑟和多西科勒斯》（*Rhodanthe and Dosikles*）是 12 世纪拜占庭作家普洛德罗姆斯（Theodore Prodromos）创作的一部代表性作品。狄奥多希·普洛德罗姆斯集小说家、传记作者、演说家、诗人、戏剧家等角色于一身，普洛德罗姆斯名下的各类著述不计其数。爱情浪漫传奇《罗丹瑟和多西科勒斯》是普洛德罗姆斯最有代表性的作品之一。

该作是一部用诗歌体写成的长篇故事诗，共有 9 卷。它系统地讲述了女主人公罗丹瑟（Rhodanthe）和男青年多西科勒斯（Dosikles）曲折复杂的爱情故事。本书第一卷的开头描写了发生在罗德岛海岸上的一片狼藉的景象，一支海盗舰队俘获了许多俘虏，包括英俊的青年多西科勒斯和美少女罗丹瑟等人。然后，海盗们带着战利品驶向自己的祖国。上岸的那天晚上，为逃避父母对他们婚姻的阻碍而离家出走的多西科勒斯一直为心爱的罗丹瑟的遭遇感到悲伤。这时，他无意中听到了一位塞浦路斯狱友克瑞坦德罗斯（Kratandros）在讲述自己与少女卡瑞索克茹（Chrysochroe）的悲剧式的爱情经历。这两个命运相同的年轻人，很快成了好朋友。多西科勒斯也对他的朋友克瑞坦德罗斯讲述了他与少女罗丹瑟之间热烈的爱情以及他派人去提亲被家长拒绝的情况，还讲述了他与少女罗丹瑟乘船逃走，到此时被海盗俘获的经历。第二天早上，海盗首领米斯蒂洛斯（Mistylos）挑出罗丹瑟、多西科勒斯、克瑞坦德罗斯和纳西克莱特斯（Nausikrates）几个男女青年，准备在祭祀时，把他们作为献祭的牺牲放在火堆上烧死，奉献给神祇。然而，情况发生了突然变化：强盗头子米斯蒂洛斯的副手戈布里亚斯（Gobryas）被少女罗丹瑟的美貌折服，请求头领把她作为战利品赏给自己做妻子。强盗头领米斯蒂洛斯由于已经决定把这个美丽的少女作为祭品献给神，便拒绝了副手的请求。愤怒的戈布里亚斯试图强奸罗丹瑟，但罗丹瑟愤怒抵抗。恰在此时，附近比萨城的总督布莱克西斯（Bryaxes）派来使者让海盗们归还被霸占的拉赫农城，结果被拒绝。总督布莱克西斯非常愤怒，带领着舰队前来讨伐。在激烈的战斗中，总督的部队尽数消灭了匪徒，并抓住了多西科勒斯、罗丹瑟和克瑞坦德罗斯等人。总督一行在返回家园比萨城时带走了全部俘虏和战利品，并将罗丹瑟和多西科勒斯分开，让他们坐在不同的船上。然而一场暴风雨摧毁了罗丹瑟乘坐的船只，罗丹瑟掉进了大海里。危难之际，她被一艘商船救起，并随之一起到了塞浦路斯。与此同时，多西科勒斯和他的朋友们乘船经过 11 天的航行，回到了比萨城。多西科勒斯和他的朋友克瑞坦德罗斯又被布莱克西斯的人监禁起来，布莱克西斯打算拿二人作牺牲献给神灵。在塞浦路斯岛上的一个名叫克莱顿（Kraton）的人的房子里，暂时住在这里的罗丹瑟愁眉不展，一直为失去多西科勒斯而哀叹。她的哭诉被房主克莱顿的女儿米瑞拉（Myrilla）听到了，于是她要求罗丹瑟讲述一下自己的经历。罗丹瑟在讲述时提到了克瑞坦德罗斯的名字，这引起了克莱顿全家人的骚动，因为克瑞坦德罗斯正是这个家庭的孩子。他们在知道下落不明的儿子现在还活着，并且与罗

丹瑟的朋友在一起时，非常高兴。于是第二天，老克莱顿便出发前往比萨城去寻找克瑞坦德罗斯。话说两头，目前比萨城的总督布莱克西斯在是否把多西科勒斯和克瑞坦德罗斯作牺牲献给神的事情上一直犹豫不决，于是决定进行一场辩论。作品接下来描写的是人们关于这个问题的辩论过程。当辩论陷入僵局时，老克莱顿来了。他请求总督保护这些年轻人。但此时总督布莱克西斯显然已经下定决心要把他们献祭。于是，他命人把多西科勒斯和克瑞坦德罗斯等带上了祭台。但在柴堆刚刚被点燃的时刻，突如其来的一场大雨浇灭了献祭牺牲的火焰。总督认为这种异象是一个预兆，它表明众神不喜欢他这样做，于是他释放了克瑞坦德罗斯和多西科勒斯。被释放的二人和老克莱顿一起返回塞浦路斯，到家后他们受到热烈欢迎。但这一切却让克瑞坦德罗斯的妹妹米瑞拉很不高兴，因为她也爱上了漂亮的多西科勒斯。她偷偷地在罗丹瑟的酒杯中下了麻痹毒药，致使罗丹瑟中了毒。中毒后的罗丹瑟一直处在昏迷之中，多西科勒斯想尽了办法，也不能让她清醒过来。一天，他和克瑞坦德罗斯在去打猎的途中，观察到一头熊在用一种草药给自己治病，于是便把这种草药采集回来，用它恢复了罗丹瑟的意识。最终二人如愿以偿，结为夫妻。

《罗丹瑟和多西科勒斯》的版本较多，但目前仅有四份手抄本被保存了下来。它们分别是手稿 H（Heidelbergensis Palatinus gr. 43，ff. 39v—83r）、手稿 U

（Vaticanus Urbinas gr. 134，ff. 78v—119r）、手稿 L（Laurentianus Aquisiti e Doni 341，ff. 1r—50v）和手稿 V（Vaticanus gr. 121，ff. 22—29v）。其中手稿 H 的引言部分有文字说明这部小说是献给安娜·科穆宁（Anna Comnena）的丈夫恺撒尼基福鲁斯·布鲁恩尼奥斯（Nikephoros Bryennios）的。

二

这个故事似乎完全可以说是 4 世纪拜占庭作家赫利奥多罗斯（Heliodoros）散文体《埃塞俄比亚传奇》（*Aethiopica*）的缩写版，或曰仿写版。普洛德罗姆斯在写作这个故事的时候，无论是从故事情节，还是作品结构，乃至故事结局来看，似乎都模仿了赫利奥多罗斯。和《埃塞俄比亚传奇》相比，普洛德罗姆斯除了将男女主人公的名字改动之外，还删掉了很多枝蔓的情节、大量的场景和次要人物，使原来错综复杂的故事变得更加简单，同时又将这个故事由散文体变成了诗体作品。那么，这就带来了一个问题：这样的一个重新写作的作品，研究它究竟有什么价值呢？然而，通过对《罗丹瑟和多西科勒斯》的细致考察，可以看出，正是在这种改编或仿写中，作家深刻地表现了 12 世纪拜占庭文艺复兴时期的社会文化本质特征。具体来说，其思想观念方面的贡献主要体现为以下几个方面：

首先，从哲学层面上来说，作家展示了"爱欲"（amours）的强大魔力，揭示了爱欲作为人的本质特征的真谛，同时也探讨了道德选择在人的本质追求中的决定性作用。

这部小说的故事发生的基本原因，是男女主人公之间不可遏制的爱情和相互结合的欲望。也就是说，这一原因似乎和赫利奥多罗斯《埃塞俄比亚传奇》所描写的原因大致一样，两部作品中的男女主人公相爱的起因都是青年男女的一见钟情。或者说，推动故事发展的根本动力仍然是男女青年人之间升起的不可遏制的情爱。例如，本作品中就写道，英俊的男青年多西科勒斯"在家乡阿比多斯第一次见到罗丹瑟后，就热烈地爱上了她"。而女主人公罗丹瑟对其也一见钟情，产生了发自心底的不可遏制的、难以名状的爱，并芳心暗许。也就是说，他们似乎都在一刹那间被爱神之箭射中了，并做出了直觉性的相爱的选择。男女主人公根本没有考虑到对方的身份、地位和人品等其他因素，这都是相互之间突然出现的爱欲使然的。他们仅仅凭着相互之爱，便不顾一切，毅然离家出走，甚至共同去遭受来自"命运"的，实质是自然带来的或人为造成的没完没了的磨难。不仅如此，即使灾祸频频，危险不断，甚至面临绝境，两个相爱的人也没有表现出任何悔恨之意或相互埋怨之情——这样的事情，在现实生活中其实是根本不存在的，尤其在封建道德的约束下，更是不可能出现的。换言之，在拜占庭小说中表现出来的这种剔除了一切社会、历史、文化等原因，抽象地描写"为爱而爱"，或者说单纯地展示"一见钟情"的故事，除了受爱情传奇类作品写作模式的固有限制之外，更重要的是，这种描写的背后，实则体现着拜占庭作家们对古希腊文化中关于人的本质的认识传统的继承，以及新的思考。

如前所言，拜占庭文学来自古希腊的文化和文学传统，这就决定着赫利奥多罗斯和普洛德罗姆斯对爱欲的弘扬是与古希腊文化中对人的本质的朴素认识密切相关的，也与古希腊文化中将爱欲看作具有决定性的情感欲望力量的认知高度一致。我们知道，古希腊人非常重视爱欲的魔力，甚至将其看成构成世界本质的要素之一。这样说的主要根据在于，仔细观察最早产生的希腊神话（即国内有些教材所说的"老辈神"的神话，或我们前面所说的"前希腊神话"，或"爱琴神话"），可以看出，其核心神祇是四大主神，分别是地母盖亚（Gaia）、天神乌拉诺斯（Uranus）、海神波塞冬（Poseidon）和爱欲女神阿芙洛狄忒（Aphrodite）。这四大主神代表了公元前12世纪之前生活在爱琴海周边乃至小亚细亚地区的人们对构成世界的四大基本要素的朴素理解。这四大要素分别是大地、天空、海洋和富有情感欲望的人类。也就是说，这四大要素，构成了古希腊人脑海中世界的基本架构。从这四大主神所包孕的内涵中可以看出，前三个主神都是代表自然力量的神祇，而只有爱神是代表富有情感欲望的人的神祇。爱神阿芙洛狄忒代表着情欲和性爱，因而在古希腊人眼中，爱欲就是人类最基本的或本质性的特征。这种古希腊人对世界基本构成的看法，认为人的情感欲望是世界中最重要的要素，并且前三种要素都是为人类这一要素的存在而服务的。在后来的"俄林波斯神统"的希腊神话中，四大主神变成了十二个主神，其中一些神祇的地位和职能有了很大改变，尤其是爱神阿芙洛狄忒，她的地位有所下降，由父一辈的神变成了子一辈的神，但她仍然作为重要的主神强势存在着，并参与了人世间的各种纷争与主要活动。这也说明，爱（欲）是人的本性（或曰本质），这一基本观念在古希腊人那里从未改变，甚至在拜占庭历代作家们的心中也没有改变。作为深谙古希腊神话精髓的学者，普洛德罗姆斯必然会和早期的古希腊人一样，也把爱欲看成人类最重要的特征之一。他描写两个青年男女之间的一见相爱，这恰恰体现了他自己观念中的爱与古希腊文化中对人的本质是爱欲的理解相通，这也体现了两个不同的时代对人本质的认识的契合。按此理解，这部传奇所描写的罗丹瑟与多西科勒斯之间爱情的突然发生，并不是以往那些流行的平庸情爱小说所表现的简单的肉体欲望吸引或满足的形而下问题，而是一种形而上的探讨人类本性和本质关系的问题。由此可见，这种观念毫无疑问是来自古希腊情爱观或性爱观的，但同时，这种把古希腊情爱观或性爱观上升到人的本质的角度来认识的举措，也正是拜占庭科穆宁文艺复兴时期人们对爱情或情欲看法深化的体现。

不仅如此，《罗丹瑟和多西科勒斯》还围绕"欲的本质"这一核心问题，继续探讨了与之相关的各种冲突、对立、矛盾。在作家看来，虽然爱欲是天生的、本质性的东西，但爱欲本身，或者说人的本质是不能独自呈现出来的，它是在人的具体存在的社会关系中和一定条件下的具体活动中显现出来的。换言之，人是现实性的存在，这决定着这种本质性东西是在各种各样的现实矛盾与冲突中显现出来的。从《罗丹瑟和多西科勒斯》的描写中我们可以看到，爱欲人人都有，但却有着不同的倾向，围绕着爱欲的冲突存在不同的情况：有的情节表现为个人自身的冲突（如欲望与道德），有的表现为家庭内部的冲突（父母与儿女），还有的表现为个体与社会力量的冲突（如个人与强盗、官军和其他求爱者等）等。同样，我们还知道，在爱情中，人们的态度是不一样的。例如，有人把爱欲当成彰显高尚道德的平台；有人把爱欲当成门当户对的砝码；还有人把爱欲当成肉欲实现的目的。也就是说，爱欲的达成是在各种现实的矛盾冲突中进行的，是在充满着矛盾与斗争的现实中经过个人努力克服各种障碍才能实现的。与之相关，在围绕爱欲所描绘的各种冲突中，作者非常看重个人道德抉择的重要性。换言之，小说是通过男女主人公在各种冲突交替纠缠中的自主抉择来实现其爱欲本质的。请注意，所谓男女主人公通过"自主抉择"来实现自己的理想之爱，是指靠自身强烈的道德情感来实现这种本质复归，这是一种在此前同类作品中从来没有出现过的思想。此前出现的作品中，即使有选择的情节，

其选择也不过是出于个人的喜好（如因为对方很美），或别人帮主人公选择（如受某人之托），或听命于神谕进行选择（如德尔菲神庙的神谕），《埃塞俄比亚传奇》中的主人公的选择就是如此。《罗丹瑟和多西科勒斯》中的这种自我选择，是出自严肃道德进行的选择，而不是任何一种现实中功利性的选择。这种思想的出现，凸显了个人道德选择的重要价值。这样，个人的道德选择在本传奇中就处于压倒一切的地位，这就彰显出鲜明的时代价值。对此，罗伯特·汉宁（Robert Hanning）认为，自主选择本质是每个人都希望将自己视为单一独特的个体，将对个人主观体验的发掘当成对一个有待探索的空间的发现，这为 12 世纪拜占庭浪漫传奇赋予了新的生命力。[1]

其次，从社会层面上来说，普洛德罗姆斯在看待事物发展的原因和进程时，开始更加注重社会要素的作用，因此，在《罗丹瑟和多西科勒斯》中，神秘的超自然力量的作用开始淡化，关注现实问题的因素得到增强。

在此前拜占庭浪漫传奇的叙事文学传统中，尤其在古代浪漫传奇故事中，命运、神祇、圣物及魔法等元素至关重要，因此，很多作品倾向于在描写中凸显这些超自然要素对故事走向的支配作用。"早期的希腊（拜占庭）罗曼司中的'奇迹'总伴随着神明的帮助，以超

---

1 Robert W. Hanning, *The Individual in Twelfth-century Romance*, New Haven and London: Yale University Press, 1977, p. 1.

自然的形式展现。"[1] 如 2 世纪初期的《路西彭和克里托蓬历险记》（*Leucippe and Clitophon*）中展现的具有治愈能力的大象和拥有巨大力量的鳄鱼[2]，《埃塞俄比亚传奇》中的能够对抗燃烧火焰的神奇宝石潘塔贝（Pantarbê）[3] 等等，这些超自然元素常常在人物遇到难以解脱的困境时，或遇到无法摆脱的厄运时，使悲剧性的发展进程翻转。不仅古希腊作品如此，当基督教成为拜占庭社会主导的意识形态时，传奇故事中描写的具有自然意味的奇迹虽被搁置在一旁，但宗教的奇迹又登场了。比如，拜占庭早期的圣徒传奇中很多关于宗教奇迹的情节描写就是如此。在这些作品中，信徒、修道士或苦行者等在人生旅途中遇到的世界也都是超自然力量主宰的战场。在这种世界中，恶魔无处不在，女巫四处横行，他们都企图毁灭人类，而这些作品或用上帝的显现来使人们脱离苦海；或通过圣人施行的奇迹拯救弱者。也就是说，到了基督教时代，神迹、奇迹常常代替异教时代的神谕、魔法来实现逆转人物悲剧命运的功能。由此可见，不管是在此前出现的这类作品中，还是在基督教文化统治下的这类作品中，超自然的外在力量一直被作家们当成改变人物命运的主要因素，并起着决定性作用。

然而，在《罗丹瑟和多西科勒斯》中，这种超自然力量的作用在描写中被明显弱化，人类受难的原因或得救的希望，都基本被现实中的因素取代。比如传统小说中展示的难以把握的命运对主人公的捉弄，或某一神灵的捉弄以及某种超自然魔力等带来的作品中人物命运的突转等，都成了现实中事物发展因果关系的逻辑运行结果。就主人公离家出走的原因而言，《罗丹瑟和多西科勒斯》中两个情节的出现非常重要。一是关于罗丹瑟和多西科勒斯相爱之后出走原因的描写。多西科勒斯和罗丹瑟相爱之后，并没有像以往的同类小说描写的那样，立刻双双离家出走（也就是说以往的作家根本不交代男女主人公出走的现实原因，只是说两人之间产生了不可遏止的爱）。这部作品则将原因现实化和生活化了，多西科勒斯虽然和罗丹瑟两个人相爱了，但并未失去理智，而是按照规矩让家里派人去向罗丹瑟父母提婚。恰恰是提婚受阻，才导致了他们要偷偷离开家庭而私奔。这样，他们离家出走的原因就不再是所谓的小爱神厄洛斯（Eros）所怂恿出来的"不可遏止"的爱，而变成罗丹瑟家庭的强烈反对这一现实的障碍。也就是说，罗丹瑟父母的拒绝成为他们离家出走的根本原因。再看另一个情节：多西科勒斯的塞浦路斯狱友克瑞坦德罗斯爱上少女卡瑞索克茹后，也是因遭到少女家人的反对，才采取了鲁莽的绑架行动，结果导致她的

---

1 J. R. Morgan, "Make-believe and Make Believe: The Fictionality of the Greek Novels," in C. Gill and T. P. Wiseman eds., *Lies and Fiction in the Ancient World*, Exeter: University of Exeter Press, pp. 175—229.

2 Achilles Tatius, *Leucippe and Clitophon*, S.Gaselee trans., Cambridge: Havard University Press, 1984, p. 193.

3 Heliodorus, *Aethiopica*: *Theagenes and Chariclea*, Rowland Smith trans., Independently published in 2020, IV 8.7, VIII, pp. 11—12.

死亡。作品还描写了少女死亡后，克瑞坦德罗斯被审判的过程。在审判时，尽管他被证明是无辜的，但因社会上充满对他的敌视情绪，他还是被众人判处死刑，走投无路才逃离了塞浦路斯。这样，家庭对其爱情的反对和世人对他的态度这些现实因素，就取代了以往所谓的神灵恶作剧。

当然，普洛德罗姆斯的小说也没有彻底否定神迹或超自然力量的作用，仍然存在着这些要素的展示。但他笔下的神迹既不完全来源于异教神明，也完全不依赖于基督教的上帝，还有物质自身的功效。如《罗丹瑟和多西科勒斯》中，被下毒的罗丹瑟是靠草药被治愈的，而不完全靠某种神秘的神迹——毫无疑问，草药本身就有治愈疾病的功能；再有，献祭场上突如其来的暴雨浇灭了熊熊燃烧的火焰，拯救了多西科勒斯和克瑞坦德罗斯，这也很难说就是神的意志的体现，其实我们完全可以用事物发展的偶然性来解释这场暴雨的不期而至。这一点只要对比一下《埃塞俄比亚传奇》中女主人公在熊熊燃烧的大火中被身上佩戴的、具有避火魔力的宝石所拯救的情节，就可以看出《罗丹瑟和多西科勒斯》所描写的奇迹的内涵的改变。也就是说，普洛德罗姆斯更倾向于把偶然出现的事件看成是现实原因和自然原因导致的，而不完全是所谓的超自然原因。这说明，"奇异之物""魔法功能"的有限退场，恰恰反映了12世纪拜占庭人对社会上发生的各种事件的认识水平的提高和对事物发展规律认识的进一步深化。

不仅如此，相较于此前出现的同类作品，这部作品中故事情节本身的现实性因素也有了极大增加。如前所言，此部作品发生的社会环境，如同《埃塞俄比亚传奇》一样，一直是个众多海盗和野蛮掠夺者横行的典型环境。就其现实性而言，它真实而生动地揭示了自帝国诞生以来到12世纪拜占庭兴盛时期，地中海上海盗横行、陆地上匪徒抢掠猖獗的社会真实面貌。可以说，当时海盗和掠夺者在东地中海区域抢劫活动的盛行，既是整个欧洲中世纪社会的一个不稳定的独特现象，又是拜占庭帝国在12世纪之前一直面临的主要危险之一。加之君士坦丁堡城就坐落在当时世界贸易主要通道的北方航路上，这航路是帝国生存和发展的命脉所系。这样，海盗活动也就成了当时北方航路上最危险的存在。以至于有学者指出，这部作品中的"海盗和野蛮掠夺者的突出作用可以很好地反映中世纪地中海航海的现实，而其俘虏的悲惨命运可能与12世纪巴尔干和安纳托利亚战役俘虏的悲惨命运相呼应"。[1]由此可见，这部小说以海盗和众多匪徒抢劫为背景，这等于为故事发展提供了一个基于社会现实的真实舞台。在这样一个真实的舞台上，作家所描写的故事中即使存在一些虚构性或虚幻性要素，也不影响其反映现实的功能。更何况，

---

1 *Four Byzantine Novels: Theodore Prodromos, Rhodanthe and Dosikles; Eumathios Makrembolites, Hysmine and Hysminias；Constantine Manasses, Aristandros and Kallithea; Niketas Eugenianos, Drosilla and Charikles*，translated with introductions and notes by Elizabeth Jeffreys，Liverpool：Liverpool University Press，2012，p.17.

我们在前面已经说过，在这部作品中，故事发展的原因已经"现实化"了，人物的行动和事件的发展也变成受现实因果逻辑关系推动了。那么，我们将其称为一部表现现实生活的浪漫传奇作品，似乎也就说得通了。鉴于这部作品所揭示的历史现实和人性的复杂面貌，我们可以将其作为一部表现 12 世纪拜占庭独特社会现实的严肃小说来阅读。不仅如此，这种现实性的增强，还会使人们很自然地更深入地去探索和反思那一时期的社会环境以及人性的复杂状况，从而更深入地理解和评价它的价值。

再者，从个人发展的角度而言，作品主人公表现出新的精神面貌，且作家在继承古典文化传统中流露出了以个人自由和独立意识来评判人物的新标准。

在这部小说设置的矛盾冲突中，令人印象深刻的是主人公身上所承载的新的伦理道德观。诚然，罗丹瑟和多西科勒斯是为了爱情而离家出走的，但如前所言，他们又是在爱情被家庭阻挡而不能实现的情况下出走的。这样，反抗家族势力的阻拦和破坏，追求爱情的自主，就蕴含着新的以个人自由和独立意识为核心的价值观。正是这种新的价值观的出现，才使得作品中的男女主人公奋起反抗封建家族观念和传统道德观念的束缚，以追求个人的自由，尤其是个人恋爱的自由。还有就是小说在描写被俘的主人公们时，减少了对命运和神祇的抱怨之词，而是对现实中戕害者的拘禁、压迫和侮辱进行控诉，表现出了把自由人变成任人宰割的奴隶的做法的不合理。

这也说明主人公们的不满与反抗，更多地承载了当时拜占庭现实社会中出现的"自由与奴役"之间冲突的意蕴。我们知道，在拜占庭社会，奴隶制度的存在和演变始终是一个难以回避的议题。即使在 12 世纪，奴隶的存在这个历史遗留问题仍然很明显，并深刻地印刻在社会结构和人们生活的各个方面。然而，在这个时期，也出现了一种新的趋势，那就是对个人权利的关注和尊重，以及反对奴隶制的思想。例如，曼纽埃尔一世（Manuel I）在其统治期间就曾采取过一系列措施和行动，以直接应对这个严重问题。他通过立法，释放了那些主要因为经济破产和战争而沦为奴隶的人。曼纽埃尔一世的政策在某种意义上说，反映了拜占庭社会在这一时期开始追求新的价值观。而这种价值观的转变标志着一个重要的历史节点的到来，即拜占庭社会从此开始从残余的奴隶制中觉醒，寻求更加公正、平等的社会秩序。这种转变的发生，无疑对于揭示 12 世纪拜占庭社会的动态变化具有重要的价值。这种转变的影响和意义，不仅体现在具体的社会政策和法律行动上，更表现在这种变化所蕴含的深层次文化和价值取向的转变上。

这部作品中的另一个能表现自我意识觉醒的情节是作家对女性贞洁观态度的展示。换言之，贞洁虽然是普洛德罗姆斯极为关注的重要话题，但与科穆宁王朝时期出现的其他几部罗曼司作品相比较，《罗丹瑟和多西科勒斯》体现着对忠贞这一概念的独特理解。例如，小说中有两处非常重要的关于贞洁的描写。第一次是在罗德岛的一次节日聚会之后的晚上，被酒精扰乱了心智的多西科勒斯，面对自己的爱侣产生了强烈的性欲冲动。罗丹瑟面对所爱之人，虽然理解他的行为，但对他的无理要求严词拒绝——这里不仅有女主人公要保护自己童贞的意识，更重要的是，她强烈感到多西科勒斯侮辱了她的人格，因为此时觉醒了的她认为自己被对方看成了满足欲望的工具——这无疑是对方对自己人格的极度不尊重。第二次是在他们成为俘虏后，强盗头领米斯蒂洛斯的副手戈布里亚斯试图违背她的意志，要强奸她，为此她进行了殊死抗争。在这个情节中，她一方面要保护自己的贞洁，但更重要的是她要维护自己作为女性的尊严。在以往那些同类作品的描写中，"纯洁"都是在体现女性对自己身体不被玷污、名誉不被败坏的考虑，目的是要把自己的身体在新婚之夜完璧地献给自己的丈夫——这类形象的背后，体现的是古希腊神话中处女之神阿尔忒弥斯（Artemis）的贞洁意识，同时也体现了基督教的处女贞洁观的影响。但我们可以看出，《罗丹瑟和多西科勒斯》则是通过保护贞洁的主张彰显女性的自我人格乃至自我尊严。甚至我们从这部小说的题目上，也可以得到作者彰显女性自我尊严的强烈暗示。对比一下12世纪出现的其他几部罗曼司作品就会发现，被认为在故事情节、思想内容乃至艺术手法方面最相似的《罗丹瑟和多西科勒斯》和《荻萝希拉和查理克利斯》（Drosilla

and Charikles），都是把女性名字放在男性名字的前面，而《阿里斯坦德罗斯和卡莉西娅》（Aristandros and Kallithea）则是把女性名字放在题目的后面——这显然体现了不同作者对女性的不同态度。不仅女性如此，我们也可以看出，男性主人公多西科勒斯在实践中从一个只知道满足自己性欲的青年，逐渐变得充分尊重他者和自己的人格，开始追求男女双方之间"爱的本质"的达成。这一特点，我们从作家对其他青年男女关系的描写中也可以得到多方面的印证。这说明，普洛德罗姆斯的作品所体现出来的对个人尊严的尊重，也达到了一个新的高度。这更证明在12世纪，新的人生观开始出现。对此，罗伯特·汉宁认为，可以将12世纪的罗曼司定义为个人经历的庆典，这一时期的小说更多开始关注日益增长的自我意识和个体实现问题。[1]总之，以上三点集中反映了《罗丹瑟和多西科勒斯》在12世纪科穆宁时代的独特价值，即新的世俗性的人文主义思想的出现。

三

作为12世纪拜占庭最出色的爱情浪漫传奇的代表性作品，《罗丹瑟和多西科勒斯》在艺术上取得了很高的成就。

第一，就其结构艺术而言，《罗丹瑟和多西科勒斯》的结构艺术既受到荷马史诗以及《埃塞俄比亚传奇》的深刻

---

1 Robert W. Hanning，*The Individual in Twelfth-century Romance*，New Haven and London：Yale University Press，1977.

影响，同时又体现了 12 世纪作家的艺术创新精神。

读过这些作品的读者都知道，大多数拜占庭浪漫传奇的故事通常在一个陌生的、远离原生土壤的异国他乡的背景下展开，而主人公自己的家乡或出生乃至生长的地方则有意识地被忽略，变成了一种似乎可有可无的远景。换言之，主人公所经历的一切都发生在完全陌生的国家或地域内。就其结构来看，基本形成了包括"离家—历险—回家"三大要素在内的构成模式。在这一点上，《罗丹瑟和多西科勒斯》与早先出现的同类小说，如《埃塞俄比亚传奇》，是一样的。从叙述方式的角度来看，此作也像其他拜占庭爱情浪漫传奇一样，前两卷采用倒叙手法，然后从第三卷开始正叙，交代此前事件发生的原因，随之又分别展现男女主人公两条线索独立的发展状况。最后一卷作家将两条分叙的线索收束在一起，完成情节发展并形成"有情人终成眷属"的结局。从叙述视角上来看，作家所采用的也是第三人称叙述视角。

其实，我们可以将这类作品的结构模式追溯到荷马史诗《奥德修纪》（Odyssey）。在《奥德修纪》中，通过主人公奥德修斯（Odysseus）的回溯讲述出来的（倒叙）其十年归家的历程，以及他最后诛杀一百个求婚者的结局（正叙），就是这种结构模式的滥觞。倘若说《奥德修纪》是这一类叙述模式的最早形态，那么 4 世纪出现的《埃塞俄比亚传奇》就是这一结构模式的发展和定型，而 12 世纪出现的《罗丹瑟和多西科勒斯》就是这种叙事模式基本完善的体现。若从艺术效果上来说，它们均是先从故事最紧张的场面写起，引起悬念，然后走入对事件的平缓交代和对接下来事件演进的叙述，从而使故事内在的张力得到缓解。之后再次走向紧张的叙述，并把作品中的各种矛盾线索聚拢在一起，形成最后的高潮。因此，我们也可以说，这种结构模式，是拜占庭文学所独有的，其显示出的是拜占庭浪漫传奇文学完全不同于西欧罗曼司作品的特殊性。

但也要看到，《罗丹瑟和多西科勒斯》在结构上具有强烈仿古因素的背后，也体现了作者在小说艺术领域的新探索。这些探索一是表现为它的情节更集中，结构更为紧凑，很多偶然性和枝蔓性的情节被砍掉，尤其是那种荒诞的、带有神魔意味的情节大幅度减少。这说明作家的写作眼光更聚焦在主要人物命运的自主发展上，聚焦在对现实的心理需要和审美效果的追求上，也说明作家对事件发展的认识能力和把握能力极大增强。二是推动作品情节发展的重心，已经从人为的结构安排和单纯卖弄叙述技巧转向了主人公内心的冲突和现实矛盾纠缠等因素对情节发展的控制。换言之，若说拜占庭早期罗曼司故事情节的曲折性和生动性大多是靠作家在结构上的精心安排实现的，那么在 12 世纪出现的罗曼司作品中，尤其是在《罗丹瑟和多西科勒斯》中，推动情节向前发展的动力，更多的是作品人物内心的冲突和现实中复杂矛盾的相互作用。这种转换甚至在同是 12 世纪出现的《海斯米尼与海斯米尼阿斯》（*Hysmine and Hysminias*）、《荻萝希拉与恰瑞克里斯》等作品中也得到了有力证明。换言之，该艺术手法的运用也表明，作家已经开始从把握事物外在现象深入到了观察事物发展的内部，这是人认识能力的进一步深化。三是在对结构要素的把握和使用上，作家已经从借用神祇、命运等神秘力量干预情节和结构发展，转移到借用现实生活中存在的偶然发生的事件。或者说在情节偶然发生"突转"或"反转"的地方，都可以看到其背后隐含的现实原因，即作家开始有意识地从事物发展的必然性与偶然性关系的角度来说明问题了。凡此种种，标志着 12 世纪拜占庭作家对于结构艺术的新突破。

第二，《罗丹瑟和多西科勒斯》的描写技巧更为成熟和老练。普洛德罗姆斯的爱情浪漫传奇不仅情节结构出色，而且其描写技巧也有效且创造性地运用了古典文化的元素。在修辞上，作家采用了象征、以物喻人、悬疑、对比等多种写作手法。例如，作品写到少女罗丹瑟因被下毒而瘫痪之后，多西科勒斯去山中打猎，看到一头半身麻痹的熊在用一种奇特的三色植物自我医治，并且治愈了自己。于是，他深受启发，也决定用这种植物去治疗他的情人。应该说，这一情节就充满着象征韵味。著名拜占庭文学研究家古德韦恩（Goldwyn）认为，在这个情节中，"熊"是多西科勒斯和罗丹瑟二人恋情的镜像隐喻，"熊"那瘫痪的右半身意指多西科勒斯心爱的对

象罗丹瑟患病了。而奇特的三色植物（根是白色的，叶子似红玫瑰，上面有紫色花覆盖）则象征"爱欲"。[1] "三色植物"治愈了熊的伤病，也意味着只有"爱欲"才能够治愈罗丹瑟的瘫痪。甚至有学者认为，"受伤瘫痪的熊被三色草治愈"的情节，也寓意着罗丹瑟痊愈后与多西科勒斯完美结合（意味着欲望和婚姻的完满）。[2] 应该说，这一情节所包含的象征是多层次的，也是多内涵的，作家对象征手法的运用也是高超的。再如，作者在小说中多次采用悬疑的手法，以增加作品的艺术魅力。例如，这部爱情浪漫传奇与《埃塞俄比亚传奇》一样，第一章也是从故事中间写起，以"海滩上一片狼藉，男女主人公被强盗掳走"开篇，这就是"悬疑"的设置——读者紧接着会问"这里究竟发生了什么事情""这对青年人是什么关系"，以及"他们的命运将会怎样"等一系列类似的问题。由此可见，这样悬疑情节的设置，毫无疑问会引起读者的好奇心。当然，我们也知道，这样的悬疑性描写并非普洛德罗姆斯的首创，而是对《埃塞俄比亚传奇》的模仿，但问题在于，《罗丹瑟和多西科勒斯》的设置却更加紧凑和简练，

---

1 这里所说的植物的"三颜色"也可对应罗曼司故事中常见的百合花、玫瑰花和紫藤三种植物。一直以来，在欧洲文坛这类题材的文学作品中，它们均为情欲的象征。在 10 世纪前后，桃金娘、藤蔓、紫罗兰、玫瑰花、百合花和月桂树这六种植物在性爱故事中也常常象征性欲。

2 Adam J. Goldwyn, *Byzantine Ecocriticism: Women, Nature, and Power in the Medieval Greek Romance*, Switzerland：Palgrave Macmillan，2018，p.102.

这就使得其造成的效果更加强烈，更引人入胜。再如，当总督布莱克西斯想把多西科勒斯二人作为牺牲献给神的时候，作家写他不知什么原因又犹豫起来，还组织人进行了一场冗长的辩论。这是作家又一次在使用悬疑"手法。布莱克西斯的决定究竟为何？二人究竟是否被送上祭坛？或者说，他们俩是否会逃脱这场危机？正是一个接一个悬疑的设置，使读者一直为作品故事发展进程而紧张。直到作品的最后，各种悬疑才得以破解，故事从而达到圆满的结局。还需指出的是，作品还利用一些具体精湛的场景展示男女主人公所面临的独特境遇，甚至还用对工艺物品的精致刻画、法庭辩论（本质上是关于哲学问题的辩论）的展示，以及哭嚎哀叹等细节的描写来烘托不同人物的性格与气质，借用歌曲副歌的方式以及谚语、格言等来营造作品的气氛等。这都表现出了《罗丹瑟和多西科勒斯》高超的写作技巧。

应该指出，这些技巧，既是继承古典书写传统的结果（因为有些技巧就是从《埃塞俄比亚传奇》中直接仿照过来的，有些是经过少量改动而使用的），也是作家创造性发展的产物。例如，《罗丹瑟和多西科勒斯》最鲜明的特点是，其多样的写作技巧更加自觉地围绕着人物的塑造，而不像古希腊同类作品那样只起到了烘托故事或点缀人物活动场景的作用——我们知道，当作品围绕人物性格塑造，而不围绕故事进展使用各种写作手法的时候，现代小说与传统故事之间的分界线就出现了。这也意味着欧洲现代意义上的小说形式已经初露端倪。

第三，由于作品使用诗歌体写成，其抒情要素极其浓厚，故整个作品可以看成作家自己主观情感抒发的产物。受诗歌体裁决定，文学作品的抒情性更多地体现为作者主观情感的直接表达。在与《埃塞俄比亚传奇》的比较中，我们可以看到，二者的主要不同之处在于，《埃塞俄比亚传奇》是用散文体写成的，它对故事的场景、人物的性格和心理活动，以及与之相关联的其他场景的交代和展示，都是依据所发生的事件的。其中，场景是具体的，细节是翔实而生动的。简而言之，作者对故事发展所进行的叙述也相对具有客观性。而《罗丹瑟和多西科勒斯》所讲述的爱情故事，则是以主观体验和情感活动来推动叙述向前发展的。这样，表面上看，故事似乎还是对老故事的重复，叙事结构还是对传统结构的模仿，但最大的区别则是，前者是依据客观事物自身发展的逻辑所进行的具体性的叙述，而后者则是遵从着主观情感逻辑所进行的抒情性的叙述。前者追求的是客观性的写实，而后者追求的则是主观性的情感真实。比如说，在《罗丹瑟和多西科勒斯》中故事发生的时间是模糊的，这个故事究竟发生在古希腊时期还是 12 世纪，作品根本没有交代。人们读这部小说，只能感到在某一个时代，曾经发生了这样一件事情，读者随时可以把这个爱情故事安放在任意一个时代。这正如比顿（Roderick Beaton）所指出的那样，普洛德罗姆斯作品中的

"时间消失在了主人公的主观意识中"。[1]

以情感抒发来创作是普洛德罗姆斯的这部作品的典型特征。也可以进一步说，情感逻辑优先于现实逻辑的写法，是 12 世纪拜占庭出现的诗体爱情浪漫传奇的共同特征，不仅《罗丹瑟和多西科勒斯》如此，与其非常相似的尼克塔斯·欧金尼亚努斯（Niketas Eugenianos）的《荻萝希拉和查理克利斯》以及其他人创作的作品也是如此。卡罗琳娜·库帕内（Carolina Cupane）也提出过类似的观点，即 12 世纪的浪漫传奇以种种方式展现了一个"幻灭的世界"（disenchanted world），这种幻灭与其说是对奇迹的批判和对理性的认知，不如说是对传统叙事材料的心理还原，或是一种叙事重心的"拜占庭式"转变。[2]

总之，通过《罗丹瑟和多西科勒斯》我们可以了解到，12 世纪出现的拜占庭爱情浪漫传奇虽然是帝国仿古复兴的重要产物，并且融合了来自古希腊、拉丁罗马、拜占庭本土，以及东方等多种古代文化元素，但其在思想内容和艺术形式乃至表现手法上皆有所革新，体现了 12 世纪拜占庭文学新的鲜明特点。它的价值在于，一方面它以早期希腊浪漫传奇为依据，让异教希腊的记忆在主流基督教文化中得以重生；另一方面，它还突破了早期拜占庭文学的保守态度和古板框架，强调人的自我体验，继而促生了具有时代典型性的新兴道德规范和观念态度。其中，有关人的发现、个性的解放，以及世俗文化兴起的内容，对随之而来的拜占庭文学乃至 13 世纪以后的意大利文艺复兴都有着不可小觑的推动意义。诚如路易丝·卢米斯（Louise Ropes Loomis）所言："东西方文化交流的具体更迭取代以及由此产生的审美、意识形态，使得 12 世纪拜占庭浪漫传奇作品能够进入新的文化、文学和政治语境中，这为意大利文艺复兴的知识分子提供了必要的启蒙。"[3]

（特约编辑：程茜雯）

1 Roderick Beaton, "Transplanting Culture: From Greek Novel to Medieval Romance," in Teresa Shawcross and Ida Toth eds., Reading in the Byzantine Empire and Beyond, Cambridge: Cambridge University Press, 2018, p.507.

2 Cupane Carolina, "Lo straniero, l'estraneo, la vita da straniero nella letteratura (tardo) bizantina di finzionee," in Laurent Mayali ed., Identité et Droit de l'Autre, A Robbins Collection Publication, University of California at Berkeley, 1994, pp.103—126.

3 Louise Ropes Loomis, "The Greek Renaissance in Italy," The American Historical Review 13, No.2 (1908): 246.

网络文学主体的审美视域和话语重塑

欧阳友权 *

内容提要：互联网之于文学的本体融合，让网络文学的审美主体出现视域边界的拓展和话语权的重塑。"看"的精神现象学、"无厘头"的风格化表达和感性的美学呈现，"探界"了网络审美主体的意识形态空间；而"E 时代"的作者地图、主体话语的真相钩沉引发的个人化话语反思，则把"E 媒"语境的话语权问题推向学术前台。于是，网络文学作为一种"文学"的存在方式，亦便在这个过程中试图赢得本体存在的合法性及其生成逻辑的必然性。

关键词：网络文学主体　"E 媒"语境　审美视域　话语重塑

The Aesthetic Perspective and Discourse Reconstruction of Online Literature Subject

Abstract: The ontological integration of the Internet with literature has led to the expansion of the visual field boundary and the reshaping of the discourse power for the aesthetic subject of online literature. The spiritual phenomenology of "seeing", the stylized expression of "nonsense" and the perceptual aesthetic presentation have "explored" the ideological space of the online aesthetic subject. Meanwhile, the reflection on personalized discourse triggered by the mapping of authors in the "E-era" and the uncovering of the truth of the subject's discourse has pushed the issue of discourse power in the context of "E-media" to the forefront of academia. Thus, as an existing form of "literature", online literature also attempts to gain the legitimacy of its

---

* 欧阳友权，男，中南大学网络文学研究院院长、二级教授、博士生导师，中国作协网络文学委员会副主任。主要研究方向：网络文学。本文为 2023 年度湖南省社科基金重点项目"从玄幻转向现实：网络文学的回归与超越研究"（项目号：23ZDB045）的阶段性成果。

ontological existence and the inevitability of its generative logic in this process.

Keywords: Subject of Online Literature; Context of "E-media"; Aesthetic Perspective; Discourse Reconstruction

从创作视角看，网络文学的审美主体是网络作家，他们过去叫"网络写手"。网络审美主体所要处理的依然是人与现实的审美关系，但网络媒介的"无缝介入"，让审美主体的视域边界和话语方式发生了些许变化。这些变化导致了网络文学创作的审美"越界"和文本表意的话语重塑。网络文学作为一种"文学"的存在方式亦在这个过程中赢得了生成逻辑的必然性与本体存在的合法性。

一、审美主体的视域"探界"

（一）"看"的精神现象学

文学本就是为"看"而存在的，这种"看"是一种脱离物质器官而依赖于内在视知觉的想象性活动。纸介成书，文字堪"看"，纸介质书是文学存在的理由，也是书籍进入人们思想的基本路径。

随着技术传媒的不断进步，这种"持书看字"的传统正在受到冲击。丹尼尔·贝尔（Daniel Bell）就曾断言："我相信，当代文化正在变成一种视觉文化，而不是一种印刷文化，这是千真万确的事实。这一变革的起源与其说是作为大众传播

媒介的电影和电视，不如说是人们在 19 世纪中叶开始经历的那种地理和社会流动以及应运而生的一种新美学。"[1]贝尔的断言一点没错。长期在一个视觉文化氛围浓厚的环境中生活，阅读文字的机会就会越来越少，而越来越少的文字之"看"，将导致文字阅读越来越不是一种主要的信息接收方式，人与现实的关系媒介就不再是文字而是图像。文字之难，举世公认，先不论文字深层的那些所谓的"表情性""表意性"的"转喻或隐语"，就算是日常生活中的随意对话，也不是直来直去的简单互动。与语言文字相比，图像有直观的优势。在数字化传媒几乎无所不在的时代，视觉图像日日夜夜伴随我们左右，更易于实现跨语言、跨文化传播。电子图像时代悄然降临，充斥于我们生活中的电视、电影、街头广告、互联网、手机等各种媒介，已经把视觉图像推到了生活的前沿，视觉文化扑面而来，整个时代正走向视觉霸权和视像殖民。

一般而言，文字表达指向人的精神，

---

1 丹尼尔·贝尔：《资本主义文化矛盾》，赵一凡、蒲隆、任晓晋译，上海：三联书店，1989 年，第 156 页。

文学的世界表征的是人的精神现象，因为语言背后蕴含的是习俗、规则、传统、历史积淀和生活方式。那么图像呢？图像同样能"目击道存"，直抵心灵，它背后同样有特定文化的浸染和积淀。我们认识图像就是认知图像中蕴含的文化内涵和精神世界，那些世界名画，如达·芬奇的《蒙娜丽莎》、毕加索的《格尔尼卡》，之所以成为名画，正是因为其中饱含丰富的人文内涵和审美精神。

网络文学的"看"，不仅与图像之"看"有差别（这一点它与传统文学无异），还与传统文学的读书之"看"，呈现出了不同的精神现象学症候。譬如，目之于"书"与目之于"屏"就大有不同。前者需敬畏文字，适于慢读细品、体味沉思；后者则适于"扫读"和浏览，不求深刻，唯求爽感，在追更动辄数百万字的长篇小说时就更是这样。网络文学属大众化通俗文学，其主要职能是"玩故事"，以打发闲暇，满足消遣娱乐需要。快乐的爽感是网文阅读的"看"之精神，这和阅读传统文学特别是纯文学或文学经典是大相径庭的，二者的精神追求不同，精神价值也不同。不仅如此，读书是纯粹阅读文字，发微言之大义，读者可以心无旁骛，入于书中，扪毛辨骨，悉心领悟作品精妙；而网络读屏往往不是阅读单一性内容或纯文字，屏幕上呈现的可能还有各种广告（特别是免费平台阅读）、作品信息链接、"本章说"和"段章评"的阅读干预，以及弹幕、表情包一类的屏显分享与交流。"看"已经融入网络生态环境，成为网络文化精神的汇聚与表达。

网络文学"看"的对象还有作品内容中浓郁的"视像"元素。网文创作更加感性，特别是网络类型小说，更注重故事桥段密集、场景描写具象可感，以及人物动作夸张的特点。有网友在阅读《悟空传》时感慨："我一边看，一边脑海中就仿佛出现了一幅幅美丽的画面。我们的网友能写出那么好的作品，说明我们的想象力并不差。我倒宁可在网上看网友们的作品，也不愿去电影院看那些所谓的'国产大片'。强烈向新浪建议：如果有可能，希望能将此网络作品改编成电影投入商业出版。希望我的呼声能得到网友们的支持！"[1] 事实上这一呼吁早已成为现实，不仅《悟空传》被改编为电影搬上了银幕，这些年热映热播的大量影视作品大多来自网文 IP 改编，网络文学的图像化已经成为文学之"看"的新形态，已构成"文—艺—娱—产"相统一的精神现象，这是当代网络文化转型的一大标志。凯特·柯恩（Keith Cohen）指出："从某种意义上说，自《尤利西斯》（Ulysses）以后，就可以看到电影性的展示……某些现代小说宣称自己是具有电影性的。……一种新的文化现象强行进入了他们（作家）的意识，并且进入了他们那一代人看世界的方式。"[2]

---

1 今何在：《悟空传》，北京：光明日报出版社，2001年，第3页。

2 凯特·柯恩：《电影与虚构小说》，转引自潘知常、林玮《大众传媒与大众文化》，上海：上海人民出版社，2002年，第392页。

从互联网上的文学作品来看，"看的精神"正带来一次新的文化转型。按照日本学者林勇次郎的说法，"看的精神"就是"新的感觉的时代"，就是"逻辑"的失效，就是图像"非理性"中心的确立。[1]仅从网络文学的角度看，它是怎样体现"看"的精神的呢？

一是展现身体。身体及其姿势（pose）的造型感是网络文学人物描写最吸引人的地方。它和传统的人物塑造有相类之处，即通过描绘人物的外貌、动作等特征，达到体现人物精神特质的目的。不同之处在于，网络文学的身体更多强调一种戏谑的意味，一种视觉的冲击感，身体姿势常常表现出一种直逼视觉的感官刺激。请看：

洞内不止他一个人，同样还有其他年龄相仿的男男女女，他们同样束发，同样的粗布麻绳。

他们与李火旺唯一不同的就是，身体上都有明显的外在缺陷，其中有白化病也有小儿麻痹。

各种先天后天的身体畸形都可以在这里找到，不大的料房溶洞内仿佛一座畸形博物馆。

这些人的工作跟李火旺的一样都是捣东西，只是捣的东西不同，有金石也有药物，但是很显然有些人并不安心工作。

"啊！"一声女人的惊恐尖叫，引得所有人看去。

只见在溶洞的一旁，一位兔唇的胖少年脸上露出猥琐的笑容，企图把一位白化病少女拉进自己的怀里。[2]

从这段描写可以看出，网络文学在描写身体时，更注重"看"的感官冲击力，这种身体观和很多纸面文学的身体观形成鲜明的差异。网络文学的身体之"看"，更加直观和简练，更侧重感性的精神释放，其中蕴含着回归人性本体的文学姿态。

二是蒙太奇式的图像结构。蒙太奇即结构安排和处理的一种特殊手法。图像是一种符合现代"格式塔"美学的符号，从网络文学的蒙太奇结构看，这类作品可能并不复杂，但情节的张力却很大，追求桥段密集跳跃、场景转换迅速，多重界面构成一种智力的迷宫，让读者的眼睛不断追踪对象，形成"注意力美学"，而漠视甚至排斥大脑在其中的理性思考。网络文学以蒙太奇图像控制"看"的精神指向，是源于吸引眼球、刺激神经兴奋点的需要，特别是玄幻修仙类小说，其作者常常以天马行空般的想象力，让"光环主角"在不同世界厮混，或在不同"位面"穿越，波澜起伏、高峰迭起的故事情节像万花筒般呈现，而"续更"式的创作方式最适合蒙太奇式的书写结构，以此产生"看"的追更驱动，体现"看"的审美精神。如果说传统作家如莫言、

1 阿尔文·托夫勒编《未来学家谈未来》，顾宏远等译，杭州：浙江人民出版社，1987年，第253—254页。

2 狐尾的笔：《道诡异仙》，https://www.qidian.com/chapter/1031794030/686286975/。

余华、阎连科的创作在故事营构上已经彰显出蒙太奇叙事的端倪，西方作家如卡尔维诺、博尔赫斯、昆德拉的作品也具有类似的"看"的审美精神，那么，网络文学创作则把这种精神推向了新的境界，因为网络类型小说的蒙太奇叙事已经"驯化"了千百万读者，赢得了消费市场的青睐。

三是 IP 向的"看"式创作。自 2010 年张艺谋把艾米的网络小说《山楂树之恋》拍成电影艺术片后，大文娱行业便从网络文学作品海洋中发现了内容"富矿"，网络小说诱人的故事和滚雪球般不断壮大的粉丝拥趸，让影视、游戏、动漫、出版等大众泛娱乐公司找到了文化资本增值的商机，他们纷纷从文学网站平台购买作品版权，获取声名鹊起的网文 IP。许多网络文学"大神"如唐家三少、我吃西红柿、猫腻、天蚕土豆、辰东、月关、血红等的作品迅速奇货可居，市场价格飙涨。IP 分发，版权转让，一时成为行业风口，2015 年还被称作网络文学"IP 元年"。《后宫甄嬛传》《何以笙箫默》《花千骨》《琅琊榜》《芈月传》《伪装者》《知否知否应是绿肥红瘦》《三生三世十里桃花》《延禧攻略》《都挺好》《长安十二时辰》《开端》……不仅让影视公司赚得盆满钵满，还让网站平台和网络作家同时受益。这样的 IP 导向极大激励了网文作者，他们无不期待自己的作品能够进入 IP 市场，得到泛娱乐文化资本的青睐。于是，网文创作的故事创意、情节桥段、场景设置、语言表达等，均围绕 IP 改编来进行，"剧本化""IP

向"成为创作的"密钥"和追求的目标，甚至出现"定制化创作"现象。与前文的蒙太奇叙事一样，以视频改编为标的"看"的审美方式旋即成为新的美学原则。近年来的一些爆款小说，如《大奉打更人》《道诡异仙》《天下藏局》《十日终焉》《书灵记》一类的二次元小说，就是 IP 向作品的代表。作者就是冲着影视改编去的，他们常常把视觉、听觉、场景、对话与桥段式故事结合起来，让"看"的精神在对接 IP 市场中得到充分展现。回到感性的眼睛，回到直觉的时代，将抽象转化为具象，将体验变成视听直观，用感觉替代心灵，让直观表达和接受成为"看时代"网络审美的基本成规，最终打造出网络文学创作关于"看"的精神现象学。

（二）"无厘头"风格

"无厘头"式的搞笑，是网络文学主体在表达风格上最常见的审美方式。"无厘头"本是广东方言中的俗话，意指一个人做事、说话不合常理，不按常规出牌，令人难以理解，其语言和行为似乎没有明确的目的，粗俗随意，莫名其妙。其常规表现是用稀奇古怪的语言造成偏离，让话语从严格的语言规范中脱离出来，通过玩世不恭的表象，暗讽、揭示特定的社会内容和人生道理，以揭露世界的本质。如果没有周星驰，无厘头至今也不过就是一个方言而已。通过周星驰的演绎，无厘头表演与话语成了一种行为风格、美学情调。有人给无厘头作了这样一种解释："无厘头文化应属于后现代文化之一脉，及时行乐、无深度表现、破坏秩序、离析正统等等，无不可以在无厘头电影中读出。无厘头的语言或行为实质上有着深刻的社会内涵，透过其嬉戏、调侃、玩世不恭的表象，直接触及事物的本质。"[1]这种解释基本上说明了无厘头的含义。

网络文学的无厘头表现是随处可见的，尤其是那些解构经典或描写青年人生活的作品。网络小说《西游记之三打白骨精》中有这样的描写：

悟空：大家小心！前面就是白骨精管辖地带了！

八戒：不是吧！怎么这么快就又有妖怪了？昨天不是刚刚才过了一难吗！

悟空：懒得理你！

沙僧：二师兄，肯定没错了，这幅"唐僧取经八十一难示意图"是大师兄从西边托关系才搞到的，前面的不都很准嘛！我们还是小心一点的好！全体人马，放慢速度！

唐僧：哇！什么时候轮到你发号施令了啊大胡子，你难道还不明白你在我们中间的地位吗？你是刚刚毕业的应届生，挑挑担子，洗洗袜子，喂喂马就好了。一点规矩都不懂，信不信我炒你鱿鱼？别以为你是观音介绍的我就不敢说你！看看看看你妈个头！明明知道人家这两天不舒服你还要惹～～～～～～～～～我发火！5555555555555555555555～～～～～我

的命好苦呀！

悟空：shut up！

……

唐僧：会说英语很了不起呀！哼！（唐僧举起右手的食指）大家看，前面有妖怪呀！[2]

从这里我们看到，"及时行乐、无深度表现、破坏秩序、离析正统、嬉戏、调侃、玩世不恭"等无厘头方式，这正是网络写作常见的招数。

从文化精神看，网络文学主体的无厘头风格有两种表现形式：

一是小人物视线。小人物也就是社会底层的普通人。网络作家出身"寒门"的挺多，如愤怒的香蕉曾在广东打工多年，工厂流水线工作的经历让他对小人物有着真切的体察。普通农家出身的妖夜，高中毕业后打过工，流过浪，摆过地摊，"简直走投无路"时，偶然看到起点中文网推广百万作家计划，才"萌生写作赚钱的念头"，从此走上网络写作之路。唐家三少、天下霸唱、血红、猫腻等，这些大神级作家，都在求学、求职、创业的人生之路上经历过曲折和苦痛，他们的创作选择"小人物视线"有着生活的必然性。小人物在现实生活中要面对各种艰难和困苦，因此也就有太多的无奈和无力感，这种无奈感和无力感导致他们常常采用轻微的自嘲来进行自我安慰，用一种乐观的信念面对世

---

1 高少星、万兴明编《无厘头啊，无理头》，北京：中国电影出版社，2002年，第1页。

2 高少星、万兴明编《无厘头啊，无理头》，北京：中国电影出版社，2002年，第78—79页。

界。小人物的视线同时也是一种充满憧憬和期待的视线，展现了一种困境中的不屈，一种无奈之中的等待。正因为如此，小人物的视线常常充满生命的喜剧感。在网文作品中，小人物视线还体现在人物塑造的成长性和人物性格的抗争性上，所谓的"废柴逆袭""草根崛起"的升级模式就是网络玄幻类型小说的常见套路，《斗破苍穹》《武动乾坤》《一剑独尊》《仙武帝尊》等是这类小说的代表。作品主角因天赋平庸、家庭不幸或体质缺陷，成为被人瞧不起的"废柴"，由此引发一系列矛盾冲突，而后主角以远超常人的坚毅性格，或通过各种各样的奇遇而获得"金手指"，实力得到迅速提升，通过信息差及"扮猪吃老虎"等方式不断逆袭反派，终于登上人生巅峰，走向无敌正道之路。无论是创作者的"小人物"身份，还是作品中的"小人物逆袭成功"，都有一种离析正统、打破常规的无厘头格调，这正是创作主体审美视域的一种体现。

二是解构意识。解构是后现代主义的符码，在网络文学中通常表现为以技术的祛魅表达一种颠覆传统的知识态度，用后现代的边缘姿态消解由规则限定的中心话语模式，而网络文学审美的无深度写作和平面化理念，与网络文学的"二次元"场景和"扁平化"人物之间，也存在解构逻辑的并置性。颠覆传统、消解规则、无深度、平面化等，在网络文学作品中通常表现为零乱性、庸常化、无中心、不确定性、无深度性，而它们恰恰就是无厘头风格的基本形态。我们阅读《赵赶驴电梯奇遇记》《史上第一

混乱》《贾宝玉日记》，乃至《第一次的亲密接触》这类喜剧类网文作品时，会深刻感受到这一点。英国文化理论家迈克·费瑟斯通（Mike Featherstone）说："在艺术中，与后现代主义相关的关键特征便是：艺术与日常生活之间的界限被消解了，高雅文化与大众文化之间层次分明的差异消弭了；人们沉溺于折衷主义与符码混合之繁杂风格之中；赝品、东拼西凑的大杂烩、反讽、戏谑充斥于市，对文化表面的'无深度'感到欢欣鼓舞；艺术生产者的原创性特征衰微了；还有，仅存的一个假设：艺术不过是重复。"[1]无厘头文化的解构目标是排除沉重和压抑，感受充分的自由，无厘头对自由意志的追寻永远没有终结。

（三）感性的美学趣味

相对于传统的纸介印刷文学，网络文学创作随性而起，讲究"我手表我心"，更注重具象审美，作品的审美趣味趋于感性。形成这种审美趣味的原因，一是阅读市场，二是创作主体动机。网络文学是"读－写"适配的文学，读者市场的选择是作品的生存之道，网民喜爱什么，作者就要写什么，一个作家的作品一旦失去消费者的订阅、打赏、月票或阅读时长与流量（如免费阅读），就无法存续，作者也无以立足，只能消逝在"网海"中。读者大众最喜爱什么呢？当然是适合阅读的好故事，而精彩的文学故

---

1 迈克·费瑟斯通：《消费文化与后现代主义》，刘精明译，南京：译林出版社，2000年，第11页。

事都是具体可感、生动有趣又波澜起伏的。能让读者产生共情和共鸣，这是网络小说的立身之本，通俗化的类型小说都是在读者"故事控"的自发选择中发展起来的。从创作者方面看，网络作家大多是讲故事的高手，他们从事网络写作是为了利用网络空间的"低门槛"表达自己的感性欲望。网络创作都是从业余起步的，许多人不是文学或文科出身，没有太多的文学积累，他们的创作往往感性多于理性，表达多于思考。网络媒介的话语权下沉给了他们自由创造的媒介机遇，感性的美学趣味成就了网络世界"好故事的生生不息"。请看下面这几段话：

成都话软得黏耳朵，说起来让人火气顿消。成都人也是有名的闲散，跷脚端着茶杯，在藤椅上，在麻将桌边，一生就像一个短短的黄昏。[1]

这时大雨渐渐停了，却听一阵山歌传了来。

跟山歌来临的，还有一双赤足。

一个乡村少女顶着一片荷叶，一手挎着个竹篮，赤着脚，从泥泞中走来。[2]

张小凡呆住了，看着她那微显憔悴却依然美丽的脸，却无论如何也没有勇气把她的手拿开。他躺在那里一动不动，

渐渐地，他的困倦也上来了，合上了眼，仿佛也忘了这事，就像是再正常不过的一般，安心地睡了过去。

林间微风，依然轻轻吹动，吹过树梢，吹过绿叶，吹过静静流淌的小溪，泛起轻轻涟漪，最后，拂过这两个年轻人的身上。[3]

这三段话来自三部不同题材的网络小说。第一部《成都，今夜请将我遗忘》是现实题材，写出了成都人闲散、慵懒、慢节奏的生活方式。从他们的"城市话""麻将桌"中，可以感受到的是这座城市浓郁的"烟火气"。第二段话引自阿菩的历史小说，小说描绘了一个质朴活泼、天真烂漫的神界少女莅临人间的可爱形象，表达了神人一体在自我觉醒中迸发出的世俗意义。最后一段话出自经典玄幻修仙小说《诛仙2》的结局，张小凡在经历了十磨九难、生死浩劫后，终于在他的出生地草庙村与恋人碧瑶见面，但时光荏苒，物是人非，他们的未来会怎样？前路漫漫，我们只能祝福和祈祷。三段话的叙事场景和对象大为不同，但它们有一个共同点，就是富于直观感觉性与动态的形象性，这体现了网文创作的感觉审美趣味。

感性的解放，就是人的感官及其欲望的复苏和回归。众所周知，人性的进化是一种自然人化的历史过程。这一过程首先体现为感觉的人化，其次就表现

1 慕容雪村：《成都，今夜请将我遗忘》，成都：四川文艺出版社，2015年，第87页。

2 阿菩：《山海经·三山神传》，北京：中信出版社，2023年，第351页。

3 萧鼎：《诛仙2》，石家庄：花山文艺出版社，2009年，第80页。

在人的本能欲望的合理化及其升华上。因此，人的感觉的发展趋势不可避免地有着双重意义，即认识论意义和本体论意义。正如马克思在《1844年经济学－哲学手稿》中所指出的那样，"人以一种全面的方式，也就是说，作为一个完整的人，把自己的全面的本质据为己有。人同世界的任何一种属人的关系——视觉、听觉、嗅觉、味觉、触觉、思维、直观、感情、愿望、活动、爱——总之，他的个体的一切官能，正像那些在形式上直接作为社会的器官而存在的器官一样，是通过自己的对象性的关系，亦即通过自己同对象的关系，而对对象的占有"。[1]聂庆璞在《网络叙事学》中说："人的本性的发展，需要各种感性器官的丰富、完善和协调，只有这样才能产生和培育出健康的人性。通过感官的发展，使人了解美的价值，发展个人潜在的人性需要，如果人的感官欲求和功能被剥夺或禁锢，人性的发展就会受到极大的限制。正是在此意义上，乌纳穆诺（M.Unamuno）说：'能够区分人跟其他动物的，是感性而不是理智。''感到自己存在，这比知道自己的存在具有更大的意义。'"[2]之所以如此，是因为感性意味着人的整体性，是生命活动的全部。历史表明，如果理性丧失了感性的根基，反而会成为伤害人性的利器。

对于当代人而言，感官及其欲望（我们可以通称之为"感性"）的合理性已是一个不争的理论事实，关键在于如何进行感性的叙事，从而既保证感官欲望的满足，又施以叙事上的"升华"。就当代中国文学的感性叙事历程看，张贤亮—王安忆—贾平凹—卫慧、棉棉构成有关当代文学感性解放相关争议的文本按钮，通过这些按钮，我们可以链接到文学上感性解放的各种争鸣，争鸣的结果就是感性解放的蹒跚进化轨迹。不过到卫慧、棉棉时，人性本能的核心已经只剩下了性。张贤亮开创性的性政治学转喻体系土崩瓦解，网络文学以人性本能为核心的感性叙事是否能别开生面呢？请看这段故事：

室内有三个人，林冲、孙二娘和"菜园子"张青，全都身无寸缕，孙二娘脖子上缠着一根缰绳，身体悬空，手脚用四根铁链吊在天花板上……林冲骑在孙二娘身上，林冲手握马鞭，正在向孙二娘身上奋力抽打，双脚套在一副马镫里……马镫又不是一般的马镫，通过一根曲柄连着天花板……马镫不但带动了天花板，还在驱动着一个八千立方的超级水泵，这样就保证了张青菜园的灌溉工程。

……孙二娘楼寨里的活动天花板不但连接了超级水泵，还要驱动磨坊、豆腐坊、打谷机、舂米机，外人到梁山参观，看到的就是一幅欣欣向荣的农业自动化蓝图。不但有农业，还有工业……梁山上就有人总结到，性本身就是推动历史的动力，比弗洛伊德的类似理论要早了

1 马克思：《1844年经济学－哲学手稿》，刘丕坤译，北京：人民出版社，1979年，第77—78页。

2 聂庆璞：《网络叙事学》，北京：中国文联出版社，2004年，第243—244页。

接近八百年。[1]

这是一段狂放不羁的想象，通过夸张的表达，调侃性的描写，人性本能的核心竟然在这种变态的行为中消失了，因此显得很不弗洛伊德。但事实上这正表明网络文学对人的本能的认知不在于对本能欲望的描绘，而在于通过解构性话语获得一种对于人本身的关注。可以说，网络文学从人性本能出发却摆脱了某种本能，在感性叙事的道路上正在开辟一种比卫慧们更有价值的当代叙事——逃离中心话语的叙事圈套，开放地、自由地进入一个全面的感性叙事境界中，使人的困境和喜悦伴随着感性的舒张而得到有力表现。

二、"E 媒"语境的话语权重塑

在传统文学的网络文学批评中，一个毋庸置疑的观念是，"E 媒"时代的创作没有门槛，人人都能当作家，而许多网络写手缺乏基本的文学修养，无论是他们的语言习惯还是文本创意都漠视应有的精神深度，文本粗造甚至无节制地"灌水"。要为网络文学的非"文学性"辩护是危险的，因为网络发表没有严格意义上的书刊审读体制，也没有久经考验的编辑把关，加之网文作品量大品多，浩瀚无际，所以决不能完全否认传统作家对于网络文学批评的正确性。

但传统作家对于网络文学的批评中包含着一种可分析的主体观念，这种观念跟当年罗兰·巴特（Roland Barthes）回应萨特（Jean-Paul Sartre）的文学观时的情形极为相似，即如何看待作者主体之于写作的价值，我们是否能够将作者的自身特征和文学文本特点挂钩，从而以主体评价取代客体审思？有鉴于此，我们不妨通过复述理论的历史来抵达传统作家和网络文学的分歧焦点。

法国思想家萨特是一位主张"介入"的作家。他认为作品见证了作者的本质和主体性："我们在我们自己的作品中所能找到的永远只是我们自己。""艺术创造的主要动机之一当然在于我们需要感到自己对于世界而言是本质性的……我意识到自己产生了它们，就是说我感到自己对于我的创造物而言是本质性的。"同时，萨特认为作家有与他人沟通的义务，他为读者而写作，作品应当摆脱唯美主义和语言游戏，转向有关政治和社会的承诺。"不管你是以什么方式来到文学界的，不管你曾经宣扬过什么观点，文学把你投入战斗；写作，这是某种要求自由的方式；一旦你开始写作，不管你愿意不愿意，你已经介入了。"[2]

罗兰·巴特曾提出"零度写作"的概念，其核心要点大致可以被归纳为：对文学而言，语言不应该被看作是思想功利性或修辞性的简单工具；写作是一

---

1 稻壳：《流氓的歌舞》，北京：光明日报出版社，2002 年，第 172—174 页。

2 柳鸣九编选《萨特研究》，北京：中国社会科学出版社，1983 年，第 4、3、20、24 页。

种纯粹的活动，一种不及物的活动；写作是一个中性的、复合的、倾斜的空间，在此，主体溜走了，个性消失了，文本成为各种引文拼贴的场所，这类似于巴赫金所说的"多音重鸣"。巴特之所以宣称"作者死了"，是因为在他看来，人们只是在近代才开始赋予作者以重要地位，"作者是一个现代形象，是我们社会的产物"，这一现象"与英国经验论和法国唯理论联系在一起，由于发现了个体或人的尊严，因此关注作者的人格"。[1]

对中国而言，作者主体观念的产生当然源于现代性的革命体制。这种革命体制主宰着文学史、作家传记、访谈、杂志等中心或边缘内容。当文学本身不足以引起关注，就用各种作者的直接表演来充斥，（20 世纪）60 年代作家、70 年代作家、"八〇后"作家、美女作家……你方唱罢我登场，热闹喧阗，作品质量却未同步长进。但"E 时代"（电子时代）的到来，却真正为作者主体死亡后的文学发展提供了基本方向。不说网络世界中"E 化"的作家大多用稀奇古怪的笔名遮蔽其真实的生活角色，更重要的是，网络文学根本不需要作者主体出场，作者的话语只是文本众多话语中的一个成分，甚至是最不重要的成分，一种可以被忽视的成分。网络文学作品中最大的主体是读者，是众声喧哗的读者意识，他们的多维阐释，既让文本四分五裂，

也让作品歧义丛生。

物质欲望话语合理的人性内核存在于人学的总体系中。网络文学对物欲时代的物质的写作转入小资情调是某种恰当的叙事策略。因为小资情调虽非一种高尚的伦理底线，但其包含着将物质精神化，在物质挤压的空隙中呼吸一些精神空气的冲动，从而仍是人作为人的崇高追求。同时，小资情调具有一种调侃物质的倾向，小资们是在花团锦簇的物质中生活的新阶层，他们离不开物质，却又蔑视物质，企图在物质、心灵之间妥协出一种新的人文精神。这种精神没有人的主体时代的神圣性，没有现代主义的绝望般的深刻，却也算是一种凡俗化中的非同凡响。

互联网的"平行架构"从技术逻辑上实现了话语权的平权与分享，人人有权言说，时时均可表达，如此的互联网精神让"脱冕"和"渎圣"互为因果，尊重每个人的表达权使得个人化的话语地位得到确证。网络文学的"全民写作"不仅是文学生产力的一次大解放，也坐实了写作者的话语地位，在传统书写的终点处获得了网络文学书写的起点——从后现代电子世界的"E 生活"出发书写生活。本质上说，网络文学的书写就是"个人话语政治"的书写，它是反思现代性而来的书写，是对传统话语垄断的一种集中反叛。

不过这种个人化的话语地位又是需要理论反思的。在个人化网络文学的认知观念中，有两种倾向值得注意。一种是将个人看成对文化专制的反叛，认为

1 Roland Barthes, "To Write: An Intransible Verb, "Philip Rice and Patricia Waugh eds., *Modern Literary Theory*：*A Reader*, London：Arnold, 1992, p. 49.

意识形态以大众的名义取消了个人化生存及其书写的地位和价值；一种是将个人看成主体的自由性底蕴，这种底蕴被消费主义的潮流压抑到被遗忘的边缘。这两种认知的共同点是将"E时代"的个人实体化为一种思想根源，所有的社会正义均保持在个人内部的深处——压抑它，导致个人精神的郁闷；释放它，会形成社会发展的活力生态。这种个人话语认知显而易见包含着对现代个人的高度伦理肯定。但如果我们承认人不仅是理性的也是非理性的，一方面具有意识、我思是透明的思想，另一方面又具有杂乱的无思、无法触及的无意识、深沉的无语，那么，"E时代"的个人是否还能是一个确定的对象，一个需要不断从文化中还原本质的话语真相呢？显然不能。因此，在"E时代"，我们对网络文学的个人化及其话语，必须保持怀疑态度，而不能沉溺于本质主义的消费观念——以为一旦个人化，人就会达到某种较高的层次，就会拯救文学历史和现实。

"E时代"的个人将永恒地面对生活世界和理性生活模式对峙所制造的紧张和冲突，如果我们不忽视个人的构成内容的话，事实上，我们在动态的身体而不是固定的身体意义上谈论网络文学的个人化话语时，也就将个人的生活定性为了一种漂浮不定的生活，一种高风险的历险旅程。如果回顾后现代的创生经历，我们会发现它本身就是一种充满风险的文化，后现代性就是差异、例外、边缘，科技、市场、商品化、自然征服、核能利用、基因工程等后现代性文化成果都是风险/安全的不确定性产物，因而个人如何承担风险，并在风险的旋涡中做出正确的决策，不仅影响到个人的存在，同时也是一种参与全球化生活、对全球化整体产生影响的行为。但我们在这样论说的时候，并不是要个人重新回到历史性的现代宏大话语空间中，成为各种思想的卫士和实践者，成为继续革命的文化热衷者，而是将后现代性问题纳入个人生活的意义上思考。

另外，我们可以谈一谈"E时代"个人所置身的生活环境及其话语构成。这里涉及的是本土日常生活和网络文学个人化书写的关系。在后现代社会，全球化的公共生活正日益成为一种标准化、消弭差异、摆脱个人的"原型"生活；与之相对，本土生活则变成"个人性"的生活。这种本土之"个人"在社会/国家境遇中，尤为突出和明显。在这种情况下，本土生活就不能仅从民族、国家层面上考虑其民族性、文化传统的保持或丧失等宏大话语问题，本土生活事实上已经成为一种保持差异、保存个人化的重要源泉，成为个人化书写的精神资源。若文学书写紧紧抓住本土生活的当地性，那么其书写愈在本土的层面上用力，就愈是个人化的。从这个层面上回顾历史，我们可以说，20世纪的文学书写史一直存在着矛盾和焦虑，并经常性地走向极端——要么对现代性文化发展青睐有加，对本土人民及其生活大加批判；要么对本土人民生活崇拜之至，抛弃现代性的普遍存在规律。在个人化话语视野中，生活是一个夹杂在现代性和本土性之间的人性存在区域，文学话语的唯一任务是考察这种夹缝中的人的命运和状况，而不是简单抛弃现代性或本土性。从发展中国家的文学状况看，非洲抑或南美洲的优秀文学成果，都是对自身生活矛盾困境的书写，通过这种书写将本土书写的个人性表现出来。20 世纪 90 年代以来，本土生活的文学呈现，大致有两种倾向，一是"新写实"式样，表现本土生活细节，并竭力消除现代性焦虑所引发的理性思考成分；一是"新生代"式样，将本土生活置于现代性焦虑的框架中审思。事实上，本土生活的全貌是二者兼备的，即使是一个下岗工人也要面对两方面的问题，其本土生活也是复杂的。若摒弃复杂，倾心单纯，这种个人化恐怕比集体化还要软弱无力。

综上所述，"E 时代"的个人化网络文学话语，在文学中的呈现状态应该是一种"类化中的个人性"书写，其"个人"在于它是生活的书写，其"类化"则在于它所提供的书写不是温情的搔痒，不是智力的体操，而是思想的尖锐对抗——无论是生活方式还是价值立场。以经典作家的书写话语为例，我们也许可以这样表述：所谓网络文学的个人，就是于连的偷情、玛丝洛娃的堕落、安娜的"不忠"，所谓网络文学的类化就是对奋斗、

压迫、情感、时代、心灵、道德、文化的复杂阐释。没有后者，前者不过是小报题材；没有前者，后者或将是理论专著。

个人化向来像是一个书写神话，但从网络文学的个人化构成看，"个人"这个神话是一个无法说明真相的神话，它不能提供确定的立场，也不能提供明晰的话语路线，"E 时代"的个人化成为一种无比丰富且复杂的生活的一个象征性反映。从这个意义上说，网络文学的个人化书写是一种值得深入实践的话语方案，是一种有待大量实践的话语探索。尽管从"E 时代"的个人化角度看网络文学，我们会产生大量的不满。网络文学的个人化尚停留在十分浅表的个人风格层面，只在追求语言风格的特立独行，解构文本的奇思妙想，而缺乏对于个人话语的总体思考。这样的局面，自然使网络文学难以跨越电子消费的时尚风气，而终究会面临终结的危机——消失在网络的汪洋大海中，成为有待整理的文件碎片。但网络文学对于个人化的新认识视界，却是一种富有生机的实践，这种实践能够使文学从传统的认识中走出来，为文学提供一种新的个人化书写可能。

（特约编辑：朱军）

名品
研究

从仙话到童话

——《杜子春》故事在印、中、日三国的流变

李小龙 *

内容提要：以唐传奇《杜子春》为代表的"护丹历幻"型故事来源于《大唐西域记》所载的印度"烈士池"故事，其在中国化以后衍生出了大量的类同故事，并进一步与中国其他类型的故事交融，而日本作家芥川龙之介又以《杜子春》为蓝本写出他的同名童话作品。本文描述并尽力阐释了这类故事在印、中、日的演变历程，从中不但可以看到故事的生活史，还可以看到不同文化对同一故事的容纳与改造。

关键词：《杜子春》　"护丹历幻"类型　芥川龙之介

From "Legend of Immortals" to "Fairy Tales"
——The Evolution of the Story of *Du Zichun* in India, China, and Japan

Abstract: The story type of "the protection of immortality and through illusion" represented by Tang Chuanqi *Du Zichun* originated from the Indian "martyrs pool" stories in *The Great Tang Dynasty Record of the Western Regions*, and a large number of similar stories were derived from it in the Chinese context, and it was further intermingled with other types of Chinese stories. While the Japanese writer Akutagawa Ryunosuke used *Du Zichun* as the model to write his fairy tale of the same name. This article describes and tries to explain the course of the evolution of such stories in India, China, and Japan, in which one will see not only the life history of the stories, but also the capacity and transformation of the same story by different cultures.

---

* 李小龙，男，北京师范大学文学院古代文学研究所教授。主要研究方向：中国古代文学、中国古典文献学。本文为国家社会科学基金后期资助项目"唐传奇考辨"（22FZWB019）、高校人文社会科学重点研究基地重大项目"从训诂到叙事：中国古代小说人物命名研究"（22JJD750010）、北京师范大学领军人才培育项目"中国古典小说学的建构与研究"（中央高校基本科研业务费专项资金资助项目）阶段性成果。

Keywords: *Du Zichun*; the story type of "the protection of immortality and through illusion"; Akutagawa Ryunosuke

《杜子春》是牛僧孺《玄怪录》中甚为新异的一篇[1]，不过，这种"新异"有着复杂的域外色彩，又在中国文化传统中积累营养，从而形成新的艺术势能，并对域外产生重要影响。可以说，这一故事的流传路径恰可看作故事母题在不同国家文化环流的佳例。

一、印度"烈士故事"的中国化历程

《杜子春》的主体故事属于"护丹历幻"的类型，这一类型实又源于《大唐西域记》婆罗痆斯国"烈士池"故事。这一点，古今学者已多有论及。[2] 蒋忠新先生依据玄奘之记载将此称为"烈士故事"[3]，并进一步指出，其当源于印度故事集《故事海》中《僵尸鬼故事二十五则》的骨干故事[4]。这些都为考察此类故事的渊源和流变打下了基础。

然而，在将其命名为"烈士故事"的同时，无意中回避了这类故事的两个核心情节：护丹与历幻。虽然蒋忠新先生在"烈士故事"与"僵尸鬼故事"之间找出了六处相同来证明其渊源，但这些相同之处却恰恰没有这两个最核心的情节。现在，僵尸鬼故事已经被完整翻译成中文，我们可以细致对比。其大体情节是有个比丘每天送给国王一颗宝玉，

---

1 许多学者在论述此篇时仍依《太平广记》将其归于李复言的《续玄怪录》，甚至还有据《唐人说荟》等书而将之归于郑还古所作，实均误。牛僧孺，李复言：《玄怪录·续玄怪录》，程毅中点校，北京：中华书局，2006年；李剑国：《唐五代志怪传奇叙录（增订本）》，北京：中华书局，2017年，第791—792页；《全唐五代小说》，李时人编校，何满子审定，西安：陕西人民出版社，1998年，第838页；《唐五代传奇集》，李剑国辑校，北京：中华书局，2015年，第1051—1061页等。

2 唐人段成式在《酉阳杂俎》（方南生点校，北京：中华书局，1981年，第235—236页）中已指出此点，后之霍世休《唐代传奇文与印度故事》（载《中国比较文学研究资料1919—1949》，北京：北京大学出版社，1989年，第348—350页）、钱锺书《管锥编》（北京：生活·读书·新知三联书店，2011年，第1001页）及李剑国《唐五代志怪传奇叙录》中亦有论述。

3 刘守华主编的《中国民间故事类型研究》（上海：华中师范大学出版社，2002年）及顾希佳《疾风知劲草，烈火炼真金——"神仙考验"型故事解析》（《民俗研究》2001年第4期，第72—83页），把此类故事归入"神仙考验"类，实不妥当。事实上，"神仙考验"型确是中国传统的一种故事类型，特别以道家理念为其荦荦大者。但"护丹历幻"与此类故事还是有极为明显的差别的，直到后来《三言》中的《杜子春三入长安》，此类故事才逐渐与中国固有的"神仙考验"型故事融合（详后文）。艾伯华《中国民间故事类型》（王燕生、周祖生译，北京：商务印书馆，1999年，第180—182页）列"仙人考验门徒"于第106条，然而艾伯华、丁乃通、金荣华的三种《中国民间故事类型索引》（郑建成、李琼、尚孟可、白丁译，北京：中国民间文艺出版社，1986年）均未列此"护丹历幻"型故事。

4 蒋忠新：《〈大唐西域记〉"烈士故事"的来源和演变——印度故事中国化之一例》，《民间文艺季刊》1986年第2期，第81—92页。

感动了国王，借此请国王半夜帮忙把僵尸鬼背到火葬场来。僵尸鬼给国王讲故事，国王如果知道答案而不说话，就会死去，但国王一回答，僵尸鬼就又回到原地。僵尸鬼就这样讲了二十四个故事，直到最后一个故事，国王不知如何回答。这时，僵尸鬼告诉国王，那个比丘是坏人，想谋害国王。最终，国王听了僵尸鬼的话，用计策反过来杀掉了比丘。[1] 通过比照，自然可以知道，僵尸鬼故事并非杜子春故事的前源。当然，蒋忠新先生只是想证明前者源于印度。然而，一方面，僵尸鬼故事与杜子春故事有零星的相似无助于证成这一点；另一方面，玄奘之记载源于印度似乎不证自明。因为《大唐西域记》本来就是他回国后对自己游历西域的记载，这个故事也正是他到婆罗疟斯国（即今印度的瓦腊纳西），看到烈士池并听到关于此池的故事而记下的。何况他还在文中说"闻诸土俗曰……"[2]，可见这正是印度的民间故事。而且在《进〈西域记〉表》中，他阐明自己的写作态度是"皆存实录，匪敢雕华"[3]。现在，《大唐西域记》已成为重构印度历史不可或缺的珍贵文献，我们似乎不必对此怀疑。至于印度现在已无此类故事也并不足以否认这一点。

其后，陈引驰先生又补充了前贤已指论而蒋文未能征引的一些篇目，描述了这个故事在中国的流衍。但在其所论之"'中国化'过程中的互逆现象"[4]中，却颇有误解与不妥之处。应该说，这一故事的中国化历程从玄奘的记载就已开始了，其中附着的道家色彩便是明证。程毅中先生以此为"佛教故事"[5]，程国赋先生也持同样的判断[6]，这自然无误。但若仔细考察，就会发现故事中确有道家色彩。陈引驰先生认为此中的隐士实为印度的外道隐士，但他们在玄奘笔下已化为了中国的道士。同时，他又认为此故事中加入了许多"佛教的成分"，主要证据是这类故事均有借助梦进行考验的情节，因为"佛教中尽可举出以梦来考验修行者的例子，而道教对于梦却有着根本不同的认识，故而以梦来考验道士是滑稽悖谬的"。这一点笔者不敢苟同。首先，杜子春是历幻而非入梦，这两者间的区别是明显的。历幻所发生的事仍以其现实的立足之处为舞台（下边将要引及的同类作品莫不如是）；入梦则必另适他处。即以《杜子春》而论，其入幻之后，现实环境并未改变，仍是华山云台峰，庭中仍见巨瓮，只是各种幻象纷至沓来罢了。若入梦，自当如《幽明录》所载之杨林，"遂见朱楼琼室"，

1 月天：《故事海》，黄宝生、郭良鋆、蒋忠新译，上海：中西书局，2024 年，第 643—745 页。

2 玄奘、辩机：《大唐西域记校注》，季羡林等校注，北京：中华书局，1985 年，第 559、576—578 页。

3 此句另一异文"其迁辞玮说，多从翦弃"也同样证实了这一点。玄奘、辩机：《大唐西域记校注》，季羡林等校注，北京：中华书局，1985 年，第 1054—1055 页。

4 陈引驰：《从"烈士传说"到"杜子春"故事——印度故事中国化的再认识》，《民间文艺季刊》1987 年第 4 期，第 90—105 页。

5 程毅中：《唐代小说史》，北京：人民文学出版社，2003 年，第 351 页。

6 程国赋：《唐代小说嬗变研究》，广州：广东人民出版社，1997 年，第 126 页。

而非"焦湖庙"了。而说"杜子春所遭遇的那场雷电交加的大雨，佛陀在思虑十二因缘法时同样遇到过。这一情节显然是佛教神话领域中的神话"，实颇牵强。陈先生又认为《杂宝藏经》卷二的《娑罗那比丘为恶生王所苦恼缘》是此之出源，但它显然缺少共同求仙、护丹、不言等核心情节——其实，这也许只是入梦故事的出源罢了。入梦故事在中国小说中是另一个相当庞大的系统[1]，这个系统在"护丹历幻"故事完全中国化并进一步演化时才加入进来（详见后文）。

在"烈士故事"中，作者是这样描写隐士的：

博习伎术，究极神理……但未能驭风云，陪仙驾。阅图考古，更求仙术。其方曰："夫神仙者，长生之术也。将欲求学，先定其志。筑建坛场，周一丈余……求仙者中坛而坐，手按长刀，口诵神咒，收视反听，迟明登仙。所执钴刀变为宝剑，凌虚履空，王诸仙侣，执剑指麾，所欲皆从，无衰无老，不病不死。"[2]

这一节的描述是极为典型的道家幻想。"求仙"和"炼丹"是道教的两大支柱，此二者又是相辅相成的，即炼丹是手段，求仙是目的。虽然这里没有铅汞之药石，但其描写却分明既有炼外丹的意味，又有炼内丹的架势。[3]刘仲宇先生归纳道家之方技，其核心有四字——符、咒、决、步；而且，还有一个重要的道具——剑。[4]这些都无一例外地出现在这则故事中，然而，这些都并非佛家所应有的。

道家对此之浸润是可以轻易地找到解释的。唐代统治者有鲜卑血统，但他们把老子拉来当作祖宗，从而把自己打扮成了圣裔。因此，道教在唐三百年中始终得到扶持与崇奉，这也成为道教史上颇为光彩的一页。处于其中"珪璋特达，聪悟不群"的玄奘当然不会不受影响，何况，他还曾把《老子》翻译为梵文。因此，玄奘在记叙此则故事时，从自身文化视角观照"印度的外道隐士"，便顺理成章地将之迁移为中国道士，从而使之与道家传统相契合，开辟了此类故事的中国化历程。

二、杜子春"护丹历幻"故事在中国的传播与衍化

这一开端对中国后来的同类故事影响极大。此后的小说也沿着道家仙话的

1 上引霍世休文及王晓平《佛典·志怪·物语》（南昌：江西人民出版社，1990年，第64、378—386页）都认为此故事类型当源于佛典，但他们二人并不认为《枕中记》与《杜子春》是同一类型的故事，当然也并不认为其源于此。丁乃通《中国民间故事类型索引》（郑建成、李琼、尚孟可、白丁译，北京：中国民间文艺出版社，1986年，第227—228页）列此类故事为AT681"瞬息京华"，这亦可见《杜子春》与此类故事的区别。

2 玄奘、辩机：《大唐西域记校注》，季羡林等校注，北京：中华书局，1985年，第576—577页。文字皆从季羡林校注本，笔者于标点稍有改动。

3 一般认为内丹至宋方兴起，然却过于拘执于名称。孟乃昌先生指出，在中国炼丹术发生发展的各时期，内外丹均结合在一起。孟乃昌：《周易参同契考辨》，上海：上海古籍出版社，1993年，第141—152、263—295页。

4 刘仲宇：《道家方技》，上海：上海文化出版社，2002年，第161、176页。

方向衍化下去。程毅中先生在《唐代小说史》中就认为："尽管在社会生活中佛教战胜了道教，而在小说领域里，道教的影响却比佛教更大。"[1] 此确为精深不刊之论。

《酉阳杂俎》续集卷四的《顾玄绩》是较早的"护丹历幻"故事之一。[2] 其云"相传天宝中……"，又说"盖传此之误，遂为中岳道士"，可知在玄奘之后，这类故事已在中国社会流传开来了。这个故事与玄奘的记载相比，既有承袭，又有新创。其主要的不同在于道家外丹色彩的强化："予烧金丹八转矣，要人相守，忍一夕不言，则济吾事……或药成，相与期于太清也。"而在玄奘的记载中，烈士"唯念已隔生世……遂发此声"，是主动发声，在《顾玄绩》中这个还没有名字的人却是不由自主地失声惊呼，这就凸显了情之一关的难以克服。

而"护丹历幻"故事的高峰则无疑是《杜子春》了，与《顾玄绩》相较，已完全脱离了传闻色彩，踵事增华，戛戛独造。

首先，其艺术化进程上的最大进步是叙事视角的转换与整齐。视角对于一部虚构性作品而言有着无可置辩的重大意义，因为它是作品呈现其虚构世界的基本角度。前两个故事的视角并不完整统一，但均可以看作求仙者的视角。其人物性格的模糊与情节的平淡不能不说与视角的设置有关。前者囿于求仙人的视角，故历幻时是"先发声叫"，而后隐士问之，烈士才自陈幻境，这就弱化了作品的艺术势能，使其精彩顿失。而后者则出现了叙事操作的矛盾，即通篇本以求仙之顾玄绩为视角，但至历幻时，为了可以增加切身体验的精彩程度，又生硬地转换到了受试者的角度，这种视角的混乱无疑影响了作品艺术性的生发。但《杜子春》的作者却颇具文心，他把视角统一整齐为受试者的视角，这一视角增加情节进程的未知性和叙述焦点的亲临感，再加上作者视角意识的自觉，从而使作品在艺术表达上精致化和深邃化了。

因为有了艺术化的视角为基础，牛僧孺便在历幻上逞才竞奇，大做文章。"烈士故事"虽有被杀、托生、生子、杀子的陈述，然平铺直叙，了无生意；到《顾玄绩》，虽稍有摹写，却依然简陋。而牛僧孺却腾挪变幻，奇诡相生。其尤出人意料者，乃是将受试之男性转托为女体[3]，这不但以母爱为后来子春"爱生于心，忽忘其约"埋下了伏笔，而且，也为日本作家芥川龙之介同名童话中以母爱为潜台词的构思提供了契机。

当然，还应看到，在牛僧孺笔下，

---

1 程毅中：《唐代小说史》，北京：文化艺术出版社，1990 年，第 331 页。

2 蒋超伯《南漘楛语》卷六《梵志》云"《酉阳杂俎》中岳道士顾玄绩一条，又郑还古《杜子春传》之蓝本也"（《续修四库全书》第 1161 册，上海：上海古籍出版社，2002 年，第 349 页），李剑国已指出其"源流未明"之病，然而，《顾玄绩》之写定或晚于《杜子春》，但此为依民间传说而编，其所本抑或为《杜子春》之蓝本，且此之摹写尚为粗疏，故先论之。

3 蒲松龄《聊斋志异·续黄粱》〔《全校会注集评聊斋志异（修订本）》，任笃行辑校，北京：人民文学出版社，2016 年，第 746—760 页〕是"入梦"故事的继承者，此外，曾孝廉托生为女体的构思当来自于此。

这个故事的道家仙话色彩进一步加强。其炼丹登"华山之云台峰"，竟"彩云遥覆，鸾鹤飞翔""中有药炉，高九尺余，紫焰光发，灼焕窗户""玉女九人环炉而立，青龙白虎，分据前后"，而老人也成了"黄冠绛帔"的道士了。

说《杜子春》已至"护丹历幻"故事的顶峰并不是说此类故事就至此绝笔了，事实上正因为有了一个可以流之久远的高峰，后人的仿作才会推衍不已。薛渔思《河东记》中的《萧洞玄》（《太平广记》卷四四）和裴铏《传奇》中的《韦自东》（《太平广记》卷三五六）就是同类的故事。前者之摹写并未出《杜子春》之藩篱。后者的前半篇虽亦为韦自东作护丹人作了铺垫，但事实上已是另一个完整的故事，而且在这里，那个"禁语"的禁忌似已没有了。前者之幻境有群仙与美人，这倒为以前故事所无；而后者先有巨蛇，再有美人，然后是一道士乘云驾鹤而来，冒充仙师，韦"遂释剑礼之"，看来是得到了前者的影响启发。

然此二篇对"护丹历幻"故事的贡献却在于结尾上，不妨先引录如下：

二人相与恸哭，即更炼心修行，后亦不知所终。（《萧洞玄》）

道士恸哭，自东悔恨自咎而已。二人因以泉涤其鼎器而饮之，自东后更有少容，而适南岳，莫知所止……道士亦莫知所之。（《韦自东》）[1]

只寥寥几句话，已将这个护丹历幻故事的结尾改变了。虽然求仙暂时失败了，可他们最终还是"莫知所之"——在中国志怪传奇的语境中，这是表示成仙的说法。前者还只笼统地说"炼心修行，后亦不知所终"，后者却已给出了明显的证据，即二人喝了洗药鼎的水后，韦自东"更有少容"。这句话当然是一个强烈的暗示，暗示后文的"莫知所之"其实就是白日飞升了。当然不能简单地说这是中国艺术精神中乐喜恶悲的趋向对这则故事中国化的最后整合，但是，却不得不承认这种"成功"的结局（或者暗示了成功的结局）不只是繁盛的唐代炼丹术面对实践的尴尬而产生的急切希望，也是晚唐政局板荡时士子们聊以自慰的幻想。从此，这种结局作为"护丹历幻"类故事的结局被广泛认可，并凝为定格。

在后世的这些作品中，最典型的应该是明代拟话本小说《醒世恒言·杜子春三入长安》了。牛僧孺作品开端对杜子春几番挥霍的描写似以戒奢劝俭的民间传说为本；到了话本中，其无度挥霍的情节篇幅不但被加大了，亦俨然有取代"历幻"而成为叙事焦点的态势。而且，结尾杜子春于众目睽睽之下白日飞升时，还借机晓谕云"横眼凡民，只知爱惜钱财，焉知大道"。[2] 这就一改蓝本之劝惩意味而隐然有劝人勿宝钱财、及时行乐的思想了。这无疑是晚明好货好色之纵欲思潮的反映。

此后清人胡介祉的传奇《广陵仙》

1 李昉等编《太平广记》，汪绍楹点校，北京：中华书局，1986年，第276—278、2821—2822页。

2 冯梦龙编《醒世恒言》，顾学颉校注，北京：人民文学出版社，1994年，第839页。

（已佚，情节见于《曲海总目提要》卷二三）[1]和岳端传奇《扬州梦》（《古典戏曲存目汇考》卷一一）[2]也均以《杜子春三入长安》为蓝本，弦于宫商。这些作品均将杜子春的销金窟改为了扬州。一来，这在牛僧孺笔下可以找到前因（其有"以孤孀多寓淮南，遂转资扬州"句）；二来，也与唐以后中国经济文化中心的南移有关。冯梦龙等煞费苦心地把扬州搬出来是以"腰缠十万贯，骑鹤上扬州"为潜台词的。

在牛僧孺笔下，老头曾嘱杜子春云"来岁中元，见我于老君双桧下"。这"老君"二字是否触发了明清作者们把那个求仙道士更换为"太上老君"的灵感还可存疑；但是，这一角色的置换却深刻地改变了此类故事的情节流程与艺术面貌。[3]这个改变就集中体现于"护丹历幻"型演化为"受试成仙"模式上。纵观以《杜子春三入长安》为代表的此类作品，会发现这个情节流程是怎样变化的。这里已不再有求仙者为炼丹而寻找刚烈之士护丹的情节单元了，而转变为这样一种模式：一神仙寻一有宿慧的人欲度其成仙，并以护丹为名，试其道念坚定与否。这一模式的确立极大地影响到了故

事的叙事操作。其中的仙人已是"情节"的设计者，他设计的试验情景不但对受试者，即便对读者而言也是一个未知数，于是，读者便与受试者一起接受仙人（其实就是作者）的试验，并被这种强化的艺术势能冲击。至此，这则异域故事便又一次与中国的一种故事类型融合，这个类型就是从葛洪《神仙传》所收《魏伯阳》《李八百》《张道陵》《蓟子训》等开始的"受试成仙"型故事（即顾希佳先生所言的"神仙考验"型故事）。这里，还该说到的就是上文曾提及的《杂宝藏经》卷二和《大庄严论经》卷一二所载的《娑罗那比丘为恶生王所苦恼缘》故事，该故事不仅与《列子·周穆王》《搜神记·杨林》的"黄粱梦"类故事有相同处，而且也与此类"受试成仙"的道家仙话有共同之处。至于"护丹历幻"型故事在汇入"受试成仙"类时是否有此佛典的一臂之力则尚未敢遽下断言。

"烈士故事"自从借了道家之台阶中国化以后，终唐一代，始终固守着求仙、寻友、护丹、历幻、不语、失败几个情节单元。就连上文所论之《萧洞玄》《韦自东》两篇，虽在结尾有成仙之暗示，但在小说的立体世界中，主人公还是不得不以失败而告终。而后来《杜子春三入长安》之流，依然不得不以失败先为一结。所以，这种情节流程使得这一类型的故事在表面上是崇道的，但在客观效果上却渲染了求仙之艰难乃至于不可能。当代许多学者在论及牛僧孺之《杜子春》时都有这样的看法，即云此为"最伟大的母爱、神圣的人性对宗教

---

1 《曲海总目提要》，北京：人民文学出版社，1959年，第1096—1103页。

2 庄一拂编著《古典戏曲存目汇考》，上海：上海古籍出版社，1982年，第1214页。

3 当然，在这个角色置换中，对蓝本的承袭导致了其故事中角色身份的偶尔错舛。如那老者既为"太上老君"，却懊恼于丹药之未成，这是用相试无法解释的。因不但有鼎破丹飞之后的情景，还有"老者脱了衣服，跳入炉中，把刀在铁柱上"刮药末的情景，而这正是沿袭蓝本之处。

的反叛"。¹虽然许多学者都不同程度地以漠视此类故事中对道义的演示与求仙的渴望为代价而给予更为积极的评价，但这一类故事的情节流向与意义展示的内在矛盾却也在客观上支持了这些见解。这对于宣扬道家之成仙胜景当然是不利的，同时也减弱了成仙对民众的吸引力。所以，它就不得不向中国固有的"白日飞升"类的道家仙话靠拢，从而在"受试成仙"这个类型上找到新的契合。而这个契合为中国文学开拓了一大宗受试成仙的情节家族，并且至今不辍。如在《绿野仙踪》从九十三回《守仙炉六友烧丹药》开始的几回情节（八十回本从七十三回始）中，冷于冰率六弟子于九功山烧丹，故设幻境，考验众徒。至《东游记》中吕洞宾之受试便已抛开"护丹历幻"的情节而几乎完全融入道家"受试成仙"类型中，其后如在《韩湘子全传》第八回"韩湘凝定守丹炉"中，钟、吕二仙命韩湘守丹炉，韩湘历尽神人威逼、龙虎吞噬、鬼王拘羁、冥界审判及美女引诱等幻景而成仙的故事亦属此类。同时，这些情节模式又在各种因素的作用下泛化开来，并渗进各种类型的故事中，如《三国志演义》的"三顾茅庐"、《聊斋志异》的《画皮》等均是。而这，已完全超出了护丹历幻故事可笼罩的范围。

而在"受试成仙"类型中，却有一部集大成的皇皇巨著：《西游记》。其尚无法敲定的作者用他巨丽无比的艺术才能，把"受试"过程敷衍成了九九八十一难的艰苦历程。只是在这儿，道士的鹤氅又换成了和尚的袈裟罢了。回想"护丹历幻"仙话到"受试成仙"仙话之历程，倒有良多趣味：它先由玄奘本人从印度带回，在中国文学中借树生花，而把受试历幻发展到概括万有、奇幻百出之极境的作品，却又恰恰回到了艺术的玄奘身上。

三、芥川龙之介童话《杜子春》的沿创

演变至此，"烈士故事"终于完全融入了中国文学的洪流之中，不复可辨了。然而，在日本，又有对这一类型故事的新的演化，那就是芥川龙之介的童话作品《杜子春》²。这篇童话是直接以牛僧孺的传奇作品《杜子春》为蓝本的³，虽然篇幅加大，描写详尽，但基本的情节元素与流程仍未改变，用鲁迅评价《鼻子》的话来说就是"近于故事的

1 吴志达：《中国文言小说史》，济南：齐鲁书社，1994年，第421页。另参见程毅中：《唐代小说史》，北京：人民文学出版社，2003年，第189页；杨义：《中国古典小说史论》，北京：中国社会科学出版社1997年版，第169页；孙逊：《中国古代小说与宗教》，上海：复旦大学出版社，2001年，第262页；孙昌武：《道教与唐代文学》，上海：人民文学出版社，2001年，第395页。

2 芥川龍之介：《芥川龍之介全集》第4卷，东京：岩波书店，1982年，第150—166页。

3 日本学者山敷和男认为其所据原典为《五朝小说》（《杜子春論考》，関口安義编《芥川龍之介論著集成》第5卷，东京：翰林书房，1999年，第86页）；中国学者林岚则认为其出自《唐代丛书》（《芥川小说〈杜子春〉的时间设定》，《日本学论坛》2003年第3期，第9—14页）。二者拘于具体版本的讨论从而误据伪本将原典作者标为郑还古，其实无论芥川所据版本为何，其蓝本均为牛僧孺所作。

翻译"[1]。

关于这一点还需要作些讨论。芥川龙之介在 1927 年 2 月 3 日致河西信三的信中说："拙作《杜子春》，虽借用唐代小说《杜子春传》中的传主为主人公，然而，三分之二以上情节为创作。"[2] 也就是说他认为《杜子春》中的绝大部分内容为自己新创，此后学者在比较二作时也竭力寻找不同之处并在论述中多有夸大，其实这并不妥当。就于小说而言最重要的叙事流程与情节设置看，这篇作品与原典的相似程度非常高，恐怕大部分可定为沿袭；而芥川所说三分之二的比例却并非着眼于情节，当然也不会投机取巧地指语言形式，事实上，他应该指的是附着在叙事流程之上的思想。

芥川对原本的突破和创新可以被归纳为两个方面，分述如下：

第一个方面是一个宏观的把握，即整体上褪去了宗教香火的缭绕。佛道二教不仅为中国小说提供了许多素材、框架甚至载体，而且也影响了其发生与发展；而护丹历幻故事源于印度，经由佛家著作进入中国，然后又依靠道家而中国化，并有意无意地一直为道家摇旗呐喊，其历程几乎一直被宗教主题笼罩框范，从未进入更广阔的社会层面。芥川虽也借了道家的外衣，比如铁冠子在与杜子春飞向峨眉山时，高唱了一首诗，

此诗的作者却是"道教信仰中不可缺少的一位大神"吕洞宾。但芥川只不过是涉笔成趣而已，因为他在《〈杜子春〉附记》一文中曾说："（三）的结尾处有一首七言绝句，采用了吕洞宾的诗。少男少女读者权且将它当作'宝宝别哭不怕痛'之类的俗语。"[3] 这里的"宝宝别哭不怕痛"是日本人在哄小孩的时候说的歌谣。可见，芥川并未沿袭这一故事原本的宗教主题，其艺术的笔锋已冷冷地伸向社会，伸向人生的困境。于是，芥川龙之介把这样一个类型的故事从体制与语言上写成了童话，而此故事的本质却有着熠熠闪光的芥川式的"理智的痛苦"[4]。

蓝本前半写杜子春得钱就大肆挥霍，所有的人都趋之若鹜，杜子春逐渐家财散尽，便被弃如敝屣，如此者再。当然，这里无疑有戒奢刺世之意。但在芥川龙之介笔下，这一情节不仅成为人物性格发展的动力，而且也被改造成童话的重要表征之一。比如老人第一次周济杜子春时说"你立刻去站在夕阳下，直到影子映到地上，等半夜时分，将影子的头部挖开，必有满满一车黄金可得"[5]，第二次与第三次的话还是一样，只是把"头部"依次换成"胸"和"腹"罢了。这种写法在一般的小说中是没有的，因为它在情节进程中并无实质性的功能。正

1 鲁迅：《〈鼻子〉译者附记》，载《鲁迅全集》第 10 卷，北京：人民文学出版社，2005 年，第 250 页。

2 高慧勤、魏大海主编《芥川龙之介全集》第 5 卷，济南：山东文艺出版社，2005 年，第 660 页。原文参芥川龍之介《芥川龍之介全集》第 11 卷，东京：岩波书店，1983 年，第 497 页。按：以下芥川原文均参照此书，不另注。

3 高慧勤、魏大海主编《芥川龙之介全集》第 4 卷，济南：山东文艺出版社，2005 年，第 613 页。

4 王向远：《中日现代文学比较论》，长沙：湖南教育出版社，1998 年，第 142—146 页。

5 高慧勤、魏大海主编《芥川龙之介全集》第 1 卷，济南：山东文艺出版社，2005 年，第 768 页。

因如此，不少学者对这一情节发表了看法：山敷和男认为这正是对老人使用仙术的描写[1]，这自然是对的，但也并无意义；荻原雄一甚至将其象征化，认为这表明杜子春在出卖自己的影子[2]，这一看法虽然新鲜，却求之过深，且与情节发展颇为扞格。其实，这一情节不过是童话化的表现罢了，他满足了儿童急于以某种神奇的联系来把握他们眼中这个新鲜世界的心理渴求，同时也具有强烈的童趣化色彩。

接下来，再来看第二个创造性改变，即芥川龙之介以自己一贯的创作个性和艺术理想对此类中国故事固有的流变惯性的改变——把幻境彻底虚化。在这个故事的中国轨迹里，受试幻境的戏份不但一点点地被加大加重，而且，也明显地具有"实化"倾向。"烈士故事"是从"曛暮之后"到"殆将晓矣"，其他同类故事也都有这样的时间跨度，也就是说这个幻境虽非实有，却要占用现实的时间。更重要的是这个幻境造成了现实的结果，那就是"鼎破丹飞"的客观存在。而后越衍化也越强化了这种趋势，直到与"受试成仙"故事融合后，幻境干脆就被植入了现实生活。应当说，这是唐以后的中国小说走向世俗化从而必须面对市井百姓的必然结果。然而，芥川却把这个受试的幻境完全虚化了，虚化到了可以不占用时间而在观念中瞬间完成的程度。在幻境被杜

子春一声喊叫打破之后，芥川写道：

这一声，让杜子春苏醒过来：他沐浴着夕阳，站在洛阳西门下发呆。朦胧的天空，白白的月牙儿，络绎不绝的行人，路上的车水马龙——这种种与他去峨眉山之前，毫无二致。[3]

走出幻境之后，他却并未回到入幻时的峨眉山，而是伫立于洛阳西门下，这一地点的错勘无疑是意味深长的。他在把入幻前的情景幻化的同时，把整个受试过程也虚化了。并且在芥川精心设计的那"白い三日月"（皓月）的出场证实下，这个奇幻迭生的过程确乎只是心念一转，是几乎未占用任何时间的虚境。

从这两大改变上就可以看出，芥川对杜子春故事作了什么样的意义重构。芥川的文学生涯一直都与他早年生活的阴影和由此而来的对人生的悲凉心境纠缠着，但同时他又是一个对灰暗人生作执着追问的作家。于是，杜子春故事走出道家羁绊而变为童话的同时，却展示出了冰冷的社会和人生内容。这就是对此类故事的最大创新。

前文已说过，唐传奇《杜子春》的前半部有戒奢劝人的意味，但在整部小说中，它承担的任务有二：一方面对杜"感激其心"，使为己用；另一方面也在逐渐坚固杜的道心——看破人世的纷扰，斩断心生的七情。有学者认为杜的多次挥霍罄尽

1 山敷和男：《杜子春論考》，関口安義编《芥川龍之介論著集成》第 5 卷，东京：翰林書房，1999 年，第 88 页。

2 真杉秀树：《芥川龍之介のナラトロジー》，东京：沖積舍，1997 年，第 153 页。

3 高慧勤、魏大海主编《芥川龙之介全集》第 1 卷，济南：山东文艺出版社，2005 年，第 776—777 页。

已暗示了他无法完成受试[1]，这不过是当代视野中的误读罢了，虽然这种误读有助于从不同角度去理解作品。

而在芥川龙之介笔下，这几番的沉浮把杜子春推到了冷冰冰的社会和赤裸裸的人生面前。这乍贫乍富的人世冷暖之于杜子春正如母亲的发疯和初恋的失败之于芥川一样，使他不得不去探究人生的终极意义，并且不得不向着悲观的方向探究。所以，如果一定要寻绎杜子春三次找到金子的位置，从"头"到"胸"又到"腹"的深意，那么似乎可以说这象征着杜子春的生命意志和生活热情逐渐被消磨——"每况愈下"了。直到最后，杜子春粗暴地对老人说："哪儿的话，我并非厌倦了奢侈，而是对天下人感到嫌恶。""人皆薄情寡义……想到这些，即便再成首富，又有何趣！"[2] 这个剧中人与他的缔造者一样，开始对人生投去了深深的怀疑的目光。有学者认为其"对炎凉世态的描写，无疑是从对日本现实社会的观察中得来的"[3]，这应是拘执于社会学角度而作出的评判。事实上，芥川龙之介的艺术指向更多地"超越了具体事件"，从而投注于"人生的根本问题"。[4]

正因为对人生绝望，杜子春欲求仙。但在杜子春受试失败之后，芥川写道：

"如何？做得了我的弟子，却做不得神仙吧？"

独眼老人微微笑着说道。

"做不得。做不得。不过，做不得神仙，倒反值得庆幸。"

杜子春眼里含着泪，不禁握住老人的手说。[5]

这里，恰可以将杜子春的激动心情看作芥川的理想之境。那是因为，杜子春的失败恰恰是他的胜利——他被拯救了，从对人生悲凉黯然的绝望中被拯救出来。通过受试的失败，他又发现了人生的意义与价值，那就是爱，是那博大的母爱又给了他一个澄明的人生境界。所以，他的声音"透着从未有过的清朗"，他说"不论当什么，我想，都该堂堂正正做个人，本本分分过日子"，而在受试之前，对仙人提出的"甘于贫穷，安稳度日"的设想[6]，杜子春是无法接受的。而此时仙人的态度也饶有深意，在杜子春失败后他不是像传统此类故事中那样懊丧地说"措大误余乃如是"，反而说"如果你真不做声，我会立即取你性命"[7]。仙人的态度不但证实了他的得救，而且

1 杨义：《中国古典小说史论》，北京：中国社会科学出版社，1997年，第168页。

2 高慧勤、魏大海主编《芥川龙之介全集》第1卷，济南：山东文艺出版社，2005年，第770页。

3 王晓平：《近代中日文学交流史稿》，长沙：湖南人民出版社，1987年，第353页。

4 王向远：《中日现代文学比较论》，长沙：湖南教育出版社，第142—150页。

5 高慧勤、魏大海主编《芥川龙之介全集》第1卷，济南：山东文艺出版社，2005年，第777页。

6 高慧勤、魏大海主编《芥川龙之介全集》第1卷，济南：山东文艺出版社，2005年，第777、770页。

7 高慧勤、魏大海主编《芥川龙之介全集》第1卷，济南：山东文艺出版社，2005年，第777页。此段有人译为"如果你默不作声，我想你会当即送命"（叶渭渠主编《芥川龙之介作品集·小说卷》，胡毓文译，北京：中国世界语出版社，1998年，第384页）。目前大多数选本采用胡译，然此为误译，取消了仙人的判断，与原作用意不合。

也证实了仙人的目的恰恰就在于这种因失败而得到的拯救。仙人从以前护道断欲的道仙形象转化为肯定人生的艺术幻象。从这一点来看，前文所引的那些对《杜子春》有溢美之嫌的评价，如吴志达说《杜子春》是"最伟大的母爱、神圣的人性对宗教的反叛"，孙逊说"在这场人性与仙性的较量中，人性取得了胜利"等，其实倒正宜于此。[1] 考验型故事总是要通过考验才会获得成功的结果，此处却恰恰相反，这当然不单单是一个情节设置的问题，他显示了作者对人性更深刻的思考。

在这则童话中，芥川把自己人生的两大"裂谷"联结了起来：一是自小失去的母爱，一是对人生的怀疑。而且，他在幻想中用前者来拯救后者。可以说，蓝本中的杜子春托生为女，又因了母爱而功亏一篑的情节拨动了芥川心灵深处的琴弦。于是，他通过杜子春因母爱而得救，重拾人生之信心的艺术幻觉，给自己以幻想中的安慰甚至祈望。就表面意义而言，由于其童话化的处理和对理想幻景不动声色的补偿性结撰，这篇作品呈现出芥川氏少有的爽朗情调。

不过，若进一步考虑，就会发现还并非如此。虽然，这是他绝望地面对这个自私浇薄的人世时在幻想中假想的补偿，并且对于芥川而言，其补偿的动力又恰是他一生向往的母爱，故而这使其成为一个双重的补偿；然而，在文本中还可以看到芥川对人生无情的剖析与紧随其后的浓重悲凉。至此，不得不指出，《杜子春》中的解救与补偿是从芥川的"虚化世界"中产生的，而这种虚化就黯然地证明了杜子春的解脱其实只是精神世界中的概念性解脱罢了。因为浇薄的世态与卑琐的人性作为他人生危机的根源并没有一丝一毫改变。仙人与杜子春都以为闭眼不看世事而只从母爱中即可证果，可作者却有清醒的认识。他不但略带伤感地写那个可以拯救世人的仙人说"今日一别，你我不会再见了"；而且，在结尾时，仙人突然说："哦，幸好此刻想了起来。我在泰山南山脚下有间茅屋。那间茅屋连同田地，统同送给你吧。趁早住进去的好。这时节，茅屋周围，想必桃花正开得一片烂漫哩。"[2] 对于精熟中国文化的芥川而言，这句话的意义再明显不过了：他把杜子春安排到一个"桃花源"中去了。这或许是一个无奈的选择，因为作者痛苦的人生经历和心灵历程使他明白，观念的演绎无论多精彩，一回到现实社会就会被风化。所以，他也悲哀地知道，杜子春并未真正得救，他只能永远居住在作者幻想的桃花源里。

（特约编辑：叶晓瑶 李玉栓）

1 吴志达：《中国文言小说史》，济南：齐鲁书社，1994 年，第 421 页；孙逊：《中国古代小说与宗教》，上海：复旦大学出版社，2001 年，第 262 页。其实日本学者也多有此种乐观评价，如松本宁至把作品与芥川的生平结合，认为作品表现了芥川成功就职于每日新闻社的心情。阅口安义编《芥川龍之介新辞典》，东京：翰林书房，2003 年，第 644 页。

2 高慧勤、魏大海主编《芥川龙之介全集》第 1 卷，济南：山东文艺出版社，2005 年，第 777 页。

浪荡小说的兴衰

——法国 18 世纪社会危机的文学投射

张茜茹 *

内容提要：18 世纪的法国，出现了一类数量蔚为大观的小说，20 世纪的研究者称之为"浪荡小说"。这股在法国声势浩大的文学潮流在欧洲其他国家却难觅踪影，究其根本，因为它是法国历史文化土壤孕育出的独特产物。实际上，浪荡小说的兴衰映射出的是 18 世纪法国社会从上至下的危机重重。从上流浪荡小说到底层浪荡小说，再到色情诽谤读物，危机不断升级，社会阶层间的冲突亦愈演愈烈。本文旨在从社会危机这一角度切入对浪荡小说的分析，结合历史背景，挖掘出这一文学风潮兴衰背后的深层原因。

关键词：18 世纪　法国文学　浪荡小说

The Rise and Fall of the Libertine Novel
——Literary Reflection of France's Social Crisis in the 18th Century

Abstract: In 18th-century France, a new type of novel emerged and expanded, called "the libertine novel" by 20th-century researchers. However, this influential literary trend didn't exist in other European countries because it was the unique product of French history and culture. In fact, the rise and fall of the libertine novel reflected the profound social crisis, from upper class to bottom class in 18th-century France. From upper class libertine novels to licentious libertine novels, and then to pornographic pamphlets, the crisis increased, and the social conflicts also intensified. This article aims to analyze the libertine novel from the perspective of social crisis, and to find the deep reasons behind the evolution of this literary trend.

Keywords: the 18th century; French literature; libertine novel

* 张茜茹，女，华东理工大学外国语学院讲师。主要研究方向：法国十八世纪文学。

18世纪的法国小说有了长足的发展，种类繁多，其中有一类小说的数量蔚为大观，20世纪的研究者称之为"浪荡小说"（roman libertin）。顾名思义，它们都以主角对肉欲的浪荡追逐为主题。这些小说的主角可以是贵族，也可以是平民；它们可以对肉欲展开详细描写，也可以对此不施笔墨；它们对肉欲的描写有时使用含蓄暗示的语言，有时采用直白而不淫秽的方式，有时则露骨而色情。

就连孟德斯鸠、伏尔泰、狄德罗这样赫赫有名的作家也不能避免这股风潮的影响。孟德斯鸠的短篇小说《格尼德神庙》（*Le temple de Gnide*）以古罗马为背景，格尼德是祭奠爱神的庙宇，见证了许多男女的艳事。伏尔泰的《哲学信札》（*Letters Philosophiques Sur Les Anglais*）、《哲学词典》（*Dictionnaire Philosophique*）、《风俗论》（*Essai sur les mœurs et l'esprit des nations*）已为如今的大众耳熟能详，却少有人知道他曾写过一部带点情色意味的诗体讽刺小说——《奥尔良的处女》（*La pucelle d'Orléans*）。而《百科全书》（*Diderot's Encyclopedia*）的主编狄德罗也写过《冒失的首饰》（*Les Bijoux indiscrets*）一书。在这本浪荡小说中，一位东方君主利用法术，竟让女子的阴道开口说话，描述它们经历或目睹的种种艳事。虽然孟德斯鸠、伏尔泰和狄德罗的浪荡小说只是他们信手写来的娱乐之作，但倘若没有浪荡小说的风靡，倘若没有这股声势浩大的文学浪潮，他们恐怕亦不会写出这样的作品。

如果把视野放宽到欧洲，浪荡小说更是法国的一枝独秀。18世纪的西班牙不复昔日辉煌，文艺也随之衰落；意大利的政权和语言尚未统一，小说发展滞后；俄罗斯在叶卡捷琳娜大帝（Екатерина ll Алексеевна）治下生机勃勃，其民族文学也开始起步，但要等到19世纪才会大放光芒。这三个国家，都不曾出现所谓的浪荡小说。英国的小说在18世纪蓬勃发展，并出现了《范妮·希尔》（*Fanny Hill, or Memoirs of a Woman of Pleasure*）、《人心的故事》（*The History of the Human Heart, or the Adventures of a Young Gentleman*）这样描写卖笑女子生涯的浪荡小说。[1] 然而，与法国相较，浪荡小说在英国可谓寥寥无几，不成气候，在18世纪英国文学史中几乎不留痕迹。德国小说同样在18世纪后期有了一定的发展，德国文学家迫切需要通过阅读其他国家的小说启发自己的创作，德国读者也渴望阅读描绘异乡风土人情的外国小说。在这样的背景下，伴随着知识与书籍在欧洲各国间的流通，法国的浪荡小说被译介到德国，并对日后的德国小说产生了影响[2]，但德国并未产生属于自己的浪荡小说。如果说浪荡小说专属于18世纪的法国，那么

1 Kathleen Lubey, *Excitable Imaginations: Eroticism and Reading in Britain, 1660—1760*, Lewisburg, Pennsylvania：Bucknell University Press, 2012；David Foxon, *Libertine Literature in England, 1660—1745*, New York：University Books, 1965.

2 Emmanuelle Buis, *Circulations libertines dans le roman européen*（*1736—1803*）：*étude des influences anglaises et françaises sur la littérature allemande*, Paris：Honoré Champion, 2011.

究竟是怎样的社会背景和文化土壤才培育出这一枝独秀？浪荡小说的兴衰反映了法国社会怎样的变迁？

现有的研究或是仅聚焦浪荡小说中的一部分，未能顾全整股文学风潮[1]；或是仅从文学层面论述，未顾及社会背景和历史情境[2]；或是涉及社会背景和历史情境，但论述过于分散，没有集中在一个问题上[3]。本文则尝试从社会危机这一角度切入分析浪荡小说，结合历史背景，从而挖掘出这一文学风潮兴衰背后的深层原因。

一、何为"浪荡小说"

"浪荡小说"这一概念其实出现得相当晚。瓦莱里·安德烈（Valérie André）指出，"浪荡小说"这一表达自 20 世纪中叶起方才出现在一些法国文学史作品中。[4]18 世纪的作家用 libertin 一词来形容人，而非小说。

既然 20 世纪的研究者把 18 世纪那些描写主角对肉欲浪荡追逐的小说定义为浪荡小说，那么它们与色情小说（roman pornographique）或者情色小说（roman érotique）的区别又何在？

先说 pornographique 一词。用它来形容 18 世纪浪荡小说的研究者并不是没有，达恩顿（R. Darnton）和古尔莫（J. M. Goulemot）就采取了这种做法。[5]虽然 pornographique 和 érotique 的概念意义区别不大，但其情感意义却大不相同——前者带有强烈的价值判断，是贬义的；后者则相对中性。所以，érotique 的使用范围比 pornographique 广泛。两者相较，学者往往会选择情感意义相对中性的 érotique，除非像达恩顿和古尔莫这样，想强调主流社会对这些读物的排斥态度，才会选用另一个词 pornographique。

再来看 érotique 一词。同样有部分研究者用它来形容 18 世纪浪荡小说，例如波韦尔（J. J. Pauvert）[6]和莫里斯·勒维（Maurice Lever）[7]。波韦尔把 18 世纪浪荡小说视为情色小说的组成部分，显然也无不可，那么当代文学批评家和学者为何还要特别构建浪荡小说这一概念？

---

1 例如以下学者都把浪荡小说局限在上流社会里：
Robert Mauzi, *L'idée du bonheur dans la littérature et la pensée françaises au XVIIIe siècle*, Paris：Colin, 1979；Philippe Laroch, *Petits-maîtres et roués : évolution de la notion du libertinage dans le roman français du XVIIIe siècle*, Québec：Les presses de l'Université Laval, 1979；Michel Delon, *Le savoir-vivre libertin*, Paris：Hachette, 2000.

2 例如以下两位学者，他们对浪荡小说的定义论述较为深入，但缺乏历史的维度：
Raymond Trousson （éditeur）, *Romans libertins du XVIIIe siècle*, Paris：Robert Laffont, 1993；Valérie André, *Le Roman du libertinage, 1782—1815: redécouverte et réhabilitation*, Paris：Honoré Champion, 1997.

3 Patrick Wald Lasowski （éditeur）, *Romanciers libertins du XVIIIe siècle*, 2 vols, Paris：Gallimard, 2000 & 2005.

4 Valérie André, *Le Roman du libertinage, 1782—1815: redécouverte et réhabilitation*, Paris：Honoré Champion, 1997, p.33.

5 Robert Darnton, *Édition et sédition: L'univers de la littérature clandestine au XVIIIe siècle*, Paris：Gallimard, 1991；Jean-Marie Goulemot, *Ces livres qu'on ne lit que d'une main: lectures et lecteurs de livres pornographiques au XVIIIe siècle*, Aix-en-Provence：Alinéa, 1991.

6 Jean-Jacques Pauvert, *Anthologie historique des lectures érotiques*, 4 vols, Paris：Stock, 1995.

7 Maurice Lever, *Anthologie érotique : le XVIII^esiècle*, Paris：Robert Laffont, 2003.

有情色小说这个概念不就足够了吗？

首先，浪荡（libertinage）和情色（érotisme）的确有所不同。如果说浪荡是18世纪的"专属"，那么狭义的情色文化则诞生于19世纪。工业化生产催生了大批展现性欲的读物、图片作为商品流向大众。面对宗教教条、主流道德对性欲的压抑，在无力推翻这些权威的情况下，人们只能通过私下的想象释放性欲、缓解性压抑，这就是情色的本质。而浪荡则恰恰相反，其目的在于推翻权威，它是对性压抑的公然反抗、故意挑衅。情色或多或少带着遮遮掩掩的意味，因为它到底是畏惧权威的，所以要尽量低调，能在私下把欲望发泄出来就好；浪荡则不然，它公开以权威为敌并展开猛烈攻击，它要张扬，且越张扬越好。情色的创作手法主要是对性爱细节作细腻、生动的描写，好让读者把自己投射进去，它对欲望的描写视角是内在的；浪荡则嬉笑怒骂，写作手法上不乏夸张、讽刺，它对欲望的呈现视角是外在的。情色是私人领域的，是孤独的；而浪荡则要以社会为广阔的舞台。情色和权威间形成了共谋关系，它已经把性禁忌内在化。正因为触禁，情色的意味才更浓，禁忌反而成了欲望的磨刀石；浪荡则不然，它要把禁忌踩在脚下，欲望只有在摆脱一切禁忌时才能得到彻底满足。总之，用"情色"形容18世纪这些张扬性欲的小说不是不可以，但不免显得"软绵绵"的，没有将其反抗精神表达出来。进一步说，18世纪的核心精神不正是反抗和解放吗？或许，这些小说正因为在这样一个时代描写、讨论性欲，才会和"浪荡"挂钩。

其次，情色小说一定有对性欲的具体呈现，而且要有一定篇幅，而这对于浪荡小说却非必需。以拉克洛（P. C. de Laclos）的《危险的关系》（*Les liaisons dangereuses*）为例，瓦尔蒙子爵（Le vicomte de Valmont）和梅尔特伊伯爵夫人（La marquise de Merteuil）当然是浪荡者，他们游弋在数不胜数的情人之间，征服一个又一个目标，但纵观全书，作者也并未对其性事直接着笔。由此看来，浪荡小说想要展现的毋宁说是一种处事的方式、对待性爱的态度，而情色小说往往要着力表现满足性欲的过程。

浪荡小说这一概念诞生的最后一个原因其实很简单，那就是18世纪经常使用libertin一词。libertin在17世纪的主要意思并非性放荡，而到了19世纪则几乎不再被使用。因此，libertin就自然而然地成为18世纪的"专属"。pornographique和érotique这两个词如今的意思是在19世纪才形成的。[1] 用一个流行于18世纪的词来形容当时的文学作品，更能体现时代特色，显然比使用后起词合适。

实际上，libertin一词的使用可以追溯到17世纪。当时，该词主要指拥有自

1 érotique一词源自希腊语的爱eros，原初之意指向爱；1820年左右出现了第二个与性爱有关的意思；1850年左右才出现了第三个意思，即不顾廉耻与道德的。pornographique源自希腊语的妓女pornographos，首次出现在法国作家雷蒂夫·德·拉·布勒托纳（Restif de La Bretonne）1769年出版的小说标题中，意指"描写妓女的作家"，19世纪才演变成"色情"之意。*Grand Larousse de la langue française*，Paris：Larousse，1975；*Dictionnaire étymologique du français*，Paris：Robert，2009.

由思想，尤其是批判基督教教条的人。[1]
基督教重精神轻肉体，由于灵魂不灭肉
体易朽，要贬低身体、禁锢欲望，才能
获得灵魂的救赎。而 17 世纪一些激进的
法国思想家却认为不灭的灵魂子虚乌有，
人只活在当下，所以要及时行乐，包括
满足性欲。这就引出了 libertin 的次要意
思，即沉迷享乐与肉欲的人。由此可见，
在 17 世纪，libertin 的主要含义指向对基
督教教条的质疑，次要含义指向道德败
坏，而这两个含义又紧密联系在一起。
到了 18 世纪，宗教和道德分离，质疑基
督教教条的人也可以是有道德的，于是，
libertin 的第一个含义逐渐淡出人们的视
野，道德堕落尤其是性放荡取而代之，
成了这个词的主要意思。

正因如此，一些学者认为 18 世纪
的浪荡小说和 17 世纪拥有自由思想、
批判基督教教条的 libertin 一脉相承，
这些小说是借性放荡的主题来表达对严
苛教条、专制统治、道德禁锢等问题的
不满，故事背后体现的批判思想才是关
键。这一派学者的代表人物有马尔尚
（J. Marchand）、彼得·纳吉（Péter
Nagy）、克洛德·莱西勒（Claude
Reichler）等。[2]

然而，用"思想"来定义浪荡小说
会导致其深度被刻意拔高。作为时代的

产物，浪荡小说里多少渗透了一些启蒙
思想，这无可否认，可仅凭这一点，就
把浪荡小说上升到哲学思想的高度，不
免有些牵强。绝大多数浪荡小说并没有
直接表达批判思想；但它们的存在本身，
却映射出 18 世纪法国社会的重重危机。
这正是下文要详加阐述的观点。

二、上流浪荡小说的风行：
贵族精神危机的见证

要讨论 18 世纪的浪荡，就得追溯到
17 世纪的风流（galanterie）。风行于 18
世纪法国贵族圈中的浪荡实为风流的退
化变质。

形成于 17 世纪 50 到 60 年代的风流
价值观源于君主专制的加强。[3] 路易十四
（Louis XIV）把握了所有的政治权力，
贵族只得把时间和精力放在别处。文艺、
社交、娱乐由此空前活跃起来，成为贵
族生活的中心，礼仪修养的重要性亦随
之突显。在这样的背景下，一些成书于
16 世纪的意大利和 17 世纪的西班牙的论
贵族品质的书被译介到法国，进一步促成
了法国贵族理想形象的形成——一个真正
的贵族应该兼备文雅的社交礼仪和高尚的
道德品性。这便是风流的第一层含义。

此外，与欧洲其他国家如意大利、
西班牙、英国等相比，在 17 世纪的法国，
贵族女性拥有更高的社会地位。她们不
仅有财产的继承权和转让权，还能和男

1 Jacques Prévot（éditeur），*Libertins du XVIIIe siècle*，
2 vols，Paris：Gallimard，1998 & 2004.

2 Jacqueline Marchand，*Les romanciers libertins du dix-
huitième siècle*，Éditions rationalistes，1973，p. XIII；Péter
Nagy，*Libertinage et révolution*，Paris：Gallimard，1975，p.
47；Claude Reichler，*L'âge libertin*，Paris：Éditions de
Minuit，1987，p. 52.

3 Alain Viala，*La France galante*，Paris：Presses
Universitaires de France，2008，p. 454.

性一同参加社交活动，甚至成为社交活动的发起者和组织者——贵妇文学沙龙就是最好的例子。可以说，她们在法国的贵族社交中扮演了不容忽视的角色，而贵族男女间的交往和情爱也因此而受到重视。由此，风流中又加入了另一层含义，即长于男女间的谈情说爱。17 世纪法国贵族心目中的理想爱情近乎仪式，考验耐心，一点点地拉近男女间的距离，而这种慢慢接近的过程本身就是爱情重要的组成部分。相比之下，肉欲的要求是迫切的、本能的、粗野的。通过拉长肉欲满足前的过程，欲望得到了净化和升华。显然，风流的第二层含义是和其第一层含义即贵族的理想形象紧密联系在一起的。

然而，到了摄政时期，风流价值观开始退化变质。先来看贵族的理想形象，其核心内容是好的礼仪谈吐，高尚的道德必须通过礼仪谈吐才能展现出来。但礼仪谈吐很容易流为表面的形式，从而成为一个虚伪的面具，造成表里不一。再来看理想的爱情，它通过距离化和仪式化升华爱情，但如果走得太远，就成了按部就班，成了于任何对象都适用的方法。这样流于形式的爱情更像是游戏，只需要掌握规则和技巧，却不需要付出真心。[1]

时代的风气显然为风流的变质推波助澜。路易十四统治末期，在曼特农夫人（Madame de Maintenon）的影响下，宫里禁止一切声色犬马，人人都要遵守良好道德准则，气氛沉重。路易十四死后，摄政王上台，撤销一切禁条，王公贵族压抑许久的欲望终于得到了释放，众人纷纷大肆享乐。这是一击重重的反弹，未免有矫枉过正之嫌，路易十四时代所有的价值观都被视为陈旧过时。风流自然也受到牵连，它从前的内涵开始遭人嫌弃。如今，道德高尚与否无所谓，只要能在社交中戴好面具，应付自如即可。而众人对爱情更失却了耐心，因为生命苦短，要及时行乐。肉欲成了爱情的主导，也成了爱情最重要的目的。欲望容易满足，也容易厌倦，所以它要时时寻找新对象。欲望从来多变，忠贞自然成了虚谈。17 世纪风流爱情的"仪式"虽然被部分保留下来，却也只是沦为遮掩欲望的面纱、维持体面的工具。[2] 风流式爱情终于沦落为浪荡式爱情。

浪荡式爱情是 18 世纪法国贵族生活不可或缺的一部分，它自然成为许多文艺作品的主题，尤其是小说。当然，在不同的小说里，主角对待浪荡式爱情的态度也有所不同。在小克雷比永（Crébillon fils）的《心灵与情感的迷失》（*Les égarements du coeur et de l'esprit*）中，男主角梅耶库（Meilcour）初入贵族社交圈，在两个已为情场老手的贵妇人之间摇摆不定。但他并不乐在其中，言语间总是透着苦涩之情——他不仅因为

1 Andrzej Siemek, *La recherche morale et esthétique dans le roman de Crébillon Fils*, Oxford：Voltaire Foundation, 1981, pp. 53—60.

2 Raymond Trousson （éditeur）, *Romans libertins du XVIIIᵉ siècle*, Paris：Robert Laffont, 1993, p. XLIV；Philip Stewart, *Le Masque et la parole：le langage de l'amour au dix-huitième siècle*, Paris：José Corti, 1973, pp. 25—26.

贵族社交圈的堂皇虚伪而失望，更因为自己心中理想的风流式爱情与现实中被欲望主导的浪荡式爱情之间的巨大差距而幻灭。再来看杜克洛（Duclos）以第一人称写就的《XXX伯爵忏悔录》（*Les confessions du comte de ****），如果说在前半部分，男主角在自述他与各个国家美女的种种艳遇时还有一丝自豪之情，那么在后半部分，他的话语中则常常透露出后悔和苦涩。所以他最后才会决定抛弃从前的生活方式，重回正途。

不过，批判浪荡式爱情的小说还是少数。更多的小说表现出的是在享乐和快感里醉生梦死的态度，正如多库尔（G. d'Aucour）笔下的《泰米多尔》（*Thémidore*）那样。泰米多尔已不再为风流式爱情的失落而纠结，不再为世风的败坏而心寒。相反，他把自己融入潮流，承认把爱情等同于欲望也不错。对他而言，追求性快乐是人的天性，没有丝毫过错。一桩又一桩的艳遇，来得快，去得更快，他却乐此不疲。拥有过的女人越多，越让他感到荣耀。某种意义上说，她们都是他的"战利品"。像泰米多尔这样生活无忧、沉醉于男女轻浮性爱游戏的贵族青年通常被称为"纨绔子"（petit maître）。[1]

如果把这种态度再推得远一些，就会变成无情和残忍，纨绔子便成了纯粹的征服者（roué）。征服者与女性交往的根本目的在于勾引、征服后再将她们抛弃，以此显示自己的力量和优越。相比之下，虽然泰米多尔的情人也很多，但他从未故意欺骗，他的好感是真实的，而非伪装。他和情人的关系基本平等，属于你情我愿，分手往往是他和情人共同的决定，而且他很享受和情人交往的整个过程，包括性。而征服者则不同，他从一开始就在算计，女人只是他的进攻目标，为达目的他不择手段，种种甜言蜜语全是虚情假意。分手也是他算计的一部分，女人越是依恋他，分手时越痛苦，越能证明他的魅力和成功。女子已被物化，是彻头彻尾的受害者。此外，在和女性交往的过程中，征服者完全抽身事外，不要说动情，就连性快感都遭他鄙夷，因为在他看来，一味沉迷于性带来的快乐，就会沦为身体和本能的奴隶，而他追求的却是彻底的自由——由自己的意志决定一切，包括对自己情感、身体完全的控制。达到这一境界，征服者就在自己的假想中获得了自由。征服者这一形象的代表人物有小克雷比永《心灵与情感的迷失》里的韦尔萨克（Versac）、《阿尔西比亚德钱夹里的雅典信札》（*Lettres athéniennes extraites du portefeuille d'Alcibiade*）里的阿尔西比亚德（Alcibiade）、多拉（Dorat）《朝三暮四的报应》（*Les malheurs de l'inconstance*）里的公爵，以及拉克洛《危险的关系》里的瓦尔蒙。

征服者这一人物形象出现在大革命前不久，他对待女性的残忍冷酷折射出的实际上是贵族已达到顶点的精神危机和他们面对危机的焦虑。依靠显赫军功

---

1 Philippe Laroch, *Petits-maîtres et roués : évolution de la notion du libertinage dans le roman français du XVIIIe siècle*, Québec : Les presses de l'Université Laval, p. 3.

出人头地的日子已一去不复返，此时的年轻贵族只有借征服女人证明自己的价值，获得虚假的荣耀，也正因如此，他们在谈论女人时所使用的词汇往往与军事有关。

上文所引的小说都以现实世界为背景，但上流浪荡小说的故事也可以带有超现实的色彩。18 世纪的法国文化圈，掀起了一股东方主义潮流，这股潮流深刻影响了文学创作。有时，法国宫廷和贵族的爱情故事会以阿拉伯宫殿、城堡为背景，还会加入东方魔法的情节，从而让故事富有异域风情和神秘色彩。但细心的读者不难看出，东方宫殿往往是在影射法国宫廷，而东方爱情故事则是在影射法国的风俗，如此一来，作者就可以指桑骂槐，借东方故事（conte oriental）讽刺法国宫廷统治的混乱，贵族的虚伪，性爱的轻浮，道德的败坏。比如小克雷比永的《沙发》（Sopha）讲述一个贵族男子因朝三暮四被法术变成沙发，数易主人，因此见证了许多丑陋的男女私情，他发现真正的爱情已不复存在。

还有一类戏仿故事（conte pariodique），对东方故事和童话进行扭曲和变形，借各种隐喻和文字游戏暗示性行为，孩童读来是童话，成人读来却是在描写男女间的性事。前文说过，风流沦落成浪荡，却要维持表面的风雅，男女在交往中要欲擒故纵、口是心非、矫揉造作，说起话来要用文雅的语言。作家自然也受到限制，不能直接描写性行为，而是要给自己的文字罩上一层"面纱"。一些小说家干脆用这种表里不一做文章，大玩文字游戏，其讽刺之意溢于言表——既然要文雅，不妨用最文雅的语言写最下流的故事，在规定里反抗规定，以子之矛攻子之盾。博尚（G. de Beauchamps）的《阿普里乌斯王子的故事》（Histoire du prince Apprius）就是最好的例子，小说家用了许多倒序词影射性行为——Apprius 由打乱 priapus（阴茎）一词的字母顺序后重组而成，Danbre 实为 bander（勃起），Lucanus 实为 cul-anus（屁眼），Siders 实为 désirs（性欲），Litocris 实为 clitoris（阴蒂）。[1]

前文所说的小说，哪怕故事背景是东方宫殿、童话之国，反映的仍然是法国宫廷贵族的爱情，可以把它们统称为上流浪荡小说（roman libertin mondain）。上流浪荡小说的风行是 18 世纪法国贵族阶层精神危机的体现。特鲁松（R. Trousson）的总结十分到位：

华丽而空洞的辞藻、空虚的思想，它们反映出的恐怕不只是醉生梦死和猎奇心理，更是一个被绝对王权架空、用享乐麻木自己、无所事事、日趋僵化、毫无创新的阶层无望的挣扎——他们清楚地意识到自己可悲的处境，面对虚无却无能为力。无所事事滋生出的无聊只能靠浮华缤纷的娱乐和造作的感情游戏来掩盖，所谓的充实、新奇不过是错觉。[2]

1 Patrick Wald Lasowski（éditeur），*Romanciers libertins du XVIIIe siècle*, premier volume, Paris: Gallimard, 2000, p. 1047.

2 Raymond Trousson（éditeur），*Romans libertins du XVIIIe siècle*, Paris: Robert Laffont, 1993, pp. LI —LII.

三、底层浪荡小说的风行： 社会流动危机的见证

上流浪荡小说里的爱情以欲望为主导，但依旧要蒙上体面的面纱，所以描写它的语言也是文雅的、暗示性的。然而，面纱终被撕去，男女之间连欲擒故纵、故作矜持都没有了。欲望如此炽热而刻不容缓，描写性场面的语词越来越趋向直接和露骨，篇幅也加长，有时几至大肆渲染的程度。撕破面纱的代价是主角身份的降级——既然不能这么写贵族，干脆不要贵族做主角，改用平民。上流社会的浪荡爱情进一步"沦落"成底层社会的浪荡爱情，这也就有了浪荡小说的另一股分支，可以称之为底层浪荡小说（roman libertin licencieux）。

穆伊（Mouhy）的小说《密探比冈》（*La mouche, les espiègleries et aventures galantes de Bigand*）的男主角是平民，他经历了众多艳遇，最后选择结婚。这本小说的语言还有一定分寸，尚未到粗俗露骨的程度。可是到了《好家伙修士无行录》（*Histoire de Dom Bougre, portier des chartreux*），小说的语言彻底"失控"，用淫秽来形容都不为过。语言的放肆和情节的放肆是分不开的。这部小说的主角好家伙修士是神父的私生子，从小被寄养在乡下园丁家。他先是和村里青梅竹马的姑娘苏逊（Suzon）发生了关系，后又与苏逊的教母及神父的侄女发生关系。之后他去修道院做看门人，发现这里已成"淫窝"，修士在里面放肆地寻欢作乐，而且自己的生父就

是其中之一。最后，他邂逅了沦为妓女的苏逊，与之发生关系后染上梅毒，在治疗时被阉割。

比冈和好家伙修士这样四处寻找艳遇的平民多少在模仿出身贵族的浪荡子。浪荡贵族对艳遇的不懈追求是他们心灵空虚的证明，却也说明了他们高人一等的身份地位——只有有钱、有闲的人才能将大把时间花在追求女人上。在羡慕的推动下，平民也要效仿那种花天酒地的生活，企图以此抬高自己的身份。然而他们又学不像，因为他们不知道，浪荡的背后其实有一整套贵族的生活方式、价值原则，结果他们只学到了表面的纵欲，而借此抬高身份自然也是痴人说梦。

还有一批数量可观的底层浪荡小说专以妓女为主角。[1] 寻花问柳首先是浪荡贵族中兴起的风潮，它代表着身份和权力。在女人身上一掷千金买来的不仅仅是性享受，往往还有象征性的身份和地位，所以许多有钱的平民也趋之若鹜，妓女成为18世纪法国社会图景中不可或缺的一部分，这就给以妓女为主角的小说的诞生和兴盛创造了有利条件。

1740年以前，上流浪荡小说是主流；1740年以后，底层浪荡小说的数量越来越多。这种转变的根本原因还是法国社会构成的变化。18世纪下半叶，富有的中小资产阶级和市民阶层在社会里占据了越来越重要的地位，同时他们也是小

1 Mathilde Cortey，*L'invention de la courtisane au XVIIIᵉ siècle dans les romans-mémoires des «filles du monde» de Madame Meheust à Sade* （*1732—1797*），Éditions Arguments，2001.

说重要的读者群。阅读以精英阶层为主角的小说固然可以帮助这些新兴读者想象他们无法亲身体验的上流生活，可如果小说的主角只有社会精英，又和他们自己的真实生活相距太远，难保不让他们失去兴趣。这些新兴读者渴望读到更"亲民"的小说，即以平民为主角、对社会图景有更广阔的描写，甚至是描述下层人生活的小说。而底层浪荡小说的主角已不再是精英，它的出现反映了新读者的新需求。

平民向往精英的生活，同时又渴望看到更贴近自身的小说。而精英读多了描写自己生活的小说，竟也感到乏味，要从平民的生活里找一点新鲜感。但是，他们对平民生活的关注只是一种猎奇、一种肤浅的娱乐，和东方故事的异域风情一样，混杂了太多的虚幻和想象。在贵族的娱乐里，平民的生活只能充当华丽的布景、纯粹的装饰，被过分修饰和美化，空洞而没有任何实质内容。布歇（F. Boucher）的油画《漂亮的女厨子》（*La belle cuisinière*）就是最好的例子。这个女厨子确实漂亮，丝毫没有沾染上厨房的烟火气，以至于粗活累活在她手上、身上竟没留下一丝痕迹；她的表情如此平静、满足，完全不见生活的艰辛和苦痛；她的姿态如此撩拨，她似乎是调情的行家里手，看来谈情说爱本就是她日常生活的一部分。与其说她是女厨子，不如说她是假扮成女厨子的贵族小姐。由此可见，平民题材对精英而言只是一个能带给他们新鲜感的娱乐元素罢了。因此，底层浪荡小说的读者里可能不乏厌倦了

上流浪荡小说、转而寻找小说新题材的精英。

同时，当书籍成为商品，为了盈利，激起读者的好奇和兴趣便成了作者和书商的主要目标。浪荡和情色有千丝万缕的关系，自然成为炙手可热的题材。市民读者的口味毕竟不像贵族和大资产阶级那么精细，上流浪荡小说语言的雕饰和文雅、粉饰和考究并不十分符合他们的口味，他们更喜爱表达直白，甚至是略显放肆辛辣的小说。这种需求从一个方面推动了浪荡小说从上流向底层的演变，而"禁书"的名头更是使其吸引力大增。肉体交欢成了最大的卖点，欲望的每个细节都暴露在文字间和纸上，映入读者眼中。

从小说家的角度看，18世纪，职业写作逐渐出现，书籍市场有所扩大，作家足以靠写书卖书为生。17世纪的文学主要由贵族、教士或受皇家及贵族资助的作家创作，只在贵族沙龙或精英社会里传播。[1] 到了18世纪，逐利成为出版的新规则。一个人不管是什么出身、有什么背景，只要他能写，写出的书能卖，就可以成为作家。因此，许多浪荡小说家并非贵族出身，也不受贵族资助，全靠自己的笔杆子赚钱。他们接触的人各色各样，有精英也有普通市民，甚至有下层人，这给他们的故事提供了更为广阔的社会空间、来源更丰富的人物，从而间接促成了底层浪荡小说的兴盛。

---

1 Alain Viala, *La France galante*, Paris: Presses Universitaires de France, 2008, p. 454.

当然，此时的小说尚未真正描写中小资产阶级和市民阶层的生活。虽然这些人的现实地位已不容忽视，但他们还并未获得象征层面的认可，其生活方式也并未获得小说家真正的关注。贵族和精英阶层仍处于社会的顶端，是所有人羡慕的对象，其生活方式也是众人竞相仿效的对象。所以底层浪荡小说只是把主角的人物层次设定为平民，让他接触的人物里有一些平民，可是其生活方式还是跳不出对浪荡贵族肤浅而盲目的模仿，所以他总是夸耀自己艳遇连连。其中有太多夸张的成分，根本不是第三等级的生活常态。妓女小说可能更贴近现实，但妓女毕竟是小群体，其地位和生活方式特殊，绝不能代表平民阶层。

富有的中小资产阶级和市民阶层渴望获得晋升上流社会的通道，在现实中却举步维艰，文学作品在想象的维度上让他们接近贵族和大资产阶级的生活，从而缓解了他们的渴求——底层浪荡小说的风行反映的正是法国社会流动的危机。然而，这种缓解只是暂时的，仅停留在虚构的层面，最终进一步加深了中小资产阶级和市民阶层对跻身上流社会的渴望，为日后的革命埋下了心理和情感的伏笔。

四、虚构与现实的混淆：
危机的升级与爆发

风流之爱是 17 世纪贵族理想的爱情观，浪荡之爱是这种爱情观的降级，所以它更多涉及审美和虚构的问题。它虽然对现实有渗透和影响，但与现实还是有差距的。更进一步说，它甚至和现实有相对的意思。爱情不可能只是爱情，它与婚姻、道德紧密相连，而理想的爱情观往往试图摆脱现实的束缚。上流浪荡小说展现出的贵族爱情有几分真，也有几分假，它在一定程度上折射了现实，但又加入了许多想象。小说里的泰米多尔如同浪蝶，轻盈地飞舞在朵朵鲜花之间，现实的沉重完全与他无关。他几乎是在一个抽象的世界里尽情追逐肉欲，什么生老病死、道德责任，统统与他无关。从这个意义上说，上流浪荡小说里的贵族男女和布歇油画里那些凝固在画布上的贵族男女是一样的，他们衣着华丽光鲜，拥有永恒的青春和美貌；他们完全沉浸在二人的小天地里，在打情骂俏中尽享肉欲的欢愉——这就是他们全部的世界。总之，浪荡小说审美、虚构的一面不容忽视，它不能简单地和现实画上等号，它与现实间始终存在着复杂的张力。

然而，虚构与现实的界线终于开始模糊不清。创作底层浪荡小说的作家往往属于第三等级，与精英圈相距甚远。当这些平民作家想窥视上流社会的生活，而在现实中却无门可入时，唯一的途径就是文艺。他们读到的上流浪荡小说虽然饱含虚构的成分，此时却被等同于现实。于是，在旧制度僵化、法国社会矛盾已进一步激化的背景下，小说里上流人物的性放荡竟成了精英阶层内心空虚、道德堕落的写照。大革命前 20 年，政治矛盾已非常尖锐，几乎一触即发，平民作家不再满足于隔靴搔痒的讽刺，开始自己动笔，把原本用来描写平民主角艳遇的露骨语言用在了第一等级和第二等级身上，以此"揭露"精英阶层的堕落和罪恶。为了加大批判力度，小说家不免添油加醋，不遗余力地直书"堕落"精英的性交场面，把他们的荒淫无限夸大。这些浪荡小说以面具化、极端化的方式把精英塑造成唯"欲"是图之流，其攻击手法毫无理智和道理可言，全靠贬低、侮辱、抨击对象的人格和形象实现打击的目的。就连教会人士亦不例外，遭到抹黑。[1]

发源于精英的浪荡最终竟成了反对他们的武器，这恐怕是精英从未意料到的。浪荡小说中这种对精英阶层诽谤抹黑、刻意中伤式的描写在中小资产阶级和市民阶层读者的眼中也逐渐和现实混为一谈。最开始，他们是羡慕上流社会的；之后，他们开始为自己应得而未得的社会地位失望不满；这种情绪随着社会矛盾的激化愈发升级，最后演变成愤怒和仇恨。19世纪著名历史学家泰纳（H. A. Taine）这样说道："怨恨和敌意针对的是阻挡了所有去路的贵族，中等阶级的这种情绪，只会随着其财富和文化的进步而增长。"[2] 18世纪下半叶，印刷物数量大增，信息流通的速度大大加快，途径也四通八达，公共舆论就此诞生，

而这同时也是诽谤、流言最好的温床。因此，这些以性放荡抹黑上流人士的浪荡小说绝不再是娱乐读物，甚至不是简单的讽刺文学，而是极具政治杀伤力的诽谤小册子；而诽谤的对象则从教士转到贵族和大资产阶级，再转到王族。当想象与现实混为一谈，王族、贵族、教士的神圣光环终于彻底熄灭，成了可以任人践踏在脚下的残渣败类。

这些色情诽谤读物的威力如此之强，它们不仅让当时的法国民众相信王族、贵族、教士等上层淫乱而堕落，无药可救，应该被断头，更渗透进了真实的历史，在一定程度上"改写"了真实的历史，以至于让今日的我们也信以为真。就拿路易十五（Louis XV）来说，今天的学者最津津乐道的还是他众多的情人，他"圈养"年轻姑娘的鹿苑，他那句本意完全被扭曲的"朕死以后，哪怕洪水滔天"[3]，以及他死于梅毒后尸体如何臭不可闻的谣传。路易十五在今人眼中简直就是个不理朝政、纵欲无度的君主，然而事实绝非如此简单。传记家米歇尔·安托万（Michel Antoine）这样陈述道："只有对法国旧制度的统治真正了若指掌的历史学家才能抵挡住这么多的偏见，还历史以公正，只有他们才能告诉公众，虽然路易十五长达59年的统治不乏危机

---

1 张茜茹：《法国18世纪中后期"浪荡小说"中教会人士的形象》，《世界历史评论》2020年第4期，第172—182页。

2 伊波利特·泰纳：《现代法国的起源：旧制度》，黄艳红译，吉林出版集团有限公司，2014年，第326页。

3 当时，法国天文学家预测某日可以观察到流星。路易十五和家人亲信在指定的日子观察，却什么也没看见，因为流星出现的日子推迟了。一般流星都会引发潮汐现象，所以路易十五说了一句风趣的笑话："洪水要在我们之后才来。"谁能想到，这样一句与治理国家毫无关系的话的意思竟会被完全扭曲。Michel Antoine, *Louis XV*, Paris: Fayard, 1989, p.741.

和困难，却堪称法国历史上最伟大的时代之一。"[1] 然而，像他这样头脑清楚的历史学家是极少数，他们深感回天无术，已无法在今日的公众眼中还原路易十五的真实形象，因为他腐朽统治者的刻板形象太深入人心。由此可见，化身为诽谤读物的浪荡小说在 18 世纪末期发挥了怎样可怕的力量。它们直接摧毁了精英阶层的权威和形象，推动了革命心理的形成。彼得·纳吉的专著取名《浪荡与革命》（*Libertinage et révolution*），虽然夸大了浪荡和革命的因果关系，但也绝非毫无道理。[2]

而精英对层层升级的危机和步步逼近的风暴竟浑然不觉。一直以来，他们用娱乐和放纵弥补自己的空虚，缓解自己的精神危机。现在，他们更是天真地相信中小资产阶级、市民阶层、农民的抱怨和不满也可以通过娱乐消遣、歌舞升平消除。莱韦斯克（P. C. Lévesque）曾说："民众很容易激动。他们确实可能引发骚动和暴乱，但要平息他们也非常容易。只需编几支交响乐，法官就会忘记他的顾客，商人就会忘记他的生意，农民就会忘记他的饥饿，所有公民都会随着乐曲一起翩翩起舞。"[3] 如今读到这段话，不免触目惊心。事与愿违，娱乐最后还是没能平息民众。大革命来势汹

汹、势如破竹。这一次，精英付出了血的代价。

结语：浪荡小说的尾声

虽然《心灵与情感的迷失》中透露出些许对贵族轻浮性爱观的批评，这种批评却很快被《泰米多尔》的享乐哲学替代。批评总显得太沉重，只有强烈的感官体验才是值得追求的。像泰米多尔这样心安理得地拈花惹草、跟随本能追逐性快乐的纨绔子才是上流浪荡小说真正的主角。直到法国大革命前夕，还能看到福布拉（Faublas）这样的纨绔子形象。

征服者的形象在纨绔子之后出现，在大革命前的 20 年间形成，在《危险的关系》中达到了巅峰。然而，拉克洛继承了小克雷比永的批评精神，并且比小克雷比永走得更远——他细致入微地剖析了征服者的行事原则，以及催生这些原则的社会背景，其剖析比之前任何一部浪荡小说都更深刻、更尖锐、更具批判性。精英阶层的虚伪、空虚在他笔下一显无余，正因如此，在他的小说里，征服者的种种算计注定要失败。菲利普·拉洛克（Philippe Laroch）说："18世纪末，摄政时期和路易十五统治时期在上流社会流行的浪荡爱情既无法抵抗《新爱洛依丝》（*Julie, ou la nouvelle Héloïse*）唤醒的情感主义，更无力承受社会、宗教革命思潮引发的暴力。"[4] 上

---

1 Michel Antoine, *Louis XV*, Paris: Fayard, 1989, p. 8.

2 Péter Nagy, *Libertinage et révolution*, Paris: Gallimard, 1975, p. 47.

3 Pierre-Charles Lévesque, *Les Rêves d'Aristobule, philosophe grec, suivis d'un Agrégé de la vie de Formose philosophe français*, à Amsterdam, et se trouve à Carlsrouhe, chez Michel Macklot, libraire de la Cour, et à Dresde, chez Michel Gröll, libraire, 1762, p. 67.

4 Philippe Laroch, *Petits-maîtres et roués: évolution de la notion du libertinage dans le roman français du XVIIIe siècle*, Québec: Les presses de l'Université Laval, p. 15.

流浪荡小说至此到了穷途末路。拉克洛是上流浪荡小说的集大成者，同时又是其超越者。如果说之前创作上流浪荡小说的作家都是浪荡者的共情者，那么拉克洛则终于能完全以抽身而出的态度审视上流社会的浪荡，从而否定它、毁灭它。

至于底层浪荡小说，它们在大革命前层出不穷，在 18 世纪 70 年代末至 80 年代达到顶峰。这些小说用词粗俗，对性的描写长篇累牍，无休无止，让读者毫无喘息的机会。它们或以平民为主角，让主角近乎疯狂地性交，或以性放荡抹黑精英阶层，其背后透露的竟是民众在革命前夕的不安和狂躁。矛盾的是，底层浪荡小说达到顶峰时亦无以为继。底层浪荡小说既然已抛弃上流浪荡小说的隐晦语言，在语言和审美层面就当然不可能再有创新，放肆的性描写也很快就失去魅力。泛滥的欲望很快就会疲软，正如好家伙修士亲身体会的那样，欲望会变得越来越难以满足。贪欲就像一根没有松弛、越拉越紧的橡皮筋，总有一天会彻底崩断。浪荡小说里常会出现一个僵化的形象，即所谓的老浪荡子——他由于之前过于放纵，竟成了性无能或性冷淡。同样的道理也适用于浪荡小说本身。当性成了主角生活的全部，被作者洋洋洒洒说个没完，小说便会变得无聊，即使再辛辣的场景，不断重复后也会失去吸引力。所谓物极必反，过分的欲望反而浇灭了欲望。

综上，浪荡小说之所以在 18 世纪的法国如此风行，正是因为当时的法国社会危机重重。这种自上而下无处不在的

危机投射在文学里，便孕育了这类独特的小说。上流浪荡小说背后透出的是贵族的价值困境和精神空虚。底层浪荡小说反映的是平民阶层对精英阶层优越地位的羡慕和渴望，他们希望通过模仿其性放荡在想象的世界里达到心理平衡。社会冲突愈演愈烈时，性放荡又反过来成为讨伐者抹黑精英阶层的手段。然而，所有的危机积累到一定程度，最终还是会在现实中爆发，从而超越文字的维度。当大革命的炮声轰然响起，众人开始在现实中寻找解决社会危机的出路时，浪荡小说也就失去了它最根本的存在意义。

瓦莱里·安德烈的著作告诉我们，大革命时期及其后 20 余年中仍有不少新的浪荡小说问世。[1] 但那也只是釜底抽薪后的余火，并不能持久。浪荡小说之所以能在大革命后继续存在 20 多年，一方面是因为它作为 18 世纪声势浩大的文学潮流，不可能一下消失，即使遭受大革命的冲击，依然会惯性地继续存在一段时间；另一方面则是因为法国的社会危机并未在大革命中一下解决，还在断断续续地爆发，浪荡小说就是其回响。然而，它确已失去根本的生命力。如此看来，浪荡小说终究是时代的产物。

（特约编辑：程茜雯）

---

1 Valérie André，*Le Roman du libertinage, 1782—1815: redécouverte et réhabilitation*，Paris：Honoré Champion，1997，p. 33.

布莱希特的《三毛钱小说》：
讽刺书写中的哀其不幸

李昌珂 *

内容提要：布莱希特《三毛钱小说》吹响了德国流亡文学的一个号角，是布莱希特对纳粹德国发起斗争的文笔武器。从马克思主义社会政治经济学角度出发，布莱希特认为法西斯主义是资本主义的一个历史阶段。他的小说在"现在时"与"过去时"之间穿插讲述，既揭露资本主义，又讽刺纳粹德国，影射不规避直接，隐喻不遮蔽意图。遵循在 20 世纪 20 年代"教育剧"中已经落实的"政治艺术化，艺术政治化"思想，布莱希特用自己独有的叙事方式在德国文学小说家之林中确立了自身地位。

关键词：《三毛钱小说》 资本主义 纳粹德国 艺术方式

Conveys More than the Novel Itself：Reflections on Brecht's _Threepenny Novel_

Abstract: Brecht's work _Threepenny Novel_ sounded a clarion call for German exile literature and was Brecht's writing weapon in his fight against Nazi Germany. From the perspective of Marxist social and political economy, Brecht believed that fascism was a historical stage of capitalism. His novel alternates between "present tense" and "past tense", exposing capitalism and satirizing Nazi Germany. Allusions do not avoid directness, and metaphors do not obscure intentions. Following the idea of "artisticizing politics and politicizing art" that was implemented in the "educational drama" of the 1920s, Brecht used his own unique narrative method to establish himself among German literary novelists.

Keywords: _Threepenny Novel_; capitalism; Nazi Germany; artistic expression

* 李昌珂，男，青岛大学外语学院特聘教授，北京大学外国语学院教授、博士生导师。主要研究方向：近当代德语语言文学。本文为国家社会科学基金重点项目"德国小说发展史"（14AWW002）的阶段性成果。南京工业大学外国语言文学学院教师续文，为这篇文章提供了知识、思考、资料、文字书写多方面的协助，本是此文第二作者，在此向续文老师致以谢意。

布莱希特以诗人和剧作家身份闻名于世，实际上在小说园地里也有笔耕，构思、计划和动手的有"图伊小说"等作。虽然最终只有一部《三毛钱小说》（*Dreigroschenroman*）全部完成，但这部长篇以鲜明的主旨和强大的思想力引人注目，问世后销售了数十万册，即便是今天在德国仍有再版和读者，足见社会对它的认可和它的社会影响之巨。《三毛钱小说》不仅对布莱希特个人具有重要意义，从文学史角度看也意义非凡。它吹响了当年德国流亡文学的号角，是德国流亡文学的一部压卷之作，放眼整个德国文学也是一部切入历史和揭示现实的经典长篇。

90 年前布莱希特这部小说面世，90 年后的今天再读布莱希特这部小说，读它反映出来的布莱希特在艰难困苦的流亡生活中对马克思主义信仰的坚守和对反法西斯历史责任的担当，读它呈现出来的作者的政治思想、启蒙意识和文学艺术创新，读它那连缀着讽刺和幽默的语言以及负载着思想和力量的文字，这些更让我们对布莱希特充满敬意。

一、践行自己的建议

《三毛钱小说》并非酝酿多年，更多是个偶然触发的临时决定。1933 年元月纳粹政权上台，立即炮制"国会纵火案"大搞白色恐怖，布莱希特不得不带着一家人流亡国外。在巴黎，布莱希特与一位出版社编辑认识，通过这位编辑

与同样流亡在外的出版社签订了合同，创作《三毛钱小说》就这样被定了下来。1933 年夏天布莱希特已动笔，第二年上半年便提交了书稿。同年即 1934 年，《三毛钱小说》首版就在阿姆斯特丹发行。布莱希特之所以对《三毛钱小说》如此倾心尽力，不仅仅是因为得到了一笔预支稿酬，解决了一家人流亡生活的燃眉之急，更主要的动力是布莱希特把它当成了一件迫在眉睫和义不容辞的政治任务。

那时，德国流亡者们在激烈讨论德国为何出现了纳粹这个问题。有人从大众心理学的角度认为，德国出现纳粹运动是德国人民族主义民粹情绪的一个现象。布莱希特则从社会政治经济学的角度认为，法西斯主义是生产资料私有制的产物，资本主义是产生法西斯主义的土壤，法西斯主义是资本主义的"一个历史阶段"[1]，是资本主义的一种变异形态。讨论还表明有流亡者抱有这样的期待：德国人民会很快觉悟，起来推翻希特勒政权。布莱希特注意到的事实是大多数德国人还是一些在精神上、思想上消极、顺从，没有能力自己解放自己的人，他呼吁民众要丢掉幻想，展开斗争，并提醒道：既要反对法西斯主义，又想保持资本主义的想法是行不通的，只有认识到法西斯主义是"最赤裸裸的、最放肆的、最令人窒息的和最无耻欺骗的资

1 Bertolt Brecht, *Gesammelte Werke*. Bd.18：Schriften zur Literatur und Kunst 1，Frankfurt am Main：Suhrkamp Verlag，1967，S. 227.

本主义"[1]，才能对它进行最彻底的斗争。讨论激发了布莱希特要将自己的观点叙理成论，写成文章，还要理形于言写进小说的想法。

《三毛钱小说》就是布莱希特在这个背景下倾力完成的。布莱希特尽管与出版社约定要以那部极具社会影响的《三毛钱歌剧》（*Die Dreigroschenoper*）为叙事原型，但实际上却作了新的题材开掘。完成的小说与歌剧之间只有主人公姓名相同，歌剧的一些歌词进入了小说叙事这样一些联系，其余便相互无涉，主旨也完全不同。《三毛钱歌剧》讲述的是维多利亚时期发生在伦敦索侯区的故事，内含对资本主义世界的讽刺批判，《三毛钱小说》则是在为人们提供认识资本主义与法西斯主义关系的参照，同时也是作家用接近"侦探小说"叙事模式的义笔武器对纳粹德国发起的斗争。[2]《三毛钱小说》的故事时间和故事地点被设置在 20 世纪初布尔战争时期的英国。英国在这里并非地理概念上的或历史学、社会学概念上的英国，更多是近代资本主义社会和纳粹德国的一个"认知性装置"。流亡中，针对困难条件下流亡作家如何传播真理、开展斗争、达及读者、产生思想效果这个问题，布莱希特发表了《书写真理的五项困难》

（"Fünf Schwierigkeiten beim Schreiben der Wahrheit"）一文，提出的具体建议有不妨学学中国孔子"春秋笔法"这样的机智灵活方式，或者是采用假他人之名或假他国之名这样的"计谋"。[3]《三毛钱小说》"借道"英国表现纳粹德国的写作策略，便是布莱希特对自己所提出的建议的践行。

二、思想资源自觉

《三毛钱歌剧》里的皮丘姆（Peachum）和麦奇思（Macheath）被布莱希特位移和拉伸进了《三毛钱小说》。小说故事围绕这两人阴暗、冷酷、算计的性格以及肆意违法的行为展开，将这两个原不相识的不法之徒交集、汇聚在了一起。

皮丘姆其貌不扬、对人刻薄、对己吝啬，名为一旧乐器商店老板，实际在利用人们的怜悯心、同情心做生意。他的生意经着实"精明"，雇佣乞丐、残疾人、装聋作哑的好逸恶劳之人等，给他们提供行乞道具，培训他们如何行乞，将他们打造成职业乞丐，形同公司雇员。皮丘姆又打着行善旗号，用暴力和谋杀手段无情清除竞争者以及不接受他管辖的个体乞讨者，控制着整个伦敦的行乞行业，人称"乞丐王"。麦奇思同样其貌不扬，也同样不容小觑。他是伦敦一臭名昭著的强盗团伙的头子，他

1 Bertolt Brecht, *Gesammelte Werke*. Bd.18：Schriften zur Literatur und Kunst 1, Frankfurt am Main：Suhrkamp Verlag，1967，S. 222.

2 对叙事作品，布莱希特看好侦探小说模式，曾发表《论侦探小说流行性》（"Über die Popularität des Kriminalromans"）等文，表述自己对这种模式的审美和心性。

3 Bertolt Brecht, *Gesammelte Werke*. Bd.18：Schriften zur Literatur und Kunst 1，Frankfurt am Main：Suhrkamp Verlag，1967，S. 222.

号令众盗的能力"远远超出一般水平的组织者"[1]，自己自然也穷凶极恶，有个外号叫"尖刀"。敢于铤而走险，还能"审时度势"，是麦奇思的另一特点。麦奇思认为传统的犯罪手段效率低下，不再适合当前变化了的社会经济方式，便将拦路抢劫、入室盗窃之事交给了手下，付给他们固定工资，在这层意义上把他们变成了他盗窃集团的员工，他自己则改头换面，用恐吓、威逼的手段成为遍布伦敦城区的B商店的幕后操控人。B商店以及由麦奇思出资的一家古董店，实际都是麦奇思盗窃团伙的销赃场所和调配资金渠道。

打破传统的线性叙事线索，《三毛钱小说》叙事在"现在时"与"过去时"之间穿行。小说以叙述文字少、段落节奏快的方式，交代了皮丘姆和麦奇思各自通过坑蒙拐骗的手段和偷盗抢劫犯罪的方式获得财富，形成伦敦地下社会两股邪恶势力的"前故事"。"前故事"只有三言两语，皮丘姆和麦奇思这两人冷血、无情、凶狠和牙齿毕露的"鲨鱼"形象就已跃然纸上。小说再现的这两人原始资本积累的方式，让人想到马克思的论述："资本来到世间，从头到脚，每个毛孔都滴着血和肮脏的东西。"[2]事实上从20世纪20年代中期起，布莱希特就成了马克思主义信仰者。在《三毛

钱小说》的创作过程中布莱希特又特地学习了马克思的《资本论》《政治经济学批判》，以及恩格斯的《英国工人阶级状况》等著，有意识地在用马克思主义关于私有经济制度和资本主义社会学说烛照自己的写作。小说意图因此并不在于要讲述什么匪夷所思的故事，而是要展示资本主义社会特征。比如读到女儿在父亲那里更多是生意的一个筹码，杀人被当作商业活动的一个选项，破船被翻新当作新船倒卖给政府等段落，读者会想到马克思主义学说有关资本主义社会的一些经典思想，如《共产党宣言》里的论述"资产阶级撕下了罩在家庭关系上的温情脉脉的面纱，把这种关系变成了纯粹的金钱关系"[3]，或马克思《资本论》的注释：

> 一旦有适当的利润，资本就胆大起来。如果有10%的利润，它就保证到处被使用；有20%的利润，它就活跃起来；有50%的利润，它就铤而走险；为了100%的利润，它就敢践踏一切人间法律；有300%的利润，它就敢犯任何罪行，甚至冒绞首的危险。[4]

对布莱希特非常了解的瓦尔特·本雅明（Walter Benjamin）评说，《三毛钱小说》的写实艺术充满了辩证的意象，

1 布莱希特：《三毛钱小说》，高年生、黄明嘉译，上海：上海译文出版社，1999年，第127页。

2 马克思：《资本论》第1卷，中共中央马克思、恩格斯、列宁、斯大林著作编译局编译，北京：人民出版社，2009年，第871页。

3 马克思、恩格斯：《共产党宣言》，中共中央马列主义著作编译局编译，北京：人民出版社，1997年，第30页。

4 马克思：《资本论》第1卷，中共中央马克思、恩格斯、列宁、斯大林著作编译局编译，北京：人民出版社，2009年，第871页。

是马克思主义的观点决定了这部小说的景况[1]，这为我们证实了布莱希特思想资源的自觉。

三、典型化形象和特征

简单交代了皮丘姆和麦奇思两人的势力兴起经过后，《三毛钱小说》以这两人的行为为经，以这两人的内心为纬，讲述这两人意图将自己身份"洗白"，意图将通过非法、不正当手段和犯罪方式聚敛起来的资本合法化，出于各自原因要巩固和扩大自己势力范围，发生冲突，最后又联合组成一个垄断集团的故事。

一身绅士穿戴，以木材商人名片和贝克特（Beckett）名字示人的麦奇思，谋求得到银行贷款。国民储蓄银行有理由怀疑麦奇思身份，对其贷款请求不予考虑。麦奇思想到了娶皮丘姆女儿波莉（Polly）为妻的主意，这样既能使自己拥有房产和妻子这样的所谓正派市民的生活标志，还可以得到一笔想来应该是不菲的嫁妆。波莉在她父亲心里却已是"名花有主"。皮丘姆参与投资海上运输船舶公司，要做的生意是与政府官员勾结，把已破旧得"会像纸一样在水中溶化"[2]的报废船只刷上新漆作为新船卖给政府。"政府腐败，我们就该赚它的钱"，不法商人对自己的行为心安理得，甚至

理直气壮。岂料经纪人科克斯（Coax）又在"黑吃黑"，屡屡将几个合伙人玩弄于股掌之中。几乎押上整个家底又投入了第二股资金后，皮丘姆才逐渐意识到自己落入了骗子之手。了解到科克斯有令人作呕的好色品行，皮丘姆反而大喜，谋划着要将女儿嫁给科克斯，保全自己的那部分投资。波莉把性视为交易，趁父亲不在的时候自己做主嫁给了麦奇思。算盘落空，皮丘姆暴跳如雷。他知道麦奇思虽然披上了文明市民的皮囊，骨子里仍是头豺狼，知道这个人追求自己女儿是在打嫁妆的主意。

与皮丘姆女儿的婚礼没有打消国民储蓄银行顾虑，麦奇思转而实施他的"拿破仑计划"，躲在幕后成立了一个"中央采购公司"，引诱商业银行进入圈套，又以倾销和打压手段挤垮竞争对手，控制了整个 ABC 连锁店的生意，也不顾那些受他控制的 B 店店主的死活。麦奇思情妇斯韦耶（Swayer）也是个 B 店店主，陷入危机，走投无路，投水自尽。麦奇思背上了杀人嫌疑。他本有不在场证据，由于皮丘姆捣鬼，仍入了监狱。皮丘姆想以此方式迫使麦奇思与波莉离婚，利益冲突使他与麦奇思势不两立。人在狱中，麦奇思还是能够通过与警察局的关系掣肘他人，利用银行放贷的不慎接替了国民储蓄银行的管理职务。科克斯只按自己需要出牌，再次敲诈皮丘姆。为保自己不致破产，皮丘姆给退伍兵费康比（Fewkoombey）施加压力，唆使他去干掉科克斯。同时还有两个人影也在尾随这个经纪人，分别是由波莉和麦奇思

---

1 Walter Benjamin, *Versuche über Brecht*, Frankfurt am Main：Suhrkamp Verlag, 1966, S. 94.

2 布莱希特：《三毛钱小说》，高年生、黄明嘉译，上海：上海译文出版社，1999年，第39页。

各自派遣的杀手。科克斯的满口谎话和勒索行为也为自己招来了杀身之祸。波莉雇佣的刺客行了凶，皮丘姆以为是他唆使的费康比得了手，于是将科克斯的资产攫取到自己名下，一夜暴富。

《三毛钱小说》有杀人犯罪，却没有神探破案。警察总监都是麦奇思的朋友，想认真调查案情的警员还被警察总监归入了不可靠人之列。科克斯被杀，既不是故事的高潮，也不是情节的升级或尾声。在海军军部高官的里应外合下，把报废船只当作新船倒卖给政府的"商业活动"顺利进行。皮丘姆主管的海上船舶运输公司倒卖给了政府三艘刷漆翻新船只。其中一艘满载士兵出海，只航行了十一个小时就沉没海底，整船官兵无一人生还。如此天大的事发生了，结果却是几个方面沆瀣一气，皮丘姆玩弄伎俩，制造舆论，警察逮捕了一名共产党工人，指控是他搞破坏制造了这场国难。盘算后，麦奇思觉得离婚有它的好处，通过律师向皮丘姆表示可以跟波莉离婚。科克斯已经被除去，皮丘姆的态度发生了一百八十度的转弯，现在他非常欣赏这个女婿。麦奇思与手下强盗团伙成员达成顶罪交易，又塞给警察总监一个信封，即人们今天说的"红包"。皮丘姆操纵法庭重审，麦奇思即获无罪释放。斯韦耶溺水一案需要结案，那个退伍兵费康比成了替罪羊。

麦奇思对自己的所作所为很是洋洋得意："一把万能钥匙同股份相比又算得了什么呢？盗窃银行同开银行（相比）又算得了什么呢？……杀害一个人同雇用一个人相比又算得了什么呢？"[1]"盗窃银行同开银行（相比）又算得了什么呢？"这句话在今天已成了德国人生活中的一句谚语，用来比喻一件事与另一件事相比只不过是小巫见大巫，这句话本身让人想到的是资本主义社会用金融手段巧取豪夺。"杀害一个人同雇用一个人相比又算得了什么呢？"这句话也充满了揭示性，让人想到在资本主义社会资本家可以要求被他雇佣的人最大工作时间限度地劳动，为他创造剩余价值，而"杀人于无形"。

按照社会经济方式的变化行事，麦奇思整合自己已经占有的生产资料和人脉关系，成立起一个"ABC 商业联合企业"，即集商业、制造业、金融业于一身的辛迪加集团。皮丘姆也是集团高层的一员。"我们与政府还决定进一步合作"[2]，皮丘姆的这句话再清晰不过地表明他们和政府继续同流合污。不正当、非法、犯罪的东西在一系列貌似合法的操作下轻而易举地被正当化、合法化、名正言顺化了，麦奇思、皮丘姆之流从社会的渣滓、赘疣、毒瘤摇身一变成了社会上等人。他们的身份变换之路展开即是罪恶画卷，这可谓浓缩了、隐喻了资本主义从原始资本积累到自由竞争，再到垄断资本的历史过程。这个过程对接各种犯罪行为，将有关"资本主义是

---

1 布莱希特：《三毛钱小说》，高年生、黄明嘉译，上海：上海译文出版社，1999 年，第 244 页。注：万能钥匙是盗窃用的开锁工具。

2 布莱希特：《三毛钱小说》，高年生、黄明嘉译，上海：上海译文出版社，1999 年，第 368 页。

产生法西斯主义的土壤"的认识落脚到了叙事上。所发生的既有盗窃、暴力、谋杀等个体性犯罪，也有商业、金融、政治层面上的整体性犯罪。"三毛钱"这个看似毫不起眼的题目揭示的是令人震惊的犯罪，《三毛钱小说》的诙谐书名实际透露着骨子里的认真。

除麦奇思和皮丘姆外，《三毛钱小说》里还出现了不少人物，如与匪徒一家的警察总监、与不法商人狼狈为奸的政府官员、猥贱无行的经纪人、让人联想到中国封建社会的讼棍的颠倒黑白的律师、虚假虚伪的医生、给罪恶贴上美德金箔的教会主教等。这些人无论起不起眼，都有个共同点，即无一人有些许亮色，他们都在集体构成一个灰蒙蒙的社会缩影。"人究竟靠什么活？靠每时每刻／折磨、掠夺、袭击、枪杀、吞噬人！／只有完全忘掉自己是人，／人才能活。／先生们，休要自作聪明，／人只有靠作恶才能活！"[1] 这样的讽刺在小说中很多。布莱希特给小说配角人物设置的行为或言语表明，他们也都是"最赤裸裸的、最放肆的、最令人窒息的和最无耻欺骗的资本主义"社会的一个个标识。

四、远离德国又接近德国

人是一切社会关系的总和，《三毛钱小说》是幅"百丑图"。布莱希特认为，资本主义进入法西斯主义这个历史阶段，

"社会的表征便是充斥着戾气、野蛮、暴力和犯罪，人的观念没有善恶，行为没有底线，什么无赖、缺德、残忍、倒行逆施、胡作非为之事与勾当人都在做。当前的纳粹德国，从其本质性、内在性特征上说就是资本主义催生出来的这样一个历史阶段。"[2] 对照于此，《三毛钱小说》揭示了资本主义社会是滋生法西斯主义的土壤的本质，其所表现的是英国资本主义社会，实际又在揭示纳粹德国。对此，布莱希特用了特别的影射和隐喻手法连接书中的英国与当前的德国。

将小说故事时间置放在一个发生战争的时期，就是一个别有思考的安排。1933年踏上流亡之途不久，布莱希特就表达了对纳粹控制下的德国的担忧："用最恐怖的手段进行的内部战争每天都有可能变化成对外的战争。"[3] 这句话有两个意思，一是指纳粹政权一上台就在疯狂打压他们的政治对手，二是认为纳粹集团很有可能会发动对他国的战争。后者是布莱希特基于资本主义的恶性本质产生的对纳粹集团的认识。《三毛钱小说》里有这样一句话，"战争除导致精神焕发外也使贸易大有起色"[4]，一是指有人会用发动战争的方式来迎合被煽动起来的民族主义情绪，二是指有人会用发动

1 布莱希特：《三毛钱小说》，高年生、黄明嘉译，上海：上海译文出版社，1999年，第45页。

2 Bertolt Brecht, *Gesammelte Werke*. Bd.18：Schriften zur Literatur und Kunst 1, Frankfurt am Main：Suhrkamp Verlag, 1967, S. 227.

3 Bertolt Brecht, *Gesammelte Werke*. Bd.18：Schriften zur Literatur und Kunst 1, Frankfurt am Main：Suhrkamp Verlag, 1967, S. 224.

4 布莱希特：《三毛钱小说》，高年生、黄明嘉译，上海：上海译文出版社，1999年，第59页。

战争的方式来拉动经济。将小说里的这句话与布莱希特对纳粹德国可能发动对外战争的担忧放在一起，可以看到布莱希特对纳粹集团的认识在思想上暗合马克思《资本论》对资本主义恶性本质的注释："如果动乱和纷争能带来利润，它（资本）就会鼓励动乱和纷争。"[1] 布莱希特在那个时候就将纳粹与战争联系在了一起，可见他对纳粹集团的认识非常敏锐。

由于布莱希特使用了特殊的影射和隐喻的手法，故而读者需要以"特殊"的眼光才能窥见《三毛钱小说》中的英国与现实中的纳粹德国之间的关联。对熟悉很多内里的德国研究者来说，小说里的麦奇思这个强盗头子就直接影射了希特勒，影射希特勒充满暴力戾气，影射希特勒通过纳粹运动成了社会和政治人物，因为布莱希特"从来都将纳粹运动描述为一个强盗团伙"[2]。对一般德国读者而言，在文本中读到有着各种"头头"（强盗团伙、ABC 连锁店、中央采购公司、国民储蓄银行、ABC 商业联合企业）身份的麦奇思把"病者死亡，强者战斗"[3]的丛林信条挂在口中，对人大谈他的当"头头"思想，大谈他的治国理念，大谈要对当"头头"的保持忠诚时，也会会心地想到希特勒——希特勒被称为"元首"，德文用的是 Führer 这个词；《三毛钱小说》德文原著涉及"头头"这个概念时使用的也是这个词。

使用类似词句，制造与纳粹德国的关联，是布莱希特《三毛钱小说》的深层文本。跟着小说故事，读者能读到一些被戏谑成了皮丘姆口中格言的戈培尔的演说用语和纳粹活动的口号用词。小说中对堕胎问题的讨论，对犹太人和共产党人的评价，还有爱国主义旗号下的民族主义等，其自身的引申性对会心的读者而言也指向了纳粹运动带来的德国社会政治、伦理、价值观念的种种扭曲和畸变。读到皮丘姆操纵法庭时，读者会联想里昂·孚依希特万格（Lion Feuchtwanger）1930 年发表的小说《成功》（Erfolg）里讲述的司法不公和可操纵性。[4] 读到大众情绪被推向妄想的极致，"游行者排成八人和十人一行，把整条巷子塞得满满的。浩浩荡荡的人群擦过房屋的外墙，唱着爱国歌曲，执拗地向前行进"，"在穿军服的人中间还行进着一批平民百姓，大多是年轻人，他们步伐整齐，穿戴高雅，不让别人剥夺参与的权利"[5] 时，读者不由得想到那个时候的纳粹大游行——六十多年后格拉斯（G. Grass）在他的小说《我的世纪》（Mein Jahrhundert）里也讲述了纳粹当年的大游行[6]，它是德国人被纳粹思潮裹

1 马克思：《资本论》第 1 卷，中共中央马克思、恩格斯、列宁、斯大林著作编译局编译，北京：人民出版社，2009 年，第 871 页。

2 Klaus-Detlef Müller, *Brecht-Kommentar zur erzählenden Prosa*, München：Winkler Verlag，1980，S. 154.

3 布莱希特：《三毛钱小说》，高年生、黄明嘉译，上海：上海译文出版社，1999 年，第 92 页。

4 孚依希特万格的这部小说影射纳粹运动的兴起，小说中的那些徇私舞弊的司法人员都是纳粹意识形态的追随者。

5 布莱希特：《三毛钱小说》，高年生、黄明嘉译，上海：上海译文出版社，1999 年，第 303 页。

6 君特·格拉斯：《我的世纪》，蔡鸿君译，上海：上海译文出版社，2000 年，第 101—102 页。

挟的一个标志性事件。读到布莱希特用漫画式笔法描述的由一些无臂、无腿、无眼的伤兵组成的游行队伍时，读者忍俊不禁又笑不出来，因为他们在这些伤兵的身上看到了已被帝国主义战争严重致残的人还在拥护帝国主义战争的可笑与荒谬。"人们的愚蠢真是永远叫人估计不足！那些无臂、无腿、无眼的伤兵仍然一直在拥护战争！这群炮灰真是为了民族啊！的确了不起！用他们可以干很多事，请相信我吧！"[1]这种可笑和荒谬却正是那个时候德国社会的一个真实世相。希特勒张口闭口"为了德意志祖国"，他的演讲对很多德国人极具感染力，很多德国人对希特勒的蛊惑没有抗拒力。

影射不规避直接，隐喻不遮蔽意图。通过滑稽化描摹，通过荒诞化呈现，以戏谑为手段将游行凸显、放大，布莱希特不言纳粹德国又在揭示纳粹德国："大家一面唱歌，一面穿过波普拉的齐膝深的垃圾，竭尽全力到达莱姆霍斯这可怕的贫民区。一面声嘶力竭高唱战歌，用苯酚和饥饿的喘息把空气污染。……大家都希望那些船尽快完工，使它们能装运新鲜的血肉，有着双脚双手、眼睛没有毛病的未受伤者。那些受伤的、无用的、被淘汰的人急迫希望自己的队伍扩大。苦难表现出一种强烈的繁殖本能。"[2]最后的这句讽刺最为辛辣，也于不期中预言了纳粹集团几年后就会给德国和世界带来巨大的苦难。讽刺辛辣的背后是现实的严峻。真正的元凶逍遥法外，无辜者被执行死刑，竟有一大堆人围观，他们"无不拍手称快"[3]，这让人不禁联想到我国鲁迅的"哀其不幸怒其不争"。这里，布莱希特表达了对德国人无思想、无思考地追随纳粹而理性精神塌陷和沉没的悲哀。这个悲哀"点"到了德国问题的一个"痛穴"，也于不期中预示此时的"看客"距离后来的纳粹帮凶只有一步之遥。

《三毛钱小说》还用较多的笔墨，描写了与麦奇思有特殊关系的三个女性，她们是：俯首帖耳的范妮（Fanny）、"一点乳房和鲜嫩的皮很快就卖光了"[4]的斯韦耶，以及个性风流、未婚已孕的波莉。这几个迷失自我的女性构成精神世界狭隘和低级的视点，几乎没有差异化的写作让人感觉到布莱希特对女性的不留情面。一个情节可谓画龙点睛：为使麦奇思与波莉离婚，皮丘姆带着律师找到范妮，范妮坐在那里神情如常，给自己点燃一支烟，直截了当问道："您的意思是，我应该告诉您，我是否同您的女婿睡过觉？"然后大大方方地告诉皮丘姆"非常正确"[5]，麦奇思结婚后也一直与她保持那种关系。写范妮毫不难堪，更无羞耻感，布莱希特这里表层上写的是

---

1 布莱希特：《三毛钱小说》，高年生、黄明嘉译，上海：上海译文出版社，1999年，第303页。

2 布莱希特：《三毛钱小说》，高年生、黄明嘉译，上海：上海译文出版社，1999年，第303—304页。

3 布莱希特：《三毛钱小说》，高年生、黄明嘉译，上海：上海译文出版社，1999年，第394页。

4 布莱希特：《三毛钱小说》，高年生、黄明嘉译，上海：上海译文出版社，1999年，第202页。

5 布莱希特：《三毛钱小说》，高年生、黄明嘉译，上海：上海译文出版社，1999年，第294—295页。

范妮道德思想的误差，深层次则是在隐喻纳粹运动对女性的影响让人感到黯然、刺痛和苦涩。[1]

五、"士兵费康比之梦"

《三毛钱小说》以退伍兵费康比买了一个小酒馆为开端，以这个退伍兵被执行死刑结束。在这个框架内，难以自主行动的费康比只是小说故事的小小配角。小说结尾时布莱希特却横生枝节，写了"士兵费康比之梦"一章，将话筒递给了这个一直言语不多的退伍兵，将他写成了一章主角。费康比被布莱希特这样"突出"，让人觉得布莱希特写《三毛钱小说》的一个出发点和回返点是作品以大众读者为读者群。[2]

就要被执行死刑的费康比做了一个梦，梦见他成了最高法庭法官，传唤死者和生者，审判基督教创始人耶稣，审判他杜撰的那个"如果勤奋和经营有方，从一镑中生出五镑甚至是十镑是完全可能的"[3]财富寓言。这个寓言被教会用来

解释为何人有贫富、社会有阶层之别。从社会政治经济学的角度看，这个寓言掩盖了利用生产资料的占有对人的剥削。使用在诗作《一个工人读者的提问》（*Fragen eines lesenden Arbeiters*）中所运用的质问手法，布莱希特让费康比发出了他的诘问：

这就是你们的镑！我们就是你们的镑！人就是人的镑！谁不拥有被他剥削的人，谁就自己剥削自己！这已经很清楚了！你们把这隐瞒了！这儿是房屋的墙壁——泥瓦匠在哪儿呢？付给他全部工资了吗？这些纸张，肯定是有人制造的，造纸工人得到足够的报酬了吗？这张桌子，把木头刨平做出桌子的人，难道你们就真的什么也不欠他的？挂在绳子上的这些衣服！这绳子！甚至这棵并非自生自长的树！这把刀！对这一切东西，人们付过钱吗？全部付够了吗？[4]

连珠炮般的厉声，怒揭资本主义的虚假理论，怒戳为私有经济制度涂脂抹粉的荒唐谎言，指出社会之所以贫富不均，不是因为什么个人能力差异，而是因为生产资料的占有关系和人剥削人的"剥削"二字。思考后更觉此段掷地有声。

审判完毕，费康比既被判处了散布谬论寓言的被告死刑，也被判处了听了这个谬论寓言，却保持缄默的自己死刑。应当说，费康比的觉悟来得比较突然，

---

1 历史统计数据表明，当年有许多德国妇女，特别是家庭妇女（1933年达到37%），将选票投给了纳粹党，助力了希特勒政权的上台。Peter Borowsky, *Schlaglichter historischer Forschung: Studien zur deutschen Geschichte im 19. und 20. Jahrhundert*，Hamburg：Hamburg University Press，2005，S. 245—246.

2 历史统计数据还表明，给纳粹党投票的主体人群还有旧中产阶级成员、个体经营者、乡村农工、退休人士、失业者等构成人口基数大部分的社会成员。Peter Borowsky, *Schlaglichter historischer Forschung: Studien zur deutschen Geschichte im 19. und 20. Jahrhundert*，Hamburg：Hamburg University Press，2005，S. 246—247.

3 布莱希特：《三毛钱小说》，高年生、黄明嘉译，上海：上海译文出版社，1999年，第383页。

4 布莱希特：《三毛钱小说》，高年生、黄明嘉译，上海：上海译文出版社，1999年，第394页。

因为这个退伍兵本是个没有受到多少文化教育和根本就没有政治思想的人，他口里念叨的是一些从《大英百科全书》上读来的东西，还曾受皮丘姆施压和唆使前去杀人。"士兵费康比之梦"一节明显具有对马克思主义的讲解成分，可谓直接把《三毛钱小说》升级为一部号召革命、改变世界的政治小说，其所拟想的费康比觉悟，让人看到布莱希特为了灌注思想而不囿于人物形象的合理性，看到布莱希特希望被环境和非理性遮蔽的德国人尽快觉悟而有些迫不及待。在20世纪20年代"教育剧"中，布莱希特就在遵循自己的"政治艺术化，艺术政治化"主张。现在在《三毛钱小说》里，布莱希特毫不惮于展示出明显的社会政治"功利性"，对这个主张更是敢行极则。

六、确立自身的标志

为了用恰切的艺术方式把意图表达出来，布莱希特在表现手法上为《三毛钱小说》设计了一个情节线索纵横交错，又对小说意图演绎有序的叙事结构。这使得《三毛钱小说》既像是一部侦探小说，又不是一部侦探小说，通常的扑朔迷离和漩涡式谜团被置于了情节之外。虽说也有秘密、色相、谋杀、得手后的得意，却不对犯罪黑幕刻露尽相，只是将它们的线索全部交代，让读者自己去想象犯罪细节，思考背后的资本主义社会。由此得到的阅读体验，一定程度上让人想到布莱希特的"陌生化"理论。

采用那时文学的一种流行方式，布莱

希特给皮丘姆、麦奇思两人设置了很多内心独白，特别是在小说故事的一些关节点处给这两人设置了内心独白，从而让这两人的隐秘动机滥觞一地，让这两人成为资本主义社会的典型人物。如科克斯被杀后皮丘姆的独白："真奇怪……复杂的交易为何常常会变成十分简单的、自远古时代就通行的行为方式！……以合同和政府图章开始，以必要的杀人越货告终！……杀人是最后才使用的手段，最后的、但还可以使用的手段！假如我们想一想：我们相互之间除了做生意还有什么呢？"[1]巴尔扎克曾评价司汤达小说"常常在一页中包含整本书"，套用这个表达方式，布莱希特给麦奇思、皮丘姆设置的很多内心独白也都可以看作是《三毛钱小说》整部书的"这一页"。但在这里布莱希特又展示出他自己的叙事方式：原文版本里，布莱希特常用斜体字将人物内心独白中的一些句子突出，构成文中之文。被突出的句子增加了文本张力和意义空间，或对故事中情节缺乏之处作了解释和补白。

打破小说文体的一般性藩篱，在《三毛钱小说》每一章前头都置放一段诗词或诗歌，是布莱希特对小说构筑的一种别开生面的创新。所置放的诗词、诗歌长短不一，有的来自布莱希特的《三毛钱歌剧》，有的来自布莱希特的其他作品，有的来自儿歌和歌谣，有的用拉丁语书写箴言警句。它们是小说结构的一个有

---

1 布莱希特：《三毛钱小说》，高年生、黄明嘉译，上海：上海译文出版社，1999年，第321—322页。

机组成部分，承载着小说叙事的开合节奏。它们的存在既提示内容，又评论事件；既让人琢磨《三毛钱小说》与《三毛钱歌剧》的关系，又让人琢磨下面这章要写什么；既匍匐于故事层面，又升腾到思考境地。如布莱希特置放在小说上篇第二章前头的"战争之歌"：

> 他们投入战斗，
> 需要枪支弹药，
> 自有仁人君子，供应枪支弹药。
> "没有军火怎能打仗。"
> "你会有的，我的儿子！
> 你们为我们走上战场，
> 我们为你们制造军火。"
> 他们制造大量军火，
> 他们尚需一次战争，
> 自有仁人君子，
> 设法挑起战争。
> "儿子，快快上战场！
> 祖国正面临危亡！
> 为了母亲和姐妹们，
> 为了国王和上帝，前进！"[1]

讲述、对话、催促、鼓动的句式，"自有仁人君子"和"军火""儿子"的重复，"设法挑起战争"的欲说还休、欲休还说，"祖国正面临危亡"的弦外之音，"为了国王和上帝"的绵里藏针，"前进"把讽刺推向顶点，整首"战争之歌"把帝国主义战争的种种性质一一道明。难怪瓦尔特·本雅明认为布莱希特置放在小说章节前头的那些诗词和诗歌所传达的东西比小说本身还要多。[2] 骈散相间、诗文一体的独有叙事方式使得布莱希特以一部《三毛钱小说》在德国文学小说家之林中确立了自身地位。

（特约编辑：张若玉）

1 布莱希特：《三毛钱小说》，高年生、黄明嘉译，上海：上海译文出版社，1999年，第29页。

2 Walter Benjamin，"Acht Jahre"，*Bertolt Brechts Dreigroschenbuch*：*Texte, Materialien, Dokumente*，Siegfried Unseld ed.，Frankfurt：Suhrkamp，1960，S. 187—193.

古尔纳小说《海边》中的
记忆叙事与伦理蕴涵

黄晖 *

内容提要：2021 年诺贝尔文学奖得主阿卜杜勒拉扎克·古尔纳的小说《海边》以主人公萨利赫·奥马尔与仇敌之子拉蒂夫·马哈茂德在英国的相遇展开，通过回忆来叙述小人物的家族仇怨和桑给巴尔的社会变迁。小说打破传统的线性叙述，通过拼凑记忆碎片，带领读者抵达人物的心灵深处；双重叙事视角凸显出作者对普通人记忆困境的关怀，揭示记忆主体的身份困惑；重复性叙事的运用展示了人物在对静态的记忆碎片提取、编码的叙事进程中不断进行的身份修正，构成了面向他者的伦理言说，为两位主人公走向宽恕和和解奠定基础。《海边》通过叙事策略传达出作者的伦理意图，直面过去、承担责任才能真正实现个人救赎，宽恕与和解是为了跨越记忆之"海"，共同拥有更为美好的未来。

关键词：古尔纳　《海边》　记忆叙事　伦理意蕴

The Memory Narrative and Ethical Implication in Gurnah's *By the Sea*

Abstract: Abdulrazak Gurnah's novel, *By the Sea*, the laureate of the Nobel Prize for Literature in 2021, begins with the encounter between the two protagonists in England, Saleh Omar and the son of his enemy, Latif Mahmud, and tells the story of the family feud of minor characters and the social changes of Zanzibar through the narrative of reminiscence. The novel breaks the traditional linear narrative and leads readers to the depths of the protagonists' minds

* 黄晖，男，华中师范大学文学院教授。本文系国家社会科学基金重大项目"非洲英语文学史"（19ZDA296）与国家社会科学基金一般项目"古尔纳小说诗学研究"（24BWW027）的阶段性成果。感谢华中师范大学文学院比较文学与世界文学专业硕士研究生魏晓涵在资料整理和翻译方面所提供的帮助。

through the patchwork of memory fragments; the dual narrative perspective highlights the author's concern for the plight of ordinary people's memories and reveals the identity confusion of the subjects of memories; the use of repetitive narrative strategies demonstrates the characters' identity revision in the narrative process of extracting and encoding the static memory fragments, which constitutes the ethical discourse towards the Other, making the foundation for the two protagonists to move towards forgiveness and reconciliation. *By the Sea* conveys the author's ethical implication, which is to face the past and take responsibility in order to achieve personal salvation, and to forgive and reconcile in order to cross the "sea" of memories and have a better future together.

Keywords: Abdulrazak Gurnah; *By the Sea*; memory narrative; ethical implication

阿卜杜勒拉扎克·古尔纳创作的第六部长篇小说《海边》曾入围 2001 年布克奖长名单和《洛杉矶时报》图书奖短名单，这部作品围绕着难民境遇这一重要话题，从桑给巴尔籍的难民萨利赫·奥马尔（Saleh Omar）与仇敌之子拉蒂夫·马哈茂德（Latif Mahmud）在英国的偶遇展开。萨利赫为了获得离境的机票，冒用了宿敌赖哲卜·舍尔邦（Rajab Shaaban）的身份，历经曲折才在异国获得一处安身之所。萨利赫曾是一名家具商人，出生并成长于英国对桑给巴尔岛殖民时期，曾经接受过良好的教育，但仍然采纳了帮他出逃者的建议，假装不会说英语，除了"难民"（refugee）和"庇护"（asylum）这两个单词。为了解决无法沟通的问题，难民组织的法律顾问瑞秋·霍华德（Rachel Howard）为他找到了一名翻译，此人恰巧是赖哲卜的次子拉蒂夫。拉蒂夫在青年时期就来

到欧洲留学，并辗转来到英国完成学业，成为一名大学教师。这名与父亲同名的难民勾起了拉蒂夫的好奇，在会面和交流之后，他们不仅揭开了家族仇怨的真相和萨利赫的逃亡之谜，更实现了跨越代际的和解。萨利赫住在英国的一个海边小镇上，他与拉蒂夫的回忆将读者带往了他们共同的故乡——印度洋中的桑给巴尔岛，因此他们的交流也是一次跨越记忆之"海"的尝试。

评论界从多个角度入手对《海边》展开了研究，如探讨小说中展现的印度洋商业史、殖民史和民族主义，作品中体现的世界主义倾向和对英国移民政策的反思，流散群体的身份建构等。实际上，《海边》可以称得上是一部"记忆小说"（fiction of memory），根据叙事学家安斯加尔·纽宁（Ansgar Nunning）和柏吉特·纽曼（Birgit Neumann）的定义，这个术语首先描述了那些展现记忆如何运

行的文学性、非指涉性的叙事，其次指称那些通过某个人或某种文化讲述有关自己过去的故事，以回答"我是谁？"或"我们是谁？"的问题，这类小说体现了叙述者对过去的想象性重构。[1] 古尔纳通过精心设置的记忆叙事，为读者讲述了一个曲折动人并具有历史厚重感的故事，真实地展现了普通人面对伤痛，从自我封闭的逃避到勇敢地直面过去的心路历程。本文尝试结合文学伦理学和叙事学等理论，探究古尔纳《海边》中展现的卓越叙事技巧和记忆书写传达出的伦理意图。

一、非线性叙事：
　　再现复杂的伦理现场

古尔纳通过非线性的回溯，打乱故事时间和事件进程，因此人物的叙述呈现出明显的碎片化特征。《海边》由三个部分组成，共有两名叙述者：萨利赫和拉蒂夫。他们都来自桑给巴尔，年逾六旬的萨利赫为了避难来到英国，拉蒂夫通过留学机会来到欧洲，并最终辗转来到英国。他们都以回溯的姿态开始各自的叙事，由此牵引出各种记忆，这些记忆既包括个人的家庭生活，也涉及桑给巴尔的殖民史和独立史。小说通过触发和提取不同的记忆碎片，抽丝剥茧地展示萨利赫和拉蒂夫因家庭争端或政治运动而产生的迷惘与伤痛。有学者指出，

"所有的记忆小说都有一个构成特征，即采用共存（co-present）的时间视角：过去和现在的多重时间维度以种种复杂的方式相互搅合在一起"。[2]《海边》中存在着双重时间结构，一个是萨利赫或拉蒂夫进行回忆的叙述时间，另一个是回忆中的事件真正发生的过去时间，因此叙述者对过去的提取，也是一种通过回溯实现的当下的"我"与过去的"我"的对话行为。整部小说以倒叙的模式展开，开头故事就已经明确指向过去。主人公萨利赫独自在一个小房子里，回想起瑞秋曾经建议他装一部电话，并在她没来探望时与她联系。萨利赫的思绪在不同的故事时间之间穿梭，他讲述了在英国的这段时间的一些感触，这些回忆又触发了他在故乡的过往生活。当他回忆在机场受到的盘问时，随身携带的沉香木匣牵引出他多年前与家人的欢乐时光，以及与那位来自巴林的波斯商人侯赛因（Hussein）交往的经历。不同的时空背景下发生的事件并未被随意放置于同一个平面上叙述，它们彼此之间存在一定的联系，正如"每个事件都既由先前的全部事件所预示，也唤起了对于即将发生的事件的预期"[3]。这段回忆会让读者好奇侯赛因为何要送萨利赫如此贵重的礼物，继而对两人之间的关系产生兴趣。在不断的记忆闪回中，事件之间

---

1 阿斯特莉特·埃尔等主编《文化记忆研究指南》，李恭忠、李霞译，南京：南京大学出版社，2021年，第415页。

2 阿斯特莉特·埃尔等主编《文化记忆研究指南》，李恭忠、李霞译，南京：南京大学出版社，2021年，第416页。

3 阿斯特莉特·埃尔等主编《文化记忆研究指南》，李恭忠、李霞译，南京：南京大学出版社，2021年，第417页。

的隐秘链条逐渐明晰，过去的轮廓得以显现，这种叙事策略更鲜明地反映出过去与现实之间的紧密关联，体现了历史对于当下的重要意义。

小说不仅打破了传统的叙事时间，也通过插叙与倒叙的结合，将关于不同人物或主题的记忆重叠起来，因此叙事时序更显得支离破碎。例如萨利赫在回忆与赖哲卜的纠纷由来时，突然插入纳索尔船长的传奇事迹；上一段萨利赫还在回忆自己十八岁时被挑选前往麦克雷雷大学念书的场景，下一段突然插入1960年与侯赛因的结识，这段求学经历要等到小说中后部分才会有所补充等等。这种无序性"说明了记忆运行的随意性，从而有助于揭示叙事的类记忆属性"[1]。读者可以通过下面这个例子感受古尔纳在叙事时间设置上的精妙构思。拉蒂夫第一次来到萨利赫的英国住所时，礼节性寒暄后，随即质问萨利赫为何要在伤害了自己父亲之后，还要盗用他的身份。小说这样描述萨利赫面对这一尖锐问题的情况：

"你为什么要冒用我爸爸的名字？"他问我……"你为什么不用别人的名字？你既然那么对他。"……我想我应该跟他说说。"我冒用你爸爸的名字，是为了救命，"我说，"这样说很有讽刺意味，让人说不出滋味，因为你爸爸差点要了我的命。"我是1963年结婚的。就在那

一年，我起诉赖哲卜·舍尔邦·马哈茂德，官司赢了，他的房子被收了。一年后，英国人突然撤离，留下一个烂摊子，到处是混乱和暴力。我爱上了她，我的妻子……[2]

萨利赫认为，自己有必要给拉蒂夫一个解释。为了更好地梳理事情的来龙去脉，他尝试从1963年说起，因为那年他与赖哲卜的矛盾已经达到了要借助法律手段解决的地步。当时，争端发展到难以收拾的境地，两人的关系正处在破裂的边缘。这段不愉快的争端牵引出其他记忆，即他与萨尔哈（Salha）的婚恋和社会的动荡。在不愉快的利益拉锯战之外，与萨尔哈组成一个小家庭是萨利赫曾经最重要的收获。当这段幸福的时光浮上心头时，如今漂泊在外的他不愿意让它再次溜走。记忆的确会提醒人们那些不堪与伤痛的存在，但也可以使他们跨越物理世界的时空距离，寻回那些美好的碎片，获得心灵的慰藉。同时，萨利赫曾有过的幸福家庭的回忆，也与赖哲卜家夫妻失和、父子隔膜的情况形成了对比。萨利赫的这段回忆也引起拉蒂夫的感慨："我们会为失去纯真和信念而感到痛苦，但是，随着勇气消逝，我们总是希望记住过去。"[3]

文学伦理学重视对文本中特定历史情况下的伦理环境和伦理语境的考量，

---

1 阿斯特莉特·埃尔等主编《文化记忆研究指南》，李恭忠、李霞译，南京：南京大学出版社，2021年，第417页。

2 Abdulrazak Gurnah, *By the Sea*, London: Bloomsbury, 2002, p. 145.

3 Abdulrazak Gurnah, *By the Sea*, London: Bloomsbury, 2002, p. 151.

认为"对文学的理解必须让文学回归属于它的伦理环境或伦理语境"[1]，只有将人物放置在特殊的时代背景中，才能更好地理解人物各种选择的伦理成因。在小说中，多数事件发生的时间比较模糊，对一些重要的历史事件只有一两句短评，但那些明确的时间刻度暗示了人物命运与社会历史的紧密关联，古尔纳就是通过这种方式引导读者去关注叙事背后的历史现场的。1964 年，萨利赫组建了幸福的小家庭，但是此时社会秩序正加速走向崩溃。这一年的"一月革命"导致了民族主义党与人民党政府的倒台和苏丹的逃亡，并开启了由非洲设拉子党主导的一党制时代。然而，非洲设拉子党掌权后，革命委员会作为卡鲁姆时期桑给巴尔的最高权力机关非但未能在新政权建立后采取措施，缓和桑给巴尔社会种族间与地方间的矛盾，反而以非洲人与温古贾人自居采取高压手段歧视、迫害阿拉伯人与奔巴岛居民。政府开始进行大刀阔斧的社会主义改造，但长期以来党争遗留下的混乱局面并没有结束。萨利赫所经营的家具生意早就受到重创，为了生存他前往银行贷款，但都被拒绝，因为英国的银行经理们一般都不会贷款给本地商人。严峻的经济形势逼迫萨利赫不再可能与赖哲卜达成任何和解协议，为了刚组建起的小家庭的生计，他执意收回房产。这一段隐匿在官方叙述之下的小人物辛酸史再现了萨利赫这样的阿拉伯裔商人挣扎在时代洪流中的无奈与痛苦，体现了古尔纳深刻的人文关怀。

萨利赫与赖哲卜对恩怨真相的追寻之路形成了一条伦理主线，串联起不同的事件。读者跟随叙述者在过去与当下之间来回穿梭，目睹他们的那些苦乐交织的过去，了解印度洋地区的商业发展史，反思桑给巴尔殖民史和独立后的混乱局面，并感受流散群体离开家乡的无奈与在异国被边缘化的苦涩，小人物的个人史与家族史的书写使小说具有了厚度与深度。同时，过去与现在的反复穿梭、人物命运的交叉组合更具有这样的伦理意蕴：记忆中那些沉重的过去仍然存在，遗忘并不能让那些过去真正过去。

二、双重叙事视角：展现记忆主体的身份困惑

《海边》全篇以第一人称展开，古尔纳将首尾两部分"遗物"和"沉默"的叙事主导权交给萨利赫，中间部分通过拉蒂夫之口娓娓道来，如此一来，两份记忆版本被呈现在读者面前。叙事视角的选择即是对"谁的故事"的回答，一段故事在不同的立场上会呈现出不同的面貌，通过对比可以窥见作者在小说中隐含的伦理意图，可见这种手法对叙事效果具有重要意义。古尔纳对第一人称的选择，使叙事更具有亲身经历般的真实感，使叙述者可以袒露他们的真情实感。萨利赫和拉蒂夫被赋予了足够的叙事权威，在他们的回忆中，更多的其实是苦乐交织而又私密的个体记忆，既

---

1 聂珍钊：《文学伦理学批评导论》，北京：北京大学出版社，2014 年，第 256 页。

有婚姻的美满温馨和跨国友情的弥足珍贵，也有独自流亡的辛酸和自我放逐的苦涩，这体现了古尔纳对普通人生存境况的关注，正如他自己所说的那样，"我有必要努力保存那种记忆，书写那里有过什么，找回人们赖以生活，并借此认知自我的那些时刻与故事"[1]。

同时，视角转换使不同主体的记忆成为折射过去的一面棱镜，这是古尔纳创作观的一种体现。在诺贝尔文学奖获奖演说中，他这样说道："一种新的、简化的历史正在构建中，改变甚至抹除实际发生的事件，将其重组，以适应当下的真理。这种新的、简化的历史不仅是胜利者的一项必不可少的工程（他们总是可以随心所欲地构建一种他们所选择的叙事），它也同样适合某些评论家、学者甚至是作家。"[2]古尔纳拒斥这种单一化的"大历史"书写，更加关注那些微小与独特的"小历史"，如家族史等。同时，他也尝试打破记忆主体的叙述权威，邀请读者加入拼凑记忆碎片的过程。正是通过叙述主体的转换，两份记忆版本之间的矛盾处得以显现，叙述者的不可靠性被暴露。布斯（W. Booth）在《小说修辞学》（*The Rhetoric of Fiction*）一书中首次提出"不可靠叙述"这一概念，他认为当叙述者的言行与隐含作者的准则不一致时，就会生成不可靠叙述；费

伦（J. Phelan）发展了这一概念，扩展了叙事者与隐含作者观念的偏离类型，即"事实／事件"轴上的不可靠报道、"知识／感知"轴上的不可靠解读、"价值／判断"轴上的不可靠判断，并对不可靠叙述的成因和功能进行了深入探究。[3]

《海边》中受限的视角使得叙述者无法透视他所讲述的故事中的他人的内心世界，评价会过于主观。当他们转述一些未直接参与的事件时，细节方面会存在失实的可能。同时，记忆特有的建构性使得对过去的探索更像是一种想象性重构，而非重现。记忆者会根据当下的需要，筛选和重组更值得被记住的碎片，生成一个更具优势的记忆版本，因此记忆具有不可靠性。正如阿莱达·阿斯曼（Aleida Assmann）所提示的那样，"真实性与其说是一个事实，不如说是对个体身份认同的现实性检验和自我证实的不可或缺的证据"。[4]年少就离开桑给巴尔并且与家人切断一切联系的拉蒂夫的叙述的不可靠性主要是事件轴层面上的，例如拉蒂夫在未确定需要翻译的老人是萨利赫时就提及，"他很喜欢开这种玩笑，拿别人的痛苦取乐"[5]。这种指控显然是缺少证据的。同时，他对萨利赫充满仇恨，因为他夺走了自己家的房子和其中所有的财物，还听说过无数有关他如何贪婪

1 阿卜杜勒拉扎克·古尔纳：《诺贝尔文学奖获奖演说》，转引自《砾心》，赵挺译，上海：上海译文出版社，2023年，第300—301页。

2 阿卜杜勒拉扎克·古尔纳：《诺贝尔文学奖获奖演说》，转引自《砾心》，赵挺译，上海：上海译文出版社，2023年，第300页。

3 尚必武：《不可靠叙述》，《外国文学》2011年第6期，第105页。

4 阿斯特莉特·埃尔主编《文化记忆理论读本》，冯亚琳译，北京：北京大学出版社，2016年，第155页。

5 Abdulrazak Gurnah, *By the Sea*, London: Bloomsbury, 2002, p.97.

狡诈的传闻，但是家产纠纷的那几年他还是个年幼的孩子，并在不久之后就离家求学，之后未与父母有过任何联系，因此不可能完整了解事情的来龙去脉，他对萨利赫的看法来自他人的灌输。

拉蒂夫叙述中的不可靠性更多来自事件轴上的偏差，从另一视角来看，萨利赫作为事件的亲历者，他的叙述充满了在判断轴和感知轴上的不可靠性。例如，他在初次提到赖哲卜时，仅透露与此人之间有过敏感的交易，且竭力说明交易的合法性，并有推卸责任的倾向，"侯赛因自己肯定心知肚明，他会借钱给他（指赖哲卜），让他背了这么沉重的债务，肯定是有原因的……他就是想满足一个看似恶意玩笑的欲望"[1]。由上可知，萨利赫的这些不可靠叙述无疑是对自我记忆的重新编码。记忆的选择伴随着身份的重构，可以说萨利赫这一部分的记忆被主要用于建构一个流离失所的难民和一名善良正直的商人身份，但这种自我身份的建构是不完整的，因为他并没有把自己放置在一个他人的、外部的视角，来理解这些记忆。萨利赫在认为"我以前的生活已经结束了，我正在开始一种新的生活，和以前的生活彻底划分了界线"[2]时，已经察觉到不可靠痕迹的读者会与隐含作者进行秘密交流，并感受到布斯所指出的那种强烈的反讽效果。萨利赫脱离了他者的认同，故而建立在个体记

忆基础上的自我身份建构只能是残缺和悬浮的，这反而加剧了主体的身份困境。

古尔纳通过两种叙事视角的并置，使不同的记忆主体暴露出他们叙述上的不可靠性，巧妙地控制着叙述者与读者的距离，引导读者来思考不可靠性的伦理成因，客观评价人物的伦理选择。诚然，萨利赫对官司事件中加害者的身份有所隐瞒，但是一旦获知事件全貌，读者会意识到他的"冷漠"映射出小人物为了生存的无奈之举。同时，那段创伤记忆也迫使他三缄其口。由于夺走家产之仇，赖哲卜夫妇联手诬陷萨利赫，使他入狱整整十一年。萨利赫刚一出狱就得知妻女早已离世的消息。这些噩梦般的事件对他的身心造成严重的摧残，他不敢去轻易触碰任何一段可能牵连出这些苦难的记忆。也许，他在想要回顾自己所承受的这些苦难时，总是会回到事件责任链的开始，即由于自私而引发的房产之争。在这起事件中，萨利赫虽然称不上始作俑者，但他为了自己的个人利益罔顾对方也是侯赛因商业诡计的受害者的这一事实，仍使他备受良心的折磨。客观地说，萨利赫既是加害者，也是一名可叹的受害者。他的隐瞒一方面体现出他对过去的刻意逃避，另一方面也凸显出他的自我反思。这从他对梅尔维尔（Herman Melville）笔下的《抄写员巴特比》（*Bartleby, the Scrivener*）的看法可以看出，他清楚地知道自己曾犯下的错误难以被谅解，内心深处充满挣扎，于是对过去采取沉默和逃避的态度。他认为故事中并没有提到巴特比为

---

1 Abdulrazak Gurnah, *By the Sea*, London: Bloomsbury, 2002, p. 34.

2 Abdulrazak Gurnah, *By the Sea*, London: Bloomsbury, 2002, p. 63.

何会走到那个地步，而他似乎也不期望得到任何人的谅解或宽恕，而只祈求不被打扰。

由此，古尔纳通过对不可靠叙事的调控，邀请读者靠近并聆听叙述者的故事，评估叙事的真实性，探究他们那些自欺欺人、回避沉默等行为的伦理成因，并塑造出萨利赫这样一个自我辩护但又不乏自我反思的人物形象。在萨利赫的内心深处，他始终在加害者与受害者这两种身份之间转换。通过思考表层"不可靠叙事"的背后原因，古尔纳展现出他对普通人记忆困境的思考，深刻地揭示出家族仇恨、政治暴力等苦难记忆对于劫后余生者的精神负担。这些内容背后隐藏着作者深刻的伦理思考，即压抑那些难以启齿的过去是否能真正开启新的生活？

三、重复性叙事：
分享记忆的伦理言说

创作一份布满疑云的家族恩怨史是古尔纳的写作意图吗？答案应当是否定的。萨利赫的回忆虽然被蒙上一层不可靠的阴影，但是阅读时不难发现，他从未以权威态度来要求读者确信他所讲述的事件真实发生过，相反地，他不时地暗示甚至直接承认自己的叙述存在失实的可能。在小说开头，萨利赫就已经坦言自己并不掌握什么伟大的真理。在小说的第三部分"沉默"中，两名昔日仇人再度相遇，叙事视角由拉蒂夫再次回到萨利赫，面对拉蒂夫的质问，萨利赫打破了沉默，他不仅唤醒了记忆深处那

些温馨的画面，也向对方坦言了自己的过错和受到的伤害。二人的对话不仅使拉蒂夫有机会接近真相，也让萨利赫通过面向他者的叙述释放了内心的伤痛体验，正视自己过往的不堪，以"见证者"的身份，履行对他者的责任。

萨利赫与拉蒂夫在英国共有过三次会面。在第一次会面时，面对拉蒂夫咄咄逼人的质问，萨利赫被迫需要正视他与赖哲卜之间互相伤害的过去，并澄清自己冒用他的身份这一行为的动机。尽管对这种澄清感到厌烦，萨利赫还是承认"但我也知道我必须回答，否则他会认为我是一个罪人，是一个邪恶的老人"[1]。显然，在拉蒂夫的认知中，萨利赫是造成他们一家失去房产的罪魁祸首，但萨利赫认为这种指责有失公允。拉蒂夫的出现直接戳破了萨利赫在个体记忆基础上建构的无过错的受害者形象。在面对眼前这个未深入了解争端，但却对他满怀一腔恨意的晚辈时，萨利赫没有选择沉默隐瞒，因为他已经认识到自己需要担负起"见证者"这一身份的责任，"因为他也需要知道我所知道的事情，以此来填补他认知的空白，从而让他生活中的沉默发出声音"[2]。

随着故事的推进，萨利赫对自我的审视越来越全面，他与拉蒂夫的对话实际上是对过去的集体校正，值得注意的是有一些事件在他们的沟通中再次出现

---

1 Abdulrazak Gurnah, *By the Sea*, London: Bloomsbury, 2002, p. 145.

2 Abdulrazak Gurnah, *By the Sea*, London: Bloomsbury, 2002, p. 146.

了，并呈现出与之前各自叙述时不同的面貌。热奈特（G. Genette）曾经根据叙事与故事之间的频率关系，划分出三种叙述形式：单一性叙事（讲述一次发生过一次的事件，或讲述若干次发生过若干次的事件）、重复性叙事（讲述若干次只发生过一次的事件）和综合性叙事（讲述一次发生过若干次的事件）。[1]古尔纳通过重复性叙事，展现了叙述者的身份修正的过程。其中一个典型的重复性叙事是关于"哈桑（Hassan）的桌子"的最终去向的叙述。当初侯赛因为了接近哈桑和他的家人，从萨利赫这里买下一张精致的桌子送给哈桑。当萨利赫赢得了赖哲卜家的房子后，他同时收走了房子里所有的家具，其中包括这张小桌子。哈桑的离家出走显然让他的父母陷入极度的痛苦中，思子心切的母亲派小儿子拉蒂夫去找萨利赫要回那张桌子。在她看来，这张小桌子是属于哈桑的。拉蒂夫无功而返，因为萨利赫告诉他那张桌子已经卖掉了。然而在之后的叙述中，读者会得知这张桌子被萨利赫特意保留在自己身边，多年后当他出狱归来，那张桌子仍然摆在他的店铺里。萨利赫拒不归还桌子的行为招致了哈桑母亲对他的强烈仇恨，也为他后来被诬入狱埋下了祸端。多年后，当拉蒂夫再度提起这件事情时，萨利赫的解释是"你可以说我贪婪，我卑鄙，但那是生意"[2]。拉

蒂夫的旧事重提让他觉得对方仍然在对一件小事耿耿于怀，但他对自己商人身份的强调，也是对这一行为的辩解，他认为自己是按照商业契约来行事，不掺杂个人的仇怨。但随着交流的一再深入，当这件事情再度被提起时，萨利赫的叙述改变了，"那时身边没有人来劝我，我就是感到憋屈。我受不了诽谤，被怒火烧昏了头脑，觉得自己怎么说都是对的"[3]。此时，他承认了自己在做出这一选择时的狭隘的复仇心理。

从这个意义上来说，《海边》采用回忆叙事的方式本身就构成了面向他者的伦理言说，人物对静态的记忆碎片的提取与编码构成了叙事进程，并在其中不断进行身份修正，突破自我封闭，面向他者，最终真正实现自我身份认同的建构，并为他们构建起独特的"记忆共同体"奠定基础。古尔纳为读者展示了人物记忆的运作特征与动态演进中的身份修正，虽然到故事结束，仍然遗留下一些叙事空白，也无法确认萨利赫等人回忆的真实性，但是这反而给读者留下开放的阐释空间，形成有意义的伦理交流。拉蒂夫曾经提到，他目睹了萨利赫在赶走他们一家人之后，把房子中的所有财物搬出来，当着他们面进行拣选的过程。他记得有一张照片定格了这个充满冷酷与贪婪的画面，但萨利赫否认了。拉蒂夫对此的最终结论是："也许那也是我的幻觉……暂且说那是我想象出来

1 王先霈、王又平：《文学批评术语词典》，上海：上海文艺出版社，1999年，第155页。

2 Abdulrazak Gurnah, *By the Sea*, London：Bloomsbury, 2002, p.158.

3 Abdulrazak Gurnah, *By the Sea*, London：Bloomsbury, 2002, p.209.

的吧……"[1] 这一回答意味着他们已经不再执着于对记忆细节的全盘复原，这一立场并不意味遗忘过去，而是以更包容的态度尝试理解他者的苦难。拉蒂夫并没有表示他并不在乎曾经发生过什么，否则他不会与萨利赫分享过去，如上文所说，个体记忆中的自我尚且都不完整真实，那其中的他者形象更是充满裂缝的。共享记忆的目的并非为过去写下一段无可辩驳的注脚，也不是给他者扣上一顶无可辩驳的"帽子"，而是一种趋近他者、倾听他者的尝试。也正是拉蒂夫的到访与二人的交流唤醒了萨利赫作为"见证者"的伦理身份，更让他认识到了自己对于他者应当履行的一份责任。

通过与拉蒂夫的会面，萨利赫逐渐突破自我封闭，在记忆的言说中认识到直面过去的必要性，开始面向他者，全面审视个人历史；释放伤痛，获得疗愈与谅解。因此，《海边》这部由交流回忆达成和解的小说，也是一种面向他者的伦理言说；这部由记忆分享达成和解的小说，也是一种面向他者的记忆言说。列维纳斯（Emmanuel Levinas）认为，言说（saying）是交流，它不同于相对静态的所说（said）。而"所说"更像是一种他者的自我化，这一结果谈不上趋近他者，因为他者与自我之间的差异性不复存在。此外，言说是一种身份解构的过程，它解构的不是他者身份之于自我的差异性，而恰恰是自我话语的权威性，

所以它的重要性并非内容的真实性与否，而是朝向他者的足够真诚的姿态。因此要实现有效的言说就要袒露自己的脆弱，为此不惜揭开自我的伤口。

作为流散者，无论是萨利赫还是拉蒂夫，他们都在通过记忆叙事，建构自我身份认同，但这一过程也需要尝试打破自我封闭状态，主动趋近他者，完善自我审视。萨利赫的不再沉默帮助拉蒂夫填补了记忆中的空白，这也是一次面对读者的勇敢言说，他袒露了自己曾有过的贪婪、在时代裹挟之下艰难生存的不易，也揭开了独立革命之后政府的腐败残暴对普通人的摧残、英国的难民政策难以抹去的傲慢与歧视等。萨利赫与拉蒂夫分享记忆的选择，使这些被官方大历史书写的话语体系，或被"特赦"这种大规模有组织的遗忘行为掩埋的见证者身份重新得到确认。

结语

古尔纳通过非线性叙事、第一人称双聚焦视角、重复性叙事等叙事策略，通过萨利赫和拉蒂夫的回忆，为读者讲述了一个曲折动人并具有历史厚重感的故事，并真实地展现了普通人在面对过去的伤痛时，从自我封闭的逃避，到面向他者，破解身份迷失困境、勇敢地直面过去的心路历程。萨利赫曾经试图通过自我压抑和"遗忘"建构起全新的身份认同，来丢弃沉重的精神包袱。他的这种身份规避反映出他的伦理困境，同时在脱离了他者认同的语境下，他也无

1 Abdulrazak Gurnah, *By the Sea*, London：Bloomsbury, 2002，p. 243.

法实现自我身份的完整建构。拉蒂夫是小说中的关键人物之一，他虽然已经拥有英国公民身份，且获得了不错的工作，但依然能体会到归属感的缺失，这也促使他重新走进萨利赫的生活。年少时他深受家庭内部"腐蚀性的沉默"的伤害，无法理解是什么导致父母失和、兄长出走，更固执地怀有对萨利赫的偏见，但仍然展示出了巨大的诚意与勇气，来拨开过去的迷雾，帮助萨利赫这个同样遭受过不公、承受家庭破裂之痛的同乡人释放伤痛。

此外，《海边》还彰显了古尔纳棱镜式的历史观，更通过主人公最终正视过去、共享记忆、宽恕和解的伦理选择传达出深刻的伦理意图，即直面过去、承担责任才能真正实现个人救赎，宽恕与和解是为了跨越记忆之"海"，共同拥有更加美好的未来。从个体层面上说，面向他者、承担责任才能真正实现个人的精神救赎，而从集体层面而言，宽恕与和解从来不意味着遗忘，而是为了共同拥有更好的未来，这也是《海边》记忆书写的伦理教诲的价值所在。

（特约编辑：袁俊卿）

模糊现实的文本

——佐多稻子《〈女作家〉》的战争罪责反思逻辑

童晓薇*

内容提要：战后，佐多稻子发表了一系列反省战争罪责的作品，这些作品的主要特征是通过揭开私生活的痛苦伤疤来消解自己协助战争的责任，其开端就在小说《〈女作家〉》中。这篇发表于 1946 年的小说篇幅虽短，却暗藏心机，通过叙事技巧模糊人物在不同时间点上的差别，干扰读者的判断，试图修正她 1942 年赴中国战场劳军慰问期间的自我形象，欲说还休，字里行间处处暗示小说与生活的互文，将自己协助战争的"公"问题与家庭、性别、情感等"私"问题混淆在一起。这也是曾积极协助侵华战争的诸多日本女作家罪责反思的一种逻辑。

关键词：佐多稻子　女作家　战争　反思

Texts that Blur Reality
——The Logic of Introspection on War Guilt in Sata Ineko's *"Woman Writer"*

Abstract: After the war, Sata Ineko published a series of works of introspection on her war guilt, mainly characterized by dissolving her responsibility for assisting the war by exposing the painful scars of her private life, and the beginning of which was in the novel *"Woman Writer"*. Though short in length, this novel, published in 1946, has a hidden agenda, blurring the characters' differences at different time points through narrative techniques, interfering with the reader's judgment, attempting to revise her self-image during the period of being a comfort for the troops in the China battlefields in 1942, hinting at the intertextuality of the novel and her life, and linking the "public" issue of her assisting the war with her "private" issue, such as family,

---

* 童晓薇，女，深圳大学外国语学院东亚研究中心教授。主要研究方向：女性文学、日本近现代文学。

gender, and her own life. This is also the logic of introspection on the guilt of many Japanese women writers who actively assisted in the war against China.

Keywords: Sata Ineko; the woman writer; war; introspection

一、小说文本的产生背景

小说《〈女作家〉》发表于 1946 年日本《评论》杂志 6 月号上。此时的佐多稻子正处于她人生的又一个"艰难"时期。1945 年 12 月 30 日，原左翼文学阵营的九名作家秋田雨雀、江口涣、藏原惟人、洼川鹤次郎、壶井繁治、藤森成吉、德永直、中野重治、宫本百合子，打出战后民主主义文学的旗号，创立了新日本文学会，而原本是他们同人的佐多稻子则没有资格加入其中。

此时的佐多稻子正被日本文化界严厉追问其战争协助责任的问题。据北川秋雄的归纳整理，战后日本文化界对佐多稻子战争责任的追究可分为三期。第一期是日本投降后的第二年，即 1946 年，由自认为"对帝国主义战争采取非协助而是抵抗态度的"的一群作家发起，他们公开发表了《文学战争责任追究》一文，列出了一份 25 人的战争协助者名单，其中佐多稻子赫然在列。第二期在 1955 年至 1960 年间，吉本隆明等人聚焦战后一批所谓的民主主义作家，批评他们从战前的无产阶级作家到"转向作家"，继而成为战争协助者，战后又改头换面

成民主主义作家的种种矛盾与虚伪。佐多稻子作为曾经的无产阶级作家，成为责任追究的中心对象之一。第三期则是二十世纪七八十年代，由高崎隆治和樱本富雄等人展开，他们的研究从作家的社会责任出发，通过分析作家的战地报告，追究了作家个人的道德伦理问题，而佐多稻子在中国战场的积极表现和其立场鲜明的战地报告自然成为讨论的焦点。[1]

每一期的战争责任追究中，佐多稻子都用文字进行了自我辩护。发表于 1946 年的小说《〈女作家〉》是她战后的第一次"反思"，她借小说人物在虚实交错中解释了自己协助战争的原因、心理等。其反思逻辑和方法不仅在她自己的相关系列作品中，也在诸多曾积极协助战争的女作家中相当具有代表性。

根据佐多稻子年谱以及小说人物、细节设定，并与她创作的《红》《灰色的午后》等其他小说参照对比，可以判断《〈女作家〉》是作家根据自己的真实经历加工完成的。1942 年 5 月初至 6

---

1 北川秋雄：《佐多稻子研究》，东京：双文社，1993 年，第 16 页。

月下旬，佐多稻子与另一名女作家真杉静枝以新潮社《日出》杂志特派员的身份到中国华中华东战场劳军慰问。途中她停留上海，在朋友安排下与田村俊子会面，小说《〈女作家〉》即围绕两人的此次会面展开。小说原文标题之所以打上双引号，是因为佐多稻子借用了田村俊子发表于1913年的短篇小说《女作家》之名（发表时小说名为《游女》，后改名为《女作家》）。

田村俊子年长佐多稻子20岁，是继樋口一叶后近代日本第一位真正意义上的职业女作家。她的创作黄金时期（1910—1916）只有短短7年，代表作《生血》《木乃伊的口红》《炮烙之刑》等具有很强的先驱性，在明治—大正时期的妇女解放风潮中，她的作品书写了近代都市知识女性对男性话语权威和传统两性角色的挑战，在当时保守的文坛上可谓惊世骇俗。1918年，她追随《朝日新闻》的记者铃木悦到加拿大，在北美生活了18年，与日本文坛基本断了联系。1936年回到日本后，她很快陷入与佐多稻子丈夫洼川鹤次郎的不伦之恋中。恋情暴露后，1938年12月，她接受中央公论社特派员一职来到中国，几经辗转，最后落脚上海，创办了《女声》杂志。1945年，突发脑溢血在上海病逝。

小说《〈女作家〉》写于田村俊子逝世一周年。开篇主人公多枝和友人商讨如何纪念一年前去世的女作家藤村，多枝拿出几年前在上海与藤村的合影给友人看。小说叙事从多枝对藤村的回忆

开始，在因战争责任追究而痛苦不安的多枝的自我安慰中结束。那么，佐多稻子是如何在纪念田村俊子的小说中建构对战争协助责任的辩护和开脱的呢？本文拟从以下几个方面来探究这部暗藏心机、模糊了现实的文本。

二、叙事者对故事的强行干预

小说虽然改编自作家自己的真实经历，但采用了第三人称叙事，试图与人物拉开距离，保持叙事的相对性和客观性。但叙事者始终聚焦多枝、亲近多枝，对多枝的经历和心理活动了如指掌，并通过多枝的视角讲述藤村。小说采用倒叙的方式，即叙事时间和故事时间不一致。且故事并非按线性时间展开，讲述多次发生中断，这是因为叙事者多次在多枝对藤村的回忆中强行插入四年后的多枝的心理活动，这使故事发生时的多枝与四年后回忆时的多枝交叉重叠，并产生了模糊化的后果。

小说第一段，多枝在上海南京路一家日本餐馆见到了久未谋面的藤村，内心感慨道："啊啊，她老了啊！"随即，叙事者话锋一转道："那是被称作'日支事变'的战争进入第五个年头的时候。各杂志社在陆军部要求下纷纷派女作家到前线报道，多枝也收到其中一家杂志的邀请。虽然多枝对战争的想法没有变化，但身着隐身衣去到战场的想法一直催促着她。同时由于被士兵以及送士兵上战场的女性亲属的感情牵拽，多枝接受了军部邀请，带着女性的情感出发去

了中国。"[1]接着，叙事者叙述了多枝在宜昌馒头山阵地的心理活动。馒头山位于宜昌西北，是一座形似馒头的高地。1940年宜昌沦陷后，日军控制了周围的所有制高点，依托宜昌西北的一系列山地构筑了战壕和坑道。国民革命军第九十四军几次反攻宜昌未果，退至三峡入口处石碑防守，凭借长江天险与日军对峙3年之久。1942年5月中旬，佐多稻子和真杉静枝在日本军方安排下，渡江后骑马上到馒头山阵地，与前线士兵彻夜长谈，次日凌晨下山。随后的几十年间，佐多稻子反复提及自己在馒头山的经历，认为那是她第一次真正接触到战场一角，尤其是在下山途中听到的送行士兵回荡在山间的呼叫，让她联想到士兵的乡愁，倍加伤感而泪流满面。[2]

小说中，叙事者这样解释多枝的哭泣：

多枝决定视线不离士兵，以此作为自己的心灵支撑。但是，随着战争的长期胶着，军部领导认为只是一味鼓劲欢呼是不够的。多枝们的泣诉恰逢其时。多枝就这样穿着隐身衣，在无知觉中满足了军部的要求。她认为自己亲眼看到了日本的战争实相，并认为自己看到的实相是日本发动的侵略战争因为中国的不屈不挠陷入了泥淖。因此，她出于女

性的情感，在为士兵的艰辛感到愤怒前，先落下了泪来。[3]

叙事者对多枝这段经历的强行插入，给读者营造了一种错觉，好像多枝从一开始对战争的性质就有非常清楚的认识，只是她对前线士兵的朴素情感在无知无觉中被军部利用了。实际上，1942年的多枝并没有这样清晰的认识，因为作家佐多稻子在1942年就完全没有这样清晰的认识。馒头山的前线体验，确实让她动了情。正是宜昌之行，日本士兵在佐多稻子的心里从"神"回归成"人"，让她产生了共情，但并没有让她因此对战争本身提出任何质疑。相反，她将矛头转向日本国内的广大女性，认为正是女性们没有在精神情感层面和前线士兵形成一个整体，才加剧了士兵在前线的残酷处境。为此，她呼吁国内的女性应"时刻牵挂战地的艰辛，在后方努力，这种'觉悟'应该已经刻在我们女性心中，成为我们每日的动力"[4]。因此，佐多稻子在1942年的中国战场慰问期间根本没有实现她所期望的身穿"隐身衣"的低调，恰恰相反，它是一场规格相当高的"表演秀"，从一开始她就与军方形成了"共犯"关系。当年5月初，她和真杉静枝等人乘坐当时最大的道格拉斯飞机从羽田机场飞到上海，享受到了只有将军级

1 佐多稲子：《佐多稲子全集 第四卷》，东京：講談社，1978年，第272页。

2 窪川稲子：《〈戦時下〉の女性文学5——女性の言葉/続・女性の言葉》，長谷川啓監修・解説，东京：ゆまに書房，2002年，第29页。

3 佐多稲子：《佐多稲子全集 第四卷》，东京：講談社，1978年，第274页。

4 窪川稲子著：《〈戦時下〉の女性文学5——女性の言葉/続・女性の言葉》，長谷川啓監修・解説，东京：ゆまに書房，2002年，第58页。

的军人或超高级军人家属才有的待遇。[1] 在随后一个多月的时间里，她们除了参观慰问南京、汉口、杭州等地的日军军事据点和陆军医院，还和当时"支那派遣军总司令"畑俊六、日本驻华大使重光葵和南京伪国民政府主席汪精卫等诸多"大人物"见面。5月20日，为纪念"支那事变"五周年，佐多稻子与真杉静枝在军方安排下搭乘军用飞机飞越钱塘江，盘旋在浙江上空，在空中视察了燃烧中的东阳（金华），开女作家乘坐军用飞机在空中视察交战中的战场之先河，引得日本媒体争相报道，轰动一时。

就在这一年的5月底，佐多稻子在上海与田村俊子会面。也就是说她是在自己作为女作家的高光时刻与漂泊在上海的田村俊子再次见面的。小说中，多枝见到藤村的第一个感觉是："啊啊，她老了啊！"有研究者认为，多枝认为藤村"老了"，是在藤村身上看到了以后的自己，看到了女作家命运的不确定性和势必衰弱的确定性。[2] 其实这种观点正是因被叙事者强行插入叙事干扰而形成的。因为1942年风头正劲的多枝大约是不会联想到几年后自己会与藤村在命运上殊途同归的。"老了"，代表着女人在容颜、精力等各方面的衰弱，是多枝在基于自身优越感形成的俯视视角下对藤村的凝视，同时它还有另一层意思。藤村向多枝介绍自己的新工作，"和我

一起工作的都是知识分子呢"，这时叙事者再次插入，以多枝的视点说"（藤村）似乎对中国妇女很满意，但这更像是她在逞强，或者说是要表现出对与中国知识妇女一起工作的自己很满意，这更让人觉得她老了"[3]，试图进一步把藤村的"老"与女人的逞强关联在一起，为后面的叙事埋下了伏笔。叙事者的干扰，模糊了1942年的多枝与1946年的多枝之间的巨大区别，将后者才会出现的心理状态强行装在前者身上，这在一定程度上削弱了多枝再见藤村时原本的俯视视角。更重要的是，叙事者使用叙事权力，试图修正1942年那个活跃在协助侵略战争一线上的多枝形象，在读者心目中塑造一个其善意被军部利用的无辜、无奈、无力的女作家形象，为她的战争协助行为开脱。

三、沦为叙事装置的女作家藤村

由于小说始终聚焦多枝，读者只能通过多枝的单一视角去看藤村。在多枝眼里，藤村是个神经质、经常歇斯底里的人，其真实生活与文学表现不相符。文中多枝多次提到藤村脸涂"白粉"，而脸涂白粉写作是田村俊子在1913年发表的短篇小说《女作家》中非常重要的场面：

必须写作而怎么也写不出来的时候，这个女作家会抹上白粉。而且，只要坐

1 高崎隆治：《戦場の女流作家たち》，东京：論創社，1995 年，第 98—99 页。

2 櫻田俊子：《二人の「女作者」——佐多稻子『女作者』論》，《日本文学論叢》2004 年总第 33 期，第 3 页。

3 佐多稻子：《佐多稻子全集 第四卷》，东京：講談社，1978 年，第 275 页。

在梳妆台前用水溶解白粉，定会想到一些有趣的话题，这已成惯式。每当白粉溶于水，冰凉触及指尖，这个女作家便仿佛获得一次新的心灵启迪。然后将白粉抹在脸上的过程中，想法逐渐成形——这样的情况时常发生。这个女作家的作品大抵都是从白粉中诞生出来的。[1]

由于可以在一个相对隐蔽的私人空间中进行，"不容易引起社会批评的注意，女性向社会发展的力量可以比较少受干扰而生长"，写作是近代女性发出自己声音的最好方式；但同时，"社会批评的压力又在无形中存在，女性不仅担心自己不成熟的社会经验可能让她的写作招致批评，甚至女性本身从事这种不适合身份的写作活动，就可能是不名誉的，这些顾虑使早期的女作家不敢公开自己的写作活动。女性在早期的写作活动中感到的压抑和女性渴望突破的愿望，始终处于一种矛盾状态"。[2]日本传统艺术歌舞伎中，男扮女装（女形）者要在脸上抹上厚厚的白粉，为的是遮住本来面目，转换角色。女作家在写作时脸涂白粉这个类似行为艺术的行为或许具有两层意义：一是掩饰自己的女性身份，摆脱女性身份的自我束缚；二是白粉作为一种化妆用品，本身具有将女性妖媚化和满足男性窥探欲望的诱惑性的暗喻。女作家用它遮盖素颜，这显示了其内心

的矛盾：既渴望逃逸以男性为中心的社会秩序，又希望通过女性特质获得男性的好感和认可。无论是哪一层意义，都显示了近代社会中女性写作（也泛指女性自立）的艰难。

《〈女作家〉》中第一次出现"白粉"是在多枝回顾藤村生涯时："知道藤村律子去了美洲，在一本少女杂志上的插画中看到她的照片……穿着洋服，戴着那个年代的深色帽子，靠在墙上拍的照片。可能马上要去美洲的缘故，平板的脸上表现出强烈的意志，没有她作品中的白粉味。对此多枝印象深刻。"[3]这里，"白粉"和强烈意志是明显的对比，"白粉"代表着脆弱、心虚、矫饰等负面词语，具有与男性相区别的女性特征。随后在多枝与藤村单独相处的情景中，当后者因黄包车夫的纠缠表现出神经质的焦躁时，多枝认为她的"歇斯底里"再现了，并立刻联想到对方小说中的那个脸涂白粉的女作家来，"说自己如果素面朝天则身心俱乱，总是精心抹上白粉的女作家，叫喊着：'写不出来！写不出来！'手插怀里，在房间里又走又跳。经过化妆台前，女作家看到镜子里被自己踢乱的裙摆下露出来的红色长里衫，故意地又把裙摆踢得高高的。这个女作家，就是藤村"。继而说道"穿着中国服的藤村，虽已见老相，仍然脸抹白粉"[4]，进一步将白粉与女性的神经质和歇斯底里

---

1 田村俊子：《田村俊子作品集 第1卷》，东京：オリジン出版センター，1987年，第296—297页。

2 周乐诗：《笔尖的舞蹈——女性文学和女性批评策略》，上海：外语教育出版社，2006年，第83—84页。

3 佐多稻子：《佐多稻子全集 第四卷》，东京：讲谈社，1978年，第275—276页。

4 佐多稻子：《佐多稻子全集 第四卷》，东京：讲谈社，1978年，第279页。

联系在一起，把它解读为女作家身份所内在的自我脆弱性和非理性。藤村笔下的那个为突破女性局限而焦虑万分的"女作家"，在多枝这里变成了可怜可笑的、逞强的、神经质的"女作家"。

跳出小说文本来看看 1942 年的田村俊子到底在做什么呢？就在佐多稻子到访的两周前，1942 年 5 月 15 日，田村俊子以"左俊芝"的名字主编发行了第一期《女声》。这份杂志依托日本驻华海军报道部和日本大使馆，最初的策划是上海日军报道部主管的太平出版印刷公司。田村俊子很同情当时的中国妇女，觉得她们的知识太浅，生活痛苦，应该多帮助她们，希望把《女声》办成为中国妇女发声的"没有政治色彩的文化性的女性杂志"。[1] 但杂志毕竟依托日本军方，需要对方提供经费支持，不可能完全摆脱政治与形势的影响。田村俊子对这样的尴尬处境可能也颇为苦恼。因为第二年，即 1943 年初，她向太平出版印刷公司提出要求独立，并将编辑室搬到了爱多亚路（今延安东路），后又搬到博物馆路（今虎丘路）142 号光陆大楼内。虽然资金上依然与日本军方脱离不了关系，但可以看到田村俊子为杂志所做的努力。小说中，多枝、藤村和友人吃过饭后，去了位于"日军占领上海后很快接收的一家大印刷工厂二楼"[2] 的藤村工作的编辑室参观，这指的应该就是位于上海香港路 117 号的太平印刷出版公司。在那里，多枝询问藤村在上海的工作情况，这段对话十分耐人寻味。

"现在的工作顺利吗？"

当剩下她们俩人时，多枝觉得自己好像站在一个男人的立场上，似乎必须得直接问出藤村现在的生活情况。

"刚起步。中国妇女没有什么读物，我想这个工作如果能帮助到她们就好了，所以，打算尽全力而为。"

这个工作，指的是从北京到上海的藤村与日军报道部交涉后办的杂志。但是，藤村的口气却好像是日本军部对她的工作并不特别重视。[3]

藤村到底是以怎样的口气说上面的话的，叙事者只字未提。我们只能通过多枝的感觉去感受和了解。但是多枝的感觉是可靠的吗？藤村向多枝介绍说和自己一起工作的都是中国知识女性。就历经波折、刚刚出版第一期《女声》的藤村来说，其话里话外应该都有些发自内心的骄傲感。但多枝却认为这只是藤村在自己面前的逞强，并劝藤村放弃上海的工作回日本去。藤村答道"如果这份工作做不下去了就回去"，这句话里有对未来的不确定性的担忧，也有对自己正在开创新事业的肯定，但在多枝听来这像是藤村在"啜泣"。[4]1942 年的多

1 涂晓华：《上海沦陷时期〈女声〉杂志的历史考察》，《中国现代文学研究丛刊》2005 年第 3 期，第 91 页。
2 佐多稻子：《佐多稻子全集 第四卷》，东京：讲谈社，1978 年，第 275 页。
3 佐多稻子：《佐多稻子全集 第四卷》，东京：讲谈社，1978 年，第 280 页。
4 佐多稻子：《佐多稻子全集 第四卷》，东京：讲谈社，1978 年，第 280 页。

枝是得到日本军部重用、头顶巨大光环的多枝，在那时的多枝眼里，藤村在上海的工作恐怕无异于小打小闹，是藤村在自我破灭、生活失败后的一种挣扎。而藤村对军部的"抱怨"反衬了多枝的地位，放大了两人关系的不对等性，所以多枝觉得自己像是一个男人在询问一个出来打工的女人近况。另一方面，强调藤村对日本军部的抱怨，实则是将藤村置于与多枝一样的身份下，即追随军部、被军部利用却不自知的"女作家"。

叙事者在讲述与多枝面对面的藤村时，往往强行插入多枝的片段性回忆来介绍藤村。例如说到藤村从美洲回日本后："她的思想虽然与多枝有共鸣，但她之后的生活方式，在看惯了日本之贫穷的多枝眼里，却过于奢侈。住高级公寓，房间里到处装饰着用友禅布包起来的小盒子、红漆的镜台、跳舞的玩偶……可藤村并没有从美洲带回什么资产。零零星星听到她四处借钱的消息。她发表的作品和她的生活态度不一致。"[1] 换言之，叙事者对藤村的讲述是在多枝的既定印象框架中展开的。在多枝单方面的记忆编写中，藤村是一个爱慕虚荣、贪恋奢侈的人，虽同为女作家，却是与多枝完全不同的"他者"。她的小说或杂志，不过都是她神经质的表现和无处可去的逞强，她是一个从日本出逃到上海的可怜的边缘人。小说最后，"多枝因自己身穿隐身衣的言论被指责是谎言而夜不

能寐，白天困困顿顿，累极了才眯一觉，就这样过了几日。虽然自己与肌肤上涂抹白粉的作家藤村不一样，但多枝觉得在藤村身上看到了一样的自己，那就是因草率对待自身，最终遭到放逐的女性的柔弱"[2]，最终将自己的隐身衣与藤村的白粉联系在一起，道明自己身为女人的逞强与柔弱，把自己同置于"他者"地位，这是试图通过矮小化、卑微化自己来消解其协助战争的罪责。尽管这是为纪念藤村而开始讲述的文本，但藤村没有作为一个生动个体得到呈现，反沦为单纯的叙事装置。

四、小说文本与生活文本的潜在互文

佐多稻子创作于1938年的《红》被公认是一部具有很强自传性的长篇小说。在1950年的《生活与作品》一文中，佐多稻子谈及自己在无产阶级文学退潮期写的《红》等小说是"创作于生活"[3]的。很多评论家也在小说中看到了佐多稻子与洼川鹤次郎夫妻二人的身影。平野谦在1967年集英社出版的《日本文学全集第47（佐多稻子集）》的解说中说："曾舍身无悔地高举日本共产党大旗的一对夫妇，在突如其来的不得不被动地别树一帜的困难时期，被琐碎的日常生活牵绊畏缩不前，这是多么悲哀的状况。至少对于女方而言，在作为妻子的部分和

非妻子部分的一体中孕育着预料之外的矛盾。在被动的转向时代，如何能主动打开局面？这就是《红》提出的问题。"[1] 文艺批评家奥野健男也指出该小说是作家在那个特殊的时代写下的"直接的记录"，表现了作家"作为作家的立场与作为妻子的立场之间的矛盾"。[2]

1938 年洼川鹤次郎出轨田村俊子，这让本来就处于风雨飘摇中的夫妻关系雪上加霜，导致二人分居。《红》中，广介把新的恋爱视作新生活的开始和打破令人窒息现状的希望，他向妻子明子坦白自己在外面有了女人。一直在事业与家庭中痛苦纠结的明子虽然觉得"事态以她梦想的样子来到了。她可以不必有负担地独自安排自己的生活"[3]，但还是感受到包含嫉妒、愤怒、自我挫败等复杂情绪的巨大痛苦。"自己带着孩子生活，而广介带着女人单独过日子，自己真的能忍受吗？自己在与广介生活的十年间的努力，最终换来他抛弃自己的结果，这种不安，发展成了巨大创伤面前的战栗。"[4] 1960 年佐多稻子在长篇小说《灰色的午后》中，将这段私生活细节化，更加具象地描写了丈夫出轨事件对家庭与个人的冲击，《红》中并未明确的丈夫的出轨对象，在《灰色的午后》

中则有了清晰的表现，对于从第三者和歌介入折江与惣吉的家庭至与惣吉之事暴露后出走他乡，均有非常清晰的事件始末叙述。

在发表时间上处于《红》与《灰色的午后》之间的《〈女作家〉》中，叙事者对多枝、丈夫与藤村的三角关系只字未提，但其字里行间流露出的多枝对藤村的微妙情绪，使得多处行文在文脉上极为突兀，不合情理。

多枝与友人在一家餐馆等待藤村。"不一会儿，藤村穿着照片上的服装，慢悠悠地甩着深紫中式服的裙摆走了进来。'啊，欢迎！'藤村先向吉江志津子打招呼，再转向正对面的多枝，就好像与陌生人打交道似的。'哎呀！你呀，多枝。完全变样了呀！'就好像在说'真的没看到啊'似的，从眼镜上方看着多枝。"[5] 这是多枝与藤村在上海见面的第一幕。藤村为什么要闪躲多枝？藤村是真的在回避多枝，还是这是多枝自己的感觉？叙事者没有作任何交代，似乎这是不言自明的事情。这个略带尴尬的场面透露出多枝和藤村之间似乎有某种微妙的关系。

小说中还有一段叙事更加让人摸不着头脑。当在上海的藤村抱怨日本住宅狭窄矮小，不愿住在日式房屋时，多枝觉得仿佛自己在日本的住房受到咒骂似的，于是出现了多枝对在日本和藤村最后一次见面时场景的回忆：

1 北川秋雄：《佐多稻子研究》，东京：双文社，1993年，第114—115页。

2 佐多稻子：《新潮日本文学23 佐多稻子集》，东京：新潮社，1971年，第398页。

3 佐多稻子：《くれない》，东京：新潮社，1986年，第81页。

4 佐多稻子：《くれない》，东京：新潮社，1986年，第91页。

5 佐多稻子：《佐多稻子全集 第四卷》，东京：講談社，1978年，第274页。

藤村愈发奢靡的生活不知不觉中使两人的关系疏远了。在日本，多枝最后送别藤村的那一天，天空阴沉，好像要一点点裂开来。送藤村去打出租，两个女人共用一把小阳伞，肩挨着肩。在街角等车时，对面一个小学生模样的小男孩，喊着"妈妈"，跑过来抱着多枝的腿，在客人面前有些害羞的样子。

这时，藤村"啊——"地叫了一声，虽然那时她应该知道多枝有孩子，却做出才发现多枝有孩子的表情。然后，她冷冷地面无表情地坐上正巧路过的空车。车倏地开走了。[1]

藤村为什么见到多枝的孩子会有这样的反应？多枝回忆这段往事想表达什么？在《灰色的午后》中，这个场面再次出现：

发现站在街边的妈妈的亮吉跑过来，双手抱住折江的腰。

"妈妈，你要去哪里？"

和歌看到亮吉的瞬间，用异样的声音发出"啊——"的一声，显得心神不宁。她好像被突如其来的东西戳到了似的，面露冷淡，"喂，等等，等等"，慌乱地叫着出租车。[2]

上述场景在作者以自身经历为题材的两部小说中反复表现，这暗示了它在作者这段生活中的重要性。在《灰色的午后》中，该场景出现在第22节。第21节中，折江夫妇正式摊牌，折江终于知道丈夫惣吉的出轨对象是一直与自己交往的朋友和歌。也就是说，折江与和歌在日本最后一次见面时，已经知道对方是第三者。只有对折江夫妇与和歌之间发生的事情有所了解，才会明白《〈女作家〉》中的藤村在看到多枝的孩子时为何会有那么奇怪的表现，也才会对时隔多年后两人在上海再见时的一些尴尬举动有所理解。换言之，《〈女作家〉》虽然没有对多枝与藤村的关系进行任何交代，却处处指向一个潜在的文本，即现实中佐多稻子和田村俊子的真实关系。

事实上，田村俊子本人对当时自己的心态有过吐露。看到佐多稻子的孩子时，她内心波澜再起，极度不安，因为她再次痛苦意识到自己的恋爱不单是男人和女人之间的事，还牵涉到孩子和一个家庭，于是决定割舍这段恋情。在与佐多稻子的《红》同年发表的散文诗体小说《山道》中，她感慨道：

爱如果溢出来了，最终将走向失去爱的命运，女人想。倾注于杯子里的男人的爱，是男人从自己的生活里秘密分来的爱。……往不应踏足的生活中每踏入一步的忧郁，使女人怀着沉重的心情，带着切断爱恋的想法来到了此处。[3]

1 佐多稻子：《佐多稻子全集 第四卷》，东京：讲谈社，1978年，第277—278页。

2 佐多稻子：《新潮日本文学23 佐多稻子集》，东京：新潮社，1971年，第301—302页。

3 田村俊子：《田村俊子作品集 第2卷》，东京：オリジン出版センター，1988年，第366页。

这里无意牵扯与作家私生活相关的伦理问题。但事实是,不将多部小说文本与作家生活文本结合起来,便无法读懂《〈女作家〉》中多枝和藤村的对话,更弄不懂多枝为什么要把藤村讲述得如此不堪。藤村带给多枝的痛苦,或者说田村俊子带给佐多稻子的痛苦显然不是能够简单消解的,即使时隔多年,多枝再见对方时那复杂而微妙的情绪,依然跃然纸上。即便距离上海见面又过了四年,佐多稻子在写作《〈女作家〉》时也没有做到和小说人物保持足够的距离,仍然在她们身上投射了太多个人情感。但是为什么她不在小说中干脆地直接交代多枝与藤村的关系,又处处暗示她们的关系呢?

要回答这个问题,恐怕要回到这篇小说产生的背景。发表于 1946 年的《〈女作家〉》是佐多稻子处于战后第一次文艺界战争罪责追究中时写的。佐多稻子、洼川鹤次郎夫妇与田村俊子的三角关系,一般读者可能不清楚,但文艺界尤其是原无产阶级文学阵营中的同人是知道的。从 1938 年写成以私生活为素材的《红》到 1945 年 5 月与洼川鹤次郎正式离婚,两人夫妻关系的破裂在他们的同行中是周知的秘密。换言之,《〈女作家〉》是写给追究她战争协助责任的同行们看的。只有对他们三人的复杂关系有所了解的人,才不会对这篇小说不合情理的叙事感到讶异。藤村与多枝这两个生活选择完全不同的女作家,被讲述成同是日本军部的利用对象,是无法控制自己命运的可怜人。同时,多枝是藤村第三

者插足的受害者,而婚姻生活的失败是导致她走上协助战争道路的主要原因之一。这个逻辑在后来的《灰色的午后》中表现得更加清晰明确。《〈女作家〉》中,相对藤村的烦躁、神经质、歇斯底里,多枝始终表现得非常平静,相当宽容大度。当藤村和她说起自己的工作时,多枝说:"你什么时候想回日本就回去吧。我去接你。"[1]

面对曾经是自己生活加害者的藤村,多枝的这句话代表了她对藤村的同情和原谅。如果多枝能原谅藤村,那么多枝自己为什么不能得到他人原谅呢?叙事者把多枝的战争责任问题与情感等私生活问题混淆在一起,用小说文本与生活文本的潜在互文方式,欲说还休,半遮半掩,试图为多枝的战争协助行为获得开脱和谅解。

结语

继 1938 年的小说《红》将私生活文学化后,佐多稻子在战后不少反省战争协助责任的作品中均以或明或暗的方式,将自己婚姻生活的破裂纳入到反省脉络中,不惜通过揭开私生活的伤疤来突出自己协助战争的无意识和受害者形象,从性别、感情等范畴为自己协助战争的动机和原因辩护。这个开端就是本文讨论的《〈女作家〉》。这篇小说篇幅虽短,却暗藏心机,通过叙事技巧将自己的战

---

1 佐多稻子:《佐多稻子全集 第四卷》,东京:講談社,1978 年,第 280 页。

争协助问题与情感、性别、家庭等问题混淆在一起，影响了读者的判断。其反思逻辑在同时期其他女作家中也非常具有代表性。

1949 年，佐多稻子在短篇集《我的东京地图》中把自己协助战争的原因主要归于四点，第一，婚姻生活的破裂和经济原因；第二，作家的欲望；第三，对民众的共情；第四，丈夫和朋友的支持。虽然较之过去，其反省视野宽广了许多，但她依然强调外部环境与他人对自己的影响。1984 年，她在被追问到自己的战争协助问题时，给出的解释依然含混不清："如果从'女性必须为自己的行为负责'的立场来看战争中女性的行为的话，多数女性是不自觉被动员到战争中去发挥作用的。……在现实生活中，是会被各种事情卷进去的。"[1] 前田广子批评了佐多稻子的推责，严厉指出："在那场将中国人民逼近死亡的侵略战争中，民众在无意识中被强加战争负担，作为一个'无产阶级文学者'的佐多稻子，难道不应该对那个无自觉的部分感到悲伤和痛苦吗？"[2]

（特约编辑：叶晓瑶）

---

1 冈野幸江ほか：《女たちの戦争責任》，东京：東京堂，2004 年，第 102 页。

2 北川秋雄：《佐多稻子研究》，东京：双文社，1993 年，第 24 页。

文明下移与道德归约

——由清末民初小说家李涵秋看五四时期的思想潜流

何亦聪[*]

内容提要：李涵秋是清末民初时期重要的社会言情小说家，他最重要的作品集中在辛亥革命至 1923 年间被创作完成，具有较高的社会史、生活史价值。这些作品细致地描摹了新旧过渡时期的政治真空、道德真空现象，以及文明下移之后的伦理失序和观念庸俗化问题，并表现出一种道德归约的思想倾向。借助对李涵秋小说的分析，可以窥探五四时期的思想潜流。

关键词：李涵秋　文明　道德　潜流

The Descent of Civilization and Moral Reductionism
——The Underlying Currents of Thought in May Fourth Period as Seen by Li Hanqiu, a Novelist in the Late Qing Dynasty and Early Republican Period

Abstract: Li Hanqiu was a significant social romance novelist in the late Qing Dynasty and early Republican period, and his most important works which were written concentratedly in the period from Xinhai Revolution to 1923, hold considerable historical value in terms of social history and the history of everyday life. These works meticulously depict phenomena of political and moral vacuums during the transitional period between the old and the new, issues of ethical disorder and ideological vulgarization following the descent of civilization, and exhibit a tendency toward moral reductionism. Analyzing Li Hanqiu's novels allows us a glimpse of the underlying currents of thought in May Fourth period.

Keywords: Li Hanqiu; civilization; morality; underlying currents

* 何亦聪，男，北京师范大学文学博士，山西大学文学院副教授，硕士生导师。主要研究方向：中国近现代文学与思想史的关系。

在中国近现代的社会变革过程中，礼治的衰微是一种明显的趋势。从科举制废除后四民社会的解体，到新文化运动时期的礼教批判，再加上商业经济的世俗化力量，传统的"礼"逐渐成为现代知识分子眼中的"归恶点"，举凡阶层分化、人伦惨变、情理背离等问题，往往都被视作礼治僵化的结果。与此同时，一种新的秩序似乎在隐隐升起，并接管社会生活中许多原本为"礼"所节制的事物，这种秩序即是"文明"。辛亥革命后，文明概念深入人心，文明结婚、文明社交、文明家庭、文明教育、文明女性乃至文明脚、文明戏、文明棍等词语在日常生活中被广泛地接受和使用，并不断地改变着国人的价值观念与生活方式。从某种程度上说，文明正在成为一种新的礼教。曾志回忆邓中夏时说："他们家讲新礼教，父子俩通常称兄道弟，平等相处。"[1]这个讲究"新礼教"的家庭，就是时人所说的"文明家庭"。老舍在其早期小说《老张的哲学》中也使用了"新礼教"一词，虽不无戏谑，但揣测其文义，可知新礼教就是文明。[2]

那么，文明究竟能否替代礼教，为过渡时期的中国社会提供一种新的秩序呢？对于这个问题，恐怕多数"五四"知识分子皆持肯定态度，其间区别，更多是在于对文明内涵的认知。本文以李

涵秋创作于"五四"前后的一系列小说为考察对象，所欲探讨的是隐藏在时代浪潮下的一股思想潜流，并借此发掘五四思想的某种隐性结构——对文明论及其背后的新秩序、新礼教的怀疑，这种怀疑自始即伴生于五四思想之中，并发挥着一定的牵制力，一旦潮流变幻，这种怀疑倾向就会与新的观念结合，由隐性转为显性。李涵秋不是典型的"五四知识分子"，其思想介于新旧之间，他既非吴趼人那样的保守主义者，亦未服膺于任何现代观念。他的小说揽撷过渡时期中国社会的种种现象，似乎浮光掠影，却又植根于深刻的虚无感之中。当然，更为重要的是，我们可以通过这些小说去窥探当时知识界的一种"意见气候"。

一、从"政治真空"到"道德真空"

若将时间范围稍稍放宽一些，李涵秋创作于五四时期的小说应包括《广陵潮》（1909—1919）、《战地莺花录》（1918）、《魅镜》（1919）、《好青年》（1920—1922）、《自由花范》（1921—1922）、《近十年目睹之怪现状》（1922）、《怪家庭》（1922—1923）、《爱克司光录》（1919—1923）、《镜中人影》（1922—1923）等。其中《广陵潮》的创作时间长达十年，后面部分写于五四时期。《镜中人影》则未能完稿，由程瞻庐续写。这些小说大多篇幅较长，且杂糅社会、言情、谴责、黑幕等因素，但若论其创作的出发点，"过渡镜"三

---

1 曾志：《一个革命的幸存者》，成都：四川人民出版社，2020年，第5页。

2 参考《老张的哲学》第二十八章："孙八近来受新礼教的陶染，颇知道以'鞠躬'代'叩首'，一点也不失礼。"老舍：《老张的哲学》，载《老舍全集》第1卷，北京：人民文学出版社，1999年，第126页。

字足以概括。[1] 李涵秋取古典小说的镜鉴之意，照见的却是中国社会过渡时期的真空状态。

何谓真空状态？张君劢曾经谈到过中国近现代社会的"精神真空"，他认为，19世纪后半叶以来康有为、谭嗣同、胡适、陈独秀等人对儒学根基的动摇和瓦解，使得国人逐渐丧失信仰，进入了一种精神上的真空状态。[2] 张氏此说应受到了英国历史学家阿诺德·汤因比（Arnold Toynbee）的影响，汤因比认为某一文明在特定时代出现的精神真空现象，是由旧宗教的衰退所致，且须一种新的宗教兴起方能填补，比如3世纪儒学衰退造成的精神真空，即由印度传入的大乘佛教所填补。[3] 后来许多学者也持近似看法，彼得·沃森（Peter Watson）就认为："多年以来，中国可能呈现出许多类似西方的思想和行为方式，但自儒家思想让位之后，其社会中心留下的道德真空，从来没有得到填补。"[4] 当然，这是典型的思想史观点，出自后见之明，而李涵秋从社会史、生活史的角度出发，以当下的眼光观察辛亥革命后出现的政治真空与道德真空，似乎另具识力。

李涵秋对政治真空的描写，主要集中在三个方面：

其一，虽然辛亥革命推翻了帝制，但是，军阀混战、时局动荡，以及袁世凯、张勋的复辟，使得许多人对现代政体产生了浓重的虚无感。比如，《战地莺花录》中赵瑜说过这样一段话：

> 提起大题目来，双方却都有理，北边便说南边是捣乱，南边又抵制北边……白白的苦了别省的老百姓，朝也忙避兵，暮也忙逃难，终不成就像这样打来打去，就打出一个甚么局面么？说句不怕你笑的话，我们都是在学校里受过文明教育的了，谁也敢鄙薄这"共和"两字不好？然而照今日这样时势看起来，倒觉得有一个皇帝专制的好，省得国体上耽着虚名，民生上受着实祸。[5]

这段话颇能反映当时一种普遍的大众情绪，但这仅仅是"情绪"，还不足以形成"意见"，换句话说，小说中的赵瑜对帝制与共和的优劣并无清晰的认知。而这种茫无定见的情绪亦是五四思想的潜流之一：人们迫切需要一种更为强烈的情绪来压倒萦绕于心的虚无感，于是走向了民族主义或国家主义。

其二，政治真空也表现为权力的真空，帝制变为共和，意味着很大的权力空间被释放出来，于是，许多投机者争相奔走，希图从中渔利。李涵秋对民初时期的政治投机观察细致，《广陵潮》大量描写了投机者如何运作或贿选议员

1 《广陵潮》原名即《过渡镜》。

2 张君劢：《新儒家思想史》，北京：中国人民大学出版社，2006年，第519页。

3 汤因比：《人类与大地母亲——一部叙事体世界历史》，徐波等译，上海：上海人民出版社，2001年，第314—315页。

4 彼得·沃森：《20世纪思想史：从弗洛伊德到互联网》，张凤、杨阳译，译林出版社，2019年，第106页。

5 李涵秋：《战地莺花录》，南昌：百花洲文艺出版社，1993年，第266页。

的情形，而在时人眼中，议员俨然已是一种新式官僚，其官威比帝制时代官员的亦不遑多让。不过，李涵秋的洞见在于，他不仅观察到过渡时期的投机现象，更观察到由政治真空而形成的一种投机式人格。比如《广陵潮》中的云麟在辛亥革命后剪去一半发辫："以为大清反正，我这半条辫子，总算是忠于故君，就使天命已绝，竟由君主变成共和，我那时候再斩草除根，还他个新朝体制，也不为迟。"[1]这种投机式人格在鲁迅的小说中有更深刻的展现。

其三，辛亥革命使得"共和"深入人心，但此时的"共和"似乎仅停留在概念层面，甚至有沦为政治话术之虞。在李涵秋五四时期的小说里，几乎人人谈论共和，或谓共和是少数服从多数，或谓共和是消灭阶级，或谓共和是男女平等、婚姻自由，每个人都从自己的切身处去生发理解，但究竟"共和"的真实含义是什么，却被悬置了。因此，《战地莺花录》中，芷芬发出这样的感叹：

> 譬如"共和"两个字的政体，委实是再好不过的了，为甚才将专制君主推翻，那争权竞利的人便都风起云涌，你也希冀这样，我也钻营那样，人人可以讲得话，人人便想遂他的私心？你要责备他的不是，他就拿出这"共和"两字做个大题目，好掩饰他的诡计。[2]

李涵秋或许意识到，由于中国在漫长的帝制时代实行的是一种"伦理政治"——政治关系被比拟为家族关系而获得合法性，政治公域与伦理私域之间，不唯缺乏区隔，甚至遵循着同样的原则与逻辑。这就使得一切政治上的巨大变革必在生活层面或价值领域引起涟漪效应，政治真空亦必引发道德真空。换句话说，若套用汤因比的看法，认为道德真空是由旧宗教的退出导致的，那么对于近现代中国而言，这个旧宗教就是礼教，或者说是"以礼为教"，它无关乎神灵信仰，却关系到从政治、社会到家庭生活的整个价值体系。如果说辛亥革命之后的军阀混战破坏了中国固有的政治伦理，那么，作为涟漪结构的不同环节，社会伦理也定然遭遇了同样的困局。李涵秋在其小说中将民初时期的道德真空现象凝聚在一个最为突出的点上，即社会公益。

在清末民初社会转型时期，"公益"具有特殊的象征意义：一方面，它是传统社会地方绅治的重要内容，许多地方精英皆因热心公益而获得名望；另一方面，它又顺应了梁启超等知识分子所推崇的蕴涵着"爱他之义"的新道德，且与现代社会的共和理念完全吻合。因此，一些传统士绅正是通过参与地方公益事务走上了现代的政治舞台，但是，参与者既多，自然不免泥沙俱下，吴趼人就曾在小说《上海游骖录》中借人物之口表达他对公益事业的失望：

> 我从前也极热心公益之事，终日奔

---

1 李涵秋：《广陵潮》，长沙：湖南文艺出版社，1998年，第814页。

2 李涵秋：《战地莺花录》，南昌：百花洲文艺出版社，1993年，第653页。

走不遑，后来仔细一看，社会中千奇百怪的形状，说之不尽；凭你甚么人，终是弄不好的。凡是创议办一件公益事的，内中必生出无数的阻力，弄到后来，不痛不痒的就算完结了。我看得这种事多了，所以顿然生了个厌世的思想。[1]

到了李涵秋的小说中，公益本身已沦为了一种牟利的巧妙手段。《镜中人影》里的地方士绅葛镜清，既非官僚，又不经商，丰厚家产几乎全靠公益募捐得来，他的儿子葛象文对他反复诟骂，以"老畜生"相称，全无礼敬之态，部分也因其托名公益以谋私利，操业近于行骗。《魅镜》中的袁杰观察得更透彻：

你们可知道社会上那些办公益的人，比强盗能高得几多？他们借着公益为名，将人家银子骗到手里，挂起一面公益招牌，仅仅侵蚀些款子，还是小强盗。还有连公益招牌都不去挂，给他一个卷包逃走，那便是大强盗。[2]

如此秩序颠倒，表明传统绅治的合法性基础已经被完全破坏。

从经济史角度看，清末民初的道德真空不为无因。林满红认为鸦片战争以来的银贵钱贱危机引发了社会价值体系的崩解，从士大夫到平民，从公共领域到家庭内部，尽皆被及，此说虽稍片面，

却有一定道理。[3]李涵秋小说中常描写城市底层贫民不择手段、敲诈勒索、坑蒙拐骗、无所不为，归根结底，这些社会现象都与近代中国的经济困境有关。由对政治真空、道德真空的观察与思考出发，李涵秋进一步产生了这样的认知：社会生活的变化往往是无意识的，就如同空气和水流，其走向常因气压、地势而定。真空状态意味着社会价值体系失去了由内向外的抗力，外在因素从四面八方蜂拥而入，仿佛水流注满洞穴。但是，这个外力进入的过程究竟是被动的，还是自觉的？被注满的洞穴内部能否形成新的秩序，抑或充斥着暗流和漩涡？对于这些问题，他不免感到深深的疑虑，就像吴趼人所说的那样：

须知输进文明，犹如天旱时决堤灌水一般，若不先在堤内修治备潴，以沟水有所归，贸然一决，必不免淹及田禾。未受其利，先受其害。[4]

正是在这样的疑虑中，李涵秋开始思索"输入文明"的限度。

二、文明下移之后

清末民初，"输入文明"是常常出现在报端口头的一个词语，其间隐含的价值标准十分明确，即西方文明中心论。

1 吴趼人：《上海游骖录》，载《吴趼人全集》第3卷，哈尔滨：北方文艺出版社，1998年，第467页。

2 李涵秋：《魅镜》，北京：中国文史出版社，2016年，第7页。

3 林满红：《银线：19世纪的世界与中国》，南京：江苏人民出版社，2011年，第128—130页。

4 吴趼人：《上海游骖录》，载《吴趼人全集》第3卷，哈尔滨：北方文艺出版社，1998年，第484页。

能否"输入文明"逐渐成为辨别新旧、区分高下的重要依据，它甚至在一定程度上左右了人们的视野与判断。比如在晚清时期，报纸被认为是"输入文明之利器"；印刷术因与知识传播有关，所以在输入文明方面"其用兹大"；世界语传入中国后，被视作"输入文明之导线"；"五四"前后的勤工俭学运动，其主要宗旨也是输入文明；胡适1914年谈论留学目的时说："留学之目的，在于植才异国，输入文明，以为吾国造新文明之张本，所谓过渡者是也。"[1]这种因输入文明而产生的等级秩序，甚至影响到了小说领域，包天笑（吴门天笑生）在1903年为《铁世界》所写的"译余赘言"中说："科学小说者，文明世界之先导也。世有不喜科学书，而未有不喜科学小说者。则其输入文明思想，最为敏捷。"[2]吴趼人为上海广智书局1906年出版的《中国侦探案》所作的"弁言"里也写道："侦探手段之敏捷也，思想之神奇也，科学之精进也，吾国昏官、聩官、糊涂官所梦想不到者。……吾国无侦探之学，无侦探之役，译此者正以输入文明。"[3]

究竟文明可以"输入"吗？这个问题也许困扰着五四时期的许多重要知识分子。辛亥革命以后，"文明"已不仅是文人学者的谈资，更下移至广阔的日常生活世界，在这个文明下移的过程中，又发生了一些微妙的变化。对此，通俗小说家表现得更加敏锐，他们在文字中呈现出种种混沌莫辨的"文明乱象"。包天笑曾回忆说，辛亥革命时期，"文明"二字极为流行，但究其底细，则伧陋不堪，比如当时所谓文明戏者，往往取材于《三笑姻缘》《白蛇传》《珍珠塔》等弹词脚本，"文明"二字不过被用作商业宣传之资。《歇浦潮》开篇写辛亥之后的上海，表面进化，实则更加腐败，"上自官绅学界，下至贩夫走卒，人人蒙着一副假面具，虚伪之习，递演递进……都借着那文明自由的名词，施展他卑鄙龌龊的伎俩，廉耻道丧，风化沉沦"[4]。《镜中人影》里葛镜清所说的一段话更能显示出某些人在新旧之间的转换自如："当腐败就腐败，当文明就文明。我们这种人，若再没有这随机应变的本领，如何能够在官场里混这一碗饭吃？"[5]从思想史的角度看，这些文明乱象的背后其实隐含着一种深刻的危机：如果说传统的礼教早已沦为一张道学面具的话，那么，现代的"文明"会不会成为另一张面具？对于这个问题，李涵秋的小说虽未给予明确的答案，却通过广泛而细致的观察和描述，从生活史的角度为我们提供了一定的参考。

首先，李涵秋注意到，在文明下移的过程中，由于缺乏相应的知识结构与

1 胡适：《非留学篇》，载《胡适教育文选》，北京：开明出版社，1992年，第4页。

2 吴门天笑生：《铁世界·译余赘言》，载伽尔威尼《铁世界》，上海：上海文明书局，1903年，第1页。

3 吴趼人：《中国侦探案·弁言》，载《吴趼人全集》第7卷，哈尔滨：北方文艺出版社，1998年，第72页。

4 朱瘦菊：《歇浦潮》，上海：上海古籍出版社，1991年，第1页。

5 李涵秋、程瞻庐：《镜中人影》，北京：中国文史出版社，2019年，第179页。

文化积累，所谓的"西方"也更多是建立在想象的基础上的，因此，人们对于"文明"的理解与触碰，往往被一种盲目的反传统观念支配，也就是说，凡是与传统悖反的行为或观念，都会很容易被视作是"文明"的，这种误解尤其集中在两性关系与家庭伦理上。文明下移所造成的两性关系的变化，诸如婚姻自由、恋爱自由、社交公开、反对守节等，是那个时代小说中的重要内容，其中的风气转换、观念更替，自不待言。值得注意的是，李涵秋小说中鲜有正常的父子、父女关系，比如《镜中人影》里的连幻佛，视父母如仇寇，动辄拳脚相加，只在骗取父母钱财时才惺惺作态。《活现形》中的描写则更具象征意味，刘又华、刘亚华兄妹对父亲全无感情。亚华与情人欢好时得到父亲死讯，不得不回家处理丧事，咬牙痛恨道："早也不死，迟也不死，偏生拣这要紧时候，他忽然死起来。"到家后，又华却劝她折返回去："好妹妹，你快跟汽车转回去罢，没的叫人家盼望。老实说，当这文明时代，还是孝字要紧呢，还是淫字要紧？"[1]亚华听了又华所言，深感其字字金石，可入经史。文明时代的道德观念居然是将传统观念中的"孝"与"淫"颠倒而行，这样的描述或有夸张之嫌，又或者延续了谴责小说的讽世传统，但并不是完全没有现实依据。从19世纪初期至"五四"前后，尤其是鸦片战争之后，经济环境

的持续恶化导致了中国家庭伦理的危机，太平天国运动也对其所统治地区的家庭伦理观念造成了一定程度的破坏。中国传统的伦理观念以家庭为核心，呈现涟漪结构，家庭伦理的危机必然引发社会伦理危机。对此，李涵秋也颇有洞察，比如《爱克司光录》里的贺露兰请景藕斋帮忙除去几位被捕的朋友，以免其乱党身份牵连到自己，如此卑劣行径，也是打着"文明时代"的旗号的，"文明时代，也讲不到什么叫作天理良心"[2]。由此可见，文明观念的引入、下移与误读，恰巧赋予了危机时刻的伦理失序以暂时的合法性。

其次，在文明下移的过程中，接受人群的日益扩大，必然造成文明观念的庸俗化，乃至空壳化。这就如同一件商品，要想将它卖给更多的人，就必须做到足够廉价。梁启超在谈论旧伦理与新伦理之别时，认为旧伦理讲究"五伦"，新伦理则区分家族伦理、社会伦理与国家伦理，这一观念影响巨大。在五四时代的许多青年看来，从家庭走向社会，遵从社会伦理行事，是文明进步的表现，所以当时的一些小说、话剧都以出走为主题。李涵秋观察到，随着时代发展，文明观念的受众渐多，文明的门槛变得越来越低，"社会伦理"正在逐渐被曲解为"社会交际"，一些青年人离开家庭走向社会的真实目的，并非追求文明，而是希望"文明社交"。比如《爱克司

1 李涵秋：《活现形》，北京：中国文史出版社，2016年，第90—91页。

2 李涵秋：《爱克司光录》，北京：中国文史出版社，2016年，第355页。

光录》里的刘海蟾，不过是个胸无点墨、俯仰随人的纨绔子弟，接触到一班讲究文明的朋友，脑袋里灌了些新思潮，便以文明种子自居，满口新名词，渴望脱离专制家庭，到社会上去"文明交际"。刘海蟾请祝鹏文帮忙退婚，恭维他久居上海，吸足了"文明空气"，祝鹏文遂呼出一口气道："大哥真是明见万里，喏喏，我呼出的这口气倘用理化器械将他分剖开来试验，内中实在在含一分碳，含一分氢，其余八分便都是文明了。"[1] 这是极具讽刺性的一幕，所谓"文明"居然变成了呼吸可得的空气，其廉价可想而知。小说中黄修人所说的一番话更能揭出当时一些"文明青年"的底细：

> 我知道你们这一班学校里的朋友开口文明，闭口文明，老实告诉你们罢，这文明两字饥不能当食，寒不能当衣，说出来骗人玩玩也罢了。若是当真起来，我恐怕你们讨饭也没路走。[2]

早在李涵秋之前，吴趼人、刘鹗等小说家已经对文明下移的情况有所表现，在李涵秋之后，程瞻庐、张恨水等小说家也有相近的描述，但是，若就观察的广度、刻画的细致程度而言，确实无人能超过李涵秋。陈寅恪曾谈及中唐变革时期新旧道德风习杂陈并用的状况，认为处此纷乱变易时代，"不肖者巧者"总是比"贤者拙者"更能善用不同的价值标准以应付环境，从而享受欢乐。[3] 从某种程度上说，李涵秋对五四时代的观察竟与陈寅恪所言颇为相近。本文所涉小说的创作时间比巴金的"激流"系列要早十余年乃至二十余年，但二者对读，恰可向我们呈现出两个截然不同的"五四"：一个关于出走、反抗、批判礼教、同情弱者、渴望爱与自由、追求新知识与新道德；另一个则关于新名词、新时尚、社交公开、欲望解放、摆脱旧道德的束缚、"逃天演而竞生存"。李涵秋并不试图对他所处的时代下一定论，这关系到他的创作旨趣——以小说为镜，照见现实，隐藏态度，就如他自己所说那样，"流弊所极，是祸是福，著书的这支笔，只有替他们铺张的能力，却没有替他们论断的功夫"[4]。但从另一角度看，依违新旧之间，他也渐渐形成了一种颇具代表性的道德观念，我愿将这种道德观念称为"归约化的道德观"。

三、归约化的道德观

"五四"一代知识分子大多对李涵秋的小说评价不高，这在很大程度上与他们和李之间的道德观冲突有关。比如周作人将《广陵潮》与《官场现形记》相提并论，以为二者未脱旧小说的玩世语气，充斥着感伤或夸张的杂剧意味，

---

1 李涵秋：《爱克司光录》，北京：中国文史出版社，2016年，第139页。

2 李涵秋：《爱克司光录》，北京：中国文史出版社，2016年，第324页。

3 陈寅恪：《元白诗笺证稿》，石家庄：河北教育出版社，2002年，第396页。

4 李涵秋：《魅镜》，北京：中国文史出版社，2016年，第1页。

内容多教训、讽刺、嘲骂，没有一定的人生观[1]；瞿秋白则认为《广陵潮》的价值还远在《官场现形记》之下，因为后者尚能在特定时期发挥反对帝制、改良礼教的功用，前者则在"新青年"时代徒然造成一种"礼拜六"式的旧道德氛围[2]。若仅从文学角度来看，这些评价不是没有道理的，轻浮玩世、"谴责"风格、鸳鸯蝴蝶式的艳福想象……都是李涵秋小说的艺术缺陷。但是，若就思想而论，周、瞿其实都在一定程度上轻视或误判了李涵秋与吴趼人之间的思想差异，也忽视了李涵秋小说所呈现的某种潜藏于时代主潮之下的观念力量。吴趼人的政治思想或有一定的先进性，但其伦理观念却极为守旧，他曾借小说人物之口激烈批评梁启超的新道德观："道德有甚么公私之分？而且公者私之积也，人人有了道德，人人以道德相接待，那不就是公德了么？何必要标奇立异，别为一门呢？"[3]李涵秋则明显不同，他的小说如《自由花范》《好青年》等，皆表现出对新道德、新文化、新青年的向往，只是，这种向往并不能抵消他内心深处的怀疑。以《自由花范》为例，这部小说塑造了谷韵香、谢璇碧、薛懿芬等一众新女性，且以"花范"称之，从表面看来，其思想倾向似乎不难揣度，但里面又掺杂了一个非新非旧、沉溺佛道、抱持独身主义的谢璇青。又如《好青年》中的万文鹃，《镜中人影》中的葛玉痕，也都是非新非旧的人物。从某种程度上说，这些人物更多地表现出了李涵秋的思想底色。他身处过渡时代，既不认同旧的礼教，又对现代文明心存疑虑，经历了革命、复辟、军阀割据，更深感世事纷纭、人生虚幻，于是希望在新旧道德之间寻找一个"中道"。

李涵秋所找到的"中道"，就是归约化的道德观——返回与新旧道德皆不起冲突的朴素伦理秩序。《魅镜》中的袁杰，少年时爱上文明女子鲍超雄，后因情伤远赴东洋，学得一身本领后，回国兴实业办学校，行侠义之事，他谈及自己的志向：

> 那些号称文明的，也只讲究个衣履新奇，应酬周到……我自经这种种的激刺，方才拿定我的宗旨，决意向你们这一班做强盗的人里，延揽英雄，结识豪杰……但是今日要救中国，必先从平民主义入手。[4]

宁可从强盗中招揽人才，也不在文明人士里寻找同志，弃置种种时髦的新思想、新主张不用，只以贫富均产、平民主义为唯一宗旨，这就是道德归约的表现。再比如，"俭德"也是一种归约化的道德。《好青年》用了相当多的篇

1 周作人：《日本近三十年小说之发达》，载《艺术与生活》，石家庄：河北教育出版社，2002 年。

2 瞿秋白：《鬼门关以外的战争》，载《瞿秋白作品集》第 2 卷，开封：河南大学出版社，2004 年。

3 吴趼人：《上海游骖录》，载《吴趼人全集》第 3 卷，哈尔滨：北方文艺出版社，1998 年，第 479 页。

4 李涵秋：《魅镜》，北京：中国文史出版社，2016 年，第 6 页。

幅描写万文鹃发起成立"俭德会"的想法及经过。[1] 万文鹃对当时流行的反传统思潮不以为然：

> 你说破坏，你究竟建设的本领在哪里？你说铲绝，你究竟改良的把握在哪里？我尝笑外间那些维新志士，专在口头和纸片上讲得热闹，依他们的宗旨便恨不得将中国的旧物质都把来铲除干净，重新将外国的东西移动过来，便是大进步，大彻底。[2]

但她又并不持文化保守的态度，她曾对朋友侃侃谈论自己改造社会的宏愿：

> 方今文明各国提倡人道主义，虽下至牛马，犹不忍任意鞭策，况彼仆妇，犹是圆颅方趾，境遇虽异，人格则同……我早经发过一个宏愿，倘若在社会上能有所假手，纵不能效林肯解放黑奴，亦当法卢梭稍稍废除这不平等的阶级。[3]

如此宏愿，既立足于人道主义，又效法卢梭追求平等，当然是十分"现代"的，有趣的是，其最终结论却又归于朴素的俭德："俭以养廉，为吾辈精神所寄；

德能载福，留人心道义之防。"[4] 万文鹃的思想体现出一种怪异的、新旧杂陈的融合状态，她无力使其内部实现逻辑自洽，只好用归约的方法草率处理。当然，这也是李涵秋的问题所在。

李涵秋笔下的人物常常在两种极端的人生观之间轻易地转换。从玩世的虚无主义到苛刻的道德严格主义，往往只需一次突然的顿悟即可完成。《战地莺花录》刻画了一个因兄长早夭而从小被家人以女装打扮、娇生惯养的富家少爷林赛姑，他容貌俊美，又以女性身份在外读书，常引起周遭男性的爱慕。但林赛姑却借由这种性别身份自由地出入少女闺房，甚至与赵瑜、缪兰芬同榻而眠。如此轻易地享受"艳福"，且无需承担任何作为男性的责任，他渐渐形成一种玩世的态度，每遇到一个漂亮女性，就妄作狎昵之状，后来被缪芷芬（缪兰芬的妹妹）识破身份，持刀砍伤，伤愈后才彻悟前非，尽弃浮华，转而思及男儿志向，以为国家情势危急，唯有杀身成仁，才能警醒国人，最终在与赵瑜成婚之前蹈海而去。林赛姑的自杀在青年人群体中引起广泛的共鸣，一些地方组织学生联合会开展纪念运动。至于林跳水被人救起，后来又回到赵瑜身边，则是通俗小说惯有的团圆写法，不必多说。这是一个奇特的故事，它糅合了种种因素。林赛姑的身上多少有一点贾宝玉的影子；

---

1 小说中关于俭德会的描写确有其现实依据。民国初期，上海曾经成立俭德会。丁玲的母亲余曼贞于1920年发起成立妇女俭德会。1924年，银行家盛竹书也感于"近今世俗专尚奢侈"而号召在银行界成立公共俭德会。

2 李涵秋：《好青年》，北京：中国文史出版社，2016年，第153页。

3 李涵秋：《好青年》，北京：中国文史出版社，2016年，第119页。

4 李涵秋：《好青年》，北京：中国文史出版社，2016年，第127页。

他从放诞玩世到忏悔自苦的转变，又仿佛遵循了晚明艳情小说的套路；最后蹈海自杀的情节，则显然取自陈天华的近典。别有意味的是，林赛姑最后展现的道德严格主义，其根底也在于"归约化的道德观"，比如当母亲以娶亲生子、恪尽传承之责相劝时，他这样说："像中国目前这样累卵世界，已经岌岌有朝不保暮之势……在儿子的愚见，以为要想脱离这万恶世界，固然不可娶亲，便是要想挽救这万恶世界，也须得人人不思量娶亲。"[1] 这是用一种更为宏大、正确的道德来压制旧道德，与万文鹃以俭德代替新伦理的做法并无区别。

如前所述，道德归约的倾向与李涵秋在新旧道德之间的摇摆及其对道德的幻灭感有关。他意识到在这样一个过渡时代，旧道德已然分崩离析，新道德却未能真正建立起来。因此，面对四分五裂的现实世界，他希望通过归约的方法来寻找某种基本的价值共识——勤俭、爱国、平民主义，或自我牺牲的精神。当然，这并不是李涵秋一人的想法，早在辛亥革命之前，许多知识分子已经对新旧道德转换所造成的巨大裂隙心存戒惧，当时知识界流行着种种道德退化的论调，更有论者称中国已成"非道非德之社会"[2]，即使是热切主张新道德者如俞平伯，也认为"社会久滞于过渡状况，一方面阻碍中国的新机，一方面增加人

生的苦痛，是很危险的事"[3]。问题在于，要走出过渡状况，就必须依靠一种强大的、集中的道德力量振拔社会，这种力量究竟从何而来，则言人人殊。孙中山曾这样解释他所理解的新道德："现在文明进化人类，觉悟起来，发生一种新道德。这种新道德就是有聪明能力的人，应该要替众人来服务。"[4] 这是将新道德化约为纯粹的利他主义，剥离其亲缘性与互惠性。熊十力则试图从旧道德中化约出新道德的根本精神："独立私营的家庭制度既废，人皆习于共同生活。新道德之养成，莫大乎扩充事亲之孝德，以敬爱天下之老。扩充爱子之慈德，以抚育天下之幼。"[5] 可以说，道德归约已经成为五四时期知识分子寻找"大经大法"的主要手段之一。[6]

结语

诚然，李涵秋小说中所呈现的思想并不深刻，其内在逻辑亦颇欠周密，宛

1 李涵秋：《战地莺花录》，南昌：百花洲文艺出版社，1993年，第648页。

2 《论中国社会之缺点》，《津报》1907年7月18日。

3 俞平伯：《我的道德谈》，载《俞平伯全集》第2卷，石家庄：花山文艺出版社，1997年，第478页。

4 孙中山：《在岭南大学黄花岗纪念会的演说》，载《孙中山全集》第10卷，北京：中华书局，1986年，第156页。

5 熊十力：《乾坤衍》，上海：上海书店出版社，2008年，第39页。

6 关于"大经大法"，王汎森在《从"新民"到"新人"——近代思想中的"自我"与"政治"》一文中这样写道："在传统礼法秩序不再具有规范力量的时代，'人'的大疑问使得'生活'究竟是什么这个最简单的问题，成了最大的苦恼，'人'成为等待某些新东西填充的容器。这种心理特质造成一种莫大的驱动力，使人们寻找新的'大经大法'。"王汎森：《思想是生活的一种方式——中国近代思想史的再思考》，台北：联经出版社，2017年，第84页。

如一件拣取百家布料做成的衣服，处处露出勉强缝合的痕迹。比如万文鹃并不能解释仅从俭德出发何以就可解决当下的道德真空问题，只是模糊地感到文明日进、人心浮躁、奢靡愈甚，整个社会在迅速地向下陷落，唯有回归朴素的伦理秩序，方能振作精神。林赛姑的自杀更是茫无因果，他本是衣食无忧的富家子，惯在脂粉堆中厮混，从不关心政治，何以在一次受伤之后就脱胎换骨判若两人？他此前既从未表现出对政治的兴趣，又有着易装狎昵女性的坏名声，其自杀何以能引起众人的感佩？这些问题都没有答案，林赛姑只是隐约地感到世人麻木，非以杀身成仁的壮举不足警醒之。从某种程度上说，这些思想已不来自理性，而来自感官，但是，这些貌似粗浅、缺乏逻辑的感官化思想却构成了"五四"思想世界的"情绪里层"。许多青年人在经历了动摇、幻灭之后，也会迅速地在虚无主义与道德严格主义之间转换，我们在茅盾的早期小说、巴金的爱情三部曲中，都可以看到这样的人物。对城市奢靡生活的反感，对俭德的崇尚，对朴素伦理秩序的向往，又暗暗通向反思都市文明的浪漫派潮流，我们在沈从文的大量作品中，也可看到这种思想的印痕。而现代知识分子对科学主义、实证主义的执念，又焉知没有道德归约的倾向在其中呢？这就是"五四"思想世界的潜流，它模糊、驳杂，却又无处不在，并常常在意想不到处影响着思想史的走向。

（特约编辑：程茜雯）

小说现场

张楚 《云落》
北京出版集团 北京十月出版社

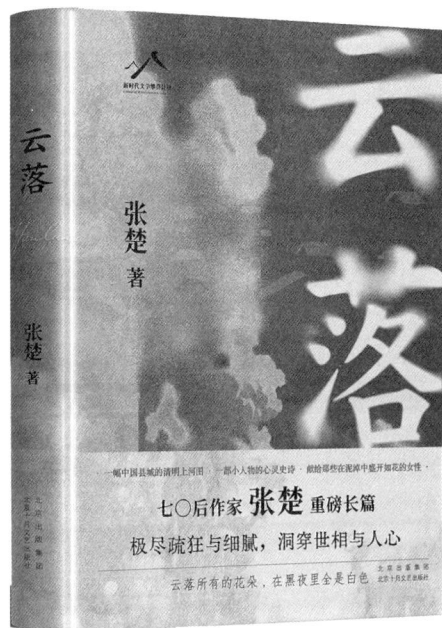

这部长篇小说，既是主人公万樱从改革开放初期的少女到新世纪的中年妇女的成长史、心灵史，也是一部中国县城的发展简史和变革史。人人都在时代的潮流里潜行，有的迷失自我，有的左右为难，有的笃定前行。人人都在寻找自己的幸福，人人又都害怕生活赐予自己的伤疤和疼痛。这部现实主义作品从一个细小的切口入手，层层剖析展现，刻画了诸多普通人的形象，再现了时代洪流中涌现的动人故事。

为云落人民立传

张莉 [*]

《云落》是"七〇后"作家张楚的第一部长篇小说，并不夸张地说，这是张楚创作道路上的里程碑式作品，是张楚美学风格的集大成之作。读《云落》，几乎每一位读者都能从行文中感受到张楚所交付的情感。这位作家以一种"一切景语皆情语"的方式表达着：我爱我的小城。我想说的是，张楚所写下的是云落的风流图卷。在他笔下，云落城里平凡普通之人变成了带星光的人，他使云落成为当代中国县城的缩影，构建了一座迷人的名为云落的"文学乡原"。

一

很多评论都在讨论《云落》所展现的时代生活，这固然是有说服力的，但在讨论一部作品内容的深刻性之前，或许首先应该认识到作品的写作技术。相较于同时代其他长篇，这部小说的写法明显是"笨"的，它使用了一种古典主义意义上的写实手法来勾勒一座县城的日常生活，这某种意义上是对县城生活的"正面强攻"。

在《有内心生活的人才完整》中，我曾将张楚比喻为我们时代手工业作坊里的师傅。因为他会不厌其烦地书写日常中的细部生活，直到它们闪现出我们平素不易察觉的亮度和异质。《云落》里依然有这样的特点。小说以一种立体的方式引领我们进入云落的世界。读者仿佛戴上了 VR 眼镜，慢慢熟悉这里的一切。在云落，有扎得皮肉酥痒的麦芒，有在耳畔嘤嘤飞舞的灰色细腰豆娘，也有漫天洒落的星斗……作者从植物、动物、食物、气味、颜色、氛围等枝枝节节入手，让真实的云落县城图景辽阔而敞亮地展开。我们慢慢认识这里的每个人，他们栩栩如生，亲切可感。为什么《云落》读来如此吸引人？为了逼近他想表现的真实，小说家使用了大量的"描写"，

* 张莉，女，北京师范大学文学院教授，博士生导师。主要研究方向：中国现当代文学与文化。

这是目下看起来有些笨拙的写实方法，但却使小说具有了一种迷人的及物性与在地感。

画下云落的风物、人情伦理，小说要构建万樱和众多人物所生长的空间，唯有如此，小说本身的光泽才会于细微处闪现，小说也会真的称得上有文学质感。当然，小城到底是小城，一不留神，小城生活就有可能被写得封闭，好在，《云落》的起笔便引入了外来者天青和"灵修团"，天青连接了云落县内外。天青和云泽互换的故事一直是小说的秘密，故事由此变得扑朔迷离——匠心独运的结构"打开"了云落县城。小城固然是小的，但读来有宽阔与宽广之感。天青为何要来云落，他与云泽之间的关系怎样，这似乎带有侦探小说的味道，这也使小说有了一种时代性，正是在这样层层深入和侦破的过程中，我们逐渐探究到了云落故事的深幽之处。

二

万樱是《云落》故事里的"基石"，也是情感枢纽。她鲜活生动又深具复杂性。在云落，万樱和三个男人有情感关系，即少年时代的同学罗小军，后来成为植物人的丈夫华万春，以及和她有着秘密身体关系的罗云泽。这样的关系设置很难不让人想到文学史上的著名长篇小说《芙蓉镇》，那也是一个女性和三个男人之间的故事。胡玉音是美丽的女人，她的美貌使她的日常生活危机四伏，三个男人都曾爱她并渴望保护她，而小说

的结尾，胡玉音苦尽甘来，最终等到了她的所爱之人。《芙蓉镇》讲述的是一个漂亮女人在特定时代背景下的坎坷情感历程，有着典型的"大女主"叙事特色。但万樱与胡玉音截然不同，她并不漂亮，但勤劳质朴，像火炉一样温暖身边人。少年时代，她受到继父性侵而不敢声张，对罗小军暗生情愫又甘愿受少年的追打、欺负。成年后她嫁给华万春，但他也不爱她，成为植物人之前就想和她离婚，苏醒后依然执意离婚。

放在当代文学史的视野里，张楚的《云落》与古华的《芙蓉镇》之间将构成长久的文学对话关系。它们同样聚焦于一位女性在时代变迁里的情感生活，却有着迥异的美学追求。但无论怎样都可以看到，万樱是胡玉音故事的反写。她的每一步都与胡玉音不同。这不是一个惹人怜爱的女性，却是云泽的情感依恋。万樱和云泽之间，是平凡之人的朴素爱情，虽然有着见不得人的一面却又自然而然地发生了。于是，万樱过上了白天与夜晚的双重生活。白天她是忙碌的按摩房里的女工，夜晚，她和云泽拥有自己的秘密。

万樱的情感际遇看起来百孔千疮，但她接受了自己身上所发生的一切。在这个女性身上，最迷人的东西是"不拧巴"。云泽在她的生活中意味着与身体有关的欢乐，而罗小军则是"念想"，那些地图和书信，支撑着她荒芜的生活。小说结尾处写了罗小军和她的相处，他们回到了他们的本来，是水落石出的关系。她并不是被动接受感情的客体，而

是感情的主体。

某种意义上，万樱是生活在前现代的人，并不讨喜。她隐忍沉默，身上有传统中国人的"仁义"，那是一个人的"德行"，虽然看起来过时却很珍贵。万樱的魅力似乎应该放在传统社会的情感逻辑构架里去理解。事实上，这部小说中，有许多与传统有关的情感，比如不是父子胜似父子、不是姐妹胜似姐妹的情感关系，以及万樱的不求回报的情感付出等。小说写下了云落人民的情感世界，其中相当一部分是传统的、仁义的、温厚的。

万樱身上混杂着传统与现代，过去与当下的价值观，而正是这种复杂性，使她有了我们时代女人的光彩。也许，万樱的际遇并不是世界的"实然"而是"应然"——有时，我们会觉得万樱不可思议，但小说最终使我们相信世界上的确有这样的人，应该有这样的情感。很多年过去，也许我们已经记不清《云落》的故事细节，但会记起万樱这个人和她身上的光泽。

要特别提到的是，《云落》书写了一群深具生命能量的女性，来素芸、蒋明芳、天青母亲，还有那位一到春天就发癫的罗小军母亲，她们都构成了张楚笔下独特的中年女性系列形象。小说使我们重新辨认那些其貌不扬的中年女性们，看到她们情感的风云翻转。他带领读者用一个日常、非戏剧的方式看待发生在她们身上的情感，那些爱情、错付，那些笨拙、无助和深情。这是能够和我们这个纷繁复杂的时代相匹配的情感故事。

三

每个县城都有它的传闻，它的秘史，它的流言蜚语。小说家如何选择这些故事，选择哪些故事，代表着他对文学的理解，也代表着他对生活的理解。仔细想来，《云落》里的很多故事都有传奇色彩，比如罗小军命运的起起落落，云泽与天青的身份互换，云泽与万樱之间的肉体关系等。但是，小说里，这些事件被小说家还原为日常事件。张楚是站在云落县城内部和云落人一起看世界的写作者。站在县城内部，他以他的情感逻辑讲述那些事何以发生，因何发生，那些人的命运何以如此，这是属于张楚的讲故事方法——要浮去那些被传奇化的部分而回归人本身的际遇，不将云落人视为传说对象，不将他们的故事当作茶余饭后的谈资。正是这样的理解和思考方式，使小说家紧紧贴住了他所书写的人和故事，由此，小说呈现了一种生活实感和文学质感。

怎样诚实地写下我们这个时代和其中发生的这些变化，怎样写出这些变化在每一个人内心引起的激荡？对传统小说笔法的借鉴使这部作品有了历历在目之感。所有的变化都是以不变作底的。于是，我们看到，云落有它许多年来的不变，但是，内里却潜藏有巨变。譬如罗小军的命运，眼看他起高楼，眼看他楼塌了；譬如云泽和天青的命运，有时是时代造成的，有时也是命运使然。时代的风浪正在刮过云落县城的每个人。

在《云落》，巨变附着在日常的肌

理上，附着在每个人的皮肤上、血液里，附着在人们的所见、所听、所感中。人们所闻到的气息，所体会的心悸，早已写着情感的沧海桑田。桃花杏花李花一年年盛开，但万樱、罗小军、来素芸、蒋明芳、云泽、天青……那些人早已不再是那些人——最迷人的巨变从不是忽然而至，而是以细微的方式抵达每个人的毛细血管。什么是《云落》的美学？精微的日常与精微的巨变以一种相辅相成的方式在这部小说里并行不悖，互相浸染。

为什么是县城，为什么是万樱

——关于《云落》的若干闲话

张楚[*]

为什么要写一部关于县城的小说呢？或者说，《云落》为什么要以县城为叙事背景呢？很多朋友们看完《云落》后，忍不住问我。

这是个很简单的问题，有时候却让我茫然无措，不知如何回答。

没错，县城是我最熟悉的地方。无论一名小说家是懒惰还是勤奋，当他想要跟生活对话时，首选肯定是他最熟悉的场域。这个场域于我而言，无疑就是县城。

县城是城市和乡村的结合体，也是工业文明和农耕文明的交叉地。它的变革历史，其实是整个时代发展的缩影。没错，县城从面相上看，越来越具有都市气象，实际上呢，人们的精神症候仍然没有得到实际性解决。虽然商业逻辑

制约着居民行为，各种时代潮流，譬如经商热、房地产热、钢铁热、集资热、民营企业崛起，都对应着时代发展的节点，人们的处事原则和惯性行为更是受到冲击和刷洗，可是，朴素的人际关系和传统的社会伦理仍然起着重要的弥合作用。这种人际关系和家族伦理随着两代独生子女越来越主动的话语权，呈现出一种必然的颓势。老一代人在怀念蓬勃明亮的理想主义年代，年轻人却天然地缺少一种野蛮的生命力。无论老幼无论场合，人人都在刷抖音、快手和小红书，优质信息和垃圾信息以同样的速度传播蔓延，颈椎病和干眼症成为最流行的病症。可以说，县城里的人和城市里的人一样，越来越"非我"，越来越主动或被动地沉浸于毫不相干的"他人"的碎片化表演生活中——尽管这种表演生活大多没有意义。还有就是，人越来越容易被信息茧房束缚桎梏。这种现象直接导致人们不自觉地忽视或排斥不同或相反的信息，从而形成可怕的思维定势和

* 张楚，男，作家，天津市作家协会副主席。有《樱桃记》《七根孔雀羽毛》《夜是怎样黑下来的》《野象小姐》《中年妇女恋爱史》《过香河》《多米诺男孩》等作品。曾获鲁迅文学奖、郁达夫小说奖、孙犁文学奖、林斤澜短篇小说奖等。

心理惯性，限制了批判性思维和多元化思考的能力。

时代特性在这座叫云落的县城有着这样或那样的投射，比如，万永胜的发家史紧跟时代的节拍，他从粮食局下岗后，跑运输，开医院，做房地产，每一步都是靠着双脚踏踏实实走出来的；罗小军的白手起家，反映了乡镇企业家的智慧和坚忍，而他后来涉及的非法"集资"事件，则映射出乡镇企业家的局限性和功利性；经营窗帘店的来素芸，是手工业者在改革潮流如鱼得水、自立自强的代表……我创作时没有刻意去想时代的问题。人都是社会属性的，随着小说里各色人物路径的行进，一些戏剧性事件自然而然地发生了，时代性也就自然而然地衍生出来了。

在乡镇城市化进程中，痛苦、探索和希望并存。在这种背景下，县城仍是一个典型的人情社会。面积小，人口少，人际关系网自然而然编织得繁密茂盛，仍保留着农耕文明时期家族谱系的一些特征。比如说，郑艳霞带万樱去看医生，首先想到的是她表兄在那里坐诊；蒋明芳出了事，万樱首先想到的是托人找关系，连最基层的"大老黑"也被她盘问一番；蒋明芳安然无恙后，想到的是把帮衬过她的亲朋好友聚集在一起，吃顿便饭以示谢意，这种饭局对县城的普通人来讲，是一种增进情意的纽带；要和万樱离婚的华万春成为植物人后，万樱并没有置之不理，而是细心呵护；常云泽结婚那天，蒋明芳、来素芸和万樱都去帮忙，不仅他们去了，连饭店的洗碗工小琴和郑艳霞也早早候着，接朋侍友、端盘洗碗，等到盛宴终结，还要捶着腰眼拾掇残羹冷炙……这种有血缘或脱离血缘的亲密关系在城市已经很难找寻，在县城里则依然纵横交错、热气腾腾，抚慰着人心，家庭与家庭之间还保持着最原始的关系，互助互爱，互帮互衬。我觉得，这种朴素的人际关系和民间伦理在当下尤为珍贵。

《云落》是部关于县城的世情小说，里面都是普通的小人物。小人物自有小人物的光泽。他们在这座叫云落的县城里呆坐、行走或狂奔，他们在这座叫云落的县城里走神、哭泣或欢笑。他们的故事无论是哀伤的，还是幸福的，毫无疑问，都是时代褶皱里最真实、最朴素、最原生态的人生风景。

那么，《云落》为什么要以一位生活在县城、长相普通的中年女性，万樱，为主人公呢？小说中为什么会有那么多男性喜欢、欣赏，甚至依恋她呢？很多朋友这样问我。

万樱的原型是我弟弟的一位同学。多年前第一次看到她，她便给我留下了极为深刻的印象，黑黑胖胖、个子矮矮的。这么说，丝毫没有贬损一个女孩的意思，我只是在客观描述。听说她从小生长于单亲家庭，在那个离婚率极低的年代，她的这种家庭背景成为孩子们欺负她的一个由头。听弟弟说，她喜欢央视少儿台的一位主持人，每个礼拜都会给人家写信，后来，主持人终于给她回了一封信，她欣喜若狂地拿着名人的回信给同学们看。同学们却一致认为那是不可能的事情，甚至有人说，这封信是她自己写给自己的。听说，她把那封信撕毁后，趴在课桌上嚎啕大哭了许久。

这个我没有目睹过的日常生活场景时常在我脑海中徘徊。我能想象出之后的场景：上课铃响了，她慌忙擦掉眼角的泪水，挺直腰板貌似认真地听老师教课，听着听着，她的眼泪又忍不住泉水一般涌了出来。一个孩子的自尊心被另外一群孩子在不知不觉中践踏蹂躏，这在儿时是多么普通常见的事情。之后的二十多年里，我没有见过她，只是偶尔听弟弟提及她的生活状况，比如她在哪里上班，嫁了什么样的男人，生了几个孩子，公婆关系如何紧张，诸如此类。在我的想象中，她还是从前的模样，眼神随着岁月的流逝被涂抹上一层蜡质，变得模糊含混。她的世界，是什么颜色的世界呢？

2008年左右，在邮局外面遇到她时，我一眼就认了出来。她穿着件军大衣站在尚未融化的积雪里打电话。她没有戴帽子，头发乱糟糟的，边对着手机咆哮边做着激烈的手势，似乎唯有如此才能缓解她内心的愤怒。我知道她嫁给了一个农民，看情形，生活得并不如意，从衣着看甚至有些困顿拮据。我远远地望着她，内心五味杂陈。这么多年来，我早已经不是那个纯粹的少年，我相信这个没有和我说过话的曾经的小女孩，肯定跟我一样，也时不时被生活鞭笞折磨，被时光这把杀猪刀任意割剐。在生活和时光面前，从来没有真正的胜利者。

从那之后，我再也没见过她。后来，我写过《樱桃记》。这是一篇短篇小说。主人公是个胖胖的小女孩，小名叫"樱桃"。只有我知道，那是以她为原型塑造的小镇女孩。在这篇小说中，她和一个叫罗小军的男孩，经历了相互追逐的过程，当罗小军的背影消失在街道拐角处，她的少女时代也结束了。再后来，我写过一部中篇小说《刹那记》，主人公仍是樱桃。这个时候的她，开始见证生活的灰颓龌龊，被人侮辱后也不敢告知任何人。母亲怀疑是继父做的坏事，当水落石出后，母亲才带着她去临县的医院做流产手术。在越来越颠簸的旅程中，一只瓢虫从她的手掌心飞了出去。

樱桃便以这样一种姿势停留在了少女时期。那么，二十多年过去，樱桃又过着怎样的日子？她是不是和我一样，被生活这条鞭子抽赶着，一刻也不敢停歇，马不停蹄地向前行走或奔跑？她是不是和我一样，有一个小家庭，虽然鸡毛蒜皮一地，却也和暖美满？无论如何，我首先要说服我自己：她一定活得很幸福。是的，"幸福"。幸福都是狭义的、辩证的、短暂的，甚至始终是和痛苦相伴相生的。幸福这个词语，尽管表面上看似亮丽光鲜，其实蒙着许多不易被察觉的灰尘。

之所以对她念念不忘，可能是因为在我心里，她就是那类弱小却不屈不折往前行走的一类人的代表。他们貌似软弱，却有着一颗强大的心脏。

在《云落》中，樱桃长大了。长大后没有人叫她的小名了。"万樱"是人们通常对她的称呼。在做人物小传时，我没有心疼她，给她安排了四份工作：清洁工、窗帘店临时工、保姆、业余按摩师。关于她的命运，我也是前后思量，给她安排了一个植物人丈夫，或许不落忍，又给她安排了一个情人。

当然，小时候的罗小军依然会出现，成年后的他们依然会相遇，只不过，我没有让他们像通常小说里安排的那样，陷入热恋或变成陌路人。我让他们保持了一种"友人之上恋人未满"的关系。这种关系处于情感的模糊状态，所以，在写作过程中，我也遇到了很多情感问题和技术性难题。虽然是难题，却是自找的，我只有硬着头皮小心谨慎地刻画、描写着他们之间的关系，并且为他们的这种关系感到欣慰。

在小说中，中年丧妻的罗小军在按摩店遇到万樱，他一眼就认出了她。他们像老朋友那样嘘寒问暖、小心翼翼地互相嘲讽。罗小军慢慢知晓了万樱的故事，为她的生活状况感到惊讶。他装作不经意的样子帮助她，甚至专门开了一家按摩诊所让她当法人。

这个小说细节在我看来很关键，它是小说情节发展的助推器。可是万樱一开始并没有接受。她的不接受并非源于强烈的自尊心，而是源于她对自我的认知：她没有这个能力，不能耽搁罗小军的买卖。两个人互相都有好感，可这种好感是有局限性的。在万樱这边，罗小军像是少年时代的一个梦境，代表了她对男性世界的初步认识。多年后相遇，她的情感有些波动，但她必须控制自己的波动，一方面她是已婚妇女，另外一

方面，她与比自己小七八岁的常云泽保持着一种让她羞愧的暧昧关系。从罗小军的角度看，他清晰地知晓万樱从小就喜欢他的事实。他们在最美好的年华完美错过，这并没有什么遗憾，中年之后再次重逢，万樱却以她独特的性格魅力隐隐召唤着他。每次遇到她，或想起她，他胸腔内便充盈着一种安全感，可疑的、莫名其妙的安全感。从未在其他女人身上体验过的安心喜悦流淌过他身体的每个神经末梢。作为云落鼎鼎有名的钻石王老五，他惶恐不安。他怎么可能对这个自己曾经鄙夷、欺辱的女人有想法？可是，他的确想靠近她，也的确在靠近她。他稀罕听她讲话的腔调，稀罕看她麋鹿般明净、温顺又倔强的眼睛。越是如此念想，越是不敢贸然接近。他听说过她家里的事，也有意或无意地在帮衬她，可她总是副不耐烦乃至嫌弃的神情。她愈如此，他对她愈敬重。她像只披着斗篷的刺猬，攥着生锈的剑在月光下行进，斗篷腌臜寒酸，布满了窟窿，可她仍以为自己是个骄傲的女王。在他心里，她比别的女人都美。

我不知道在现实生活中，这种两性关系是否存在，我只能让小说的细节说话，用细节使读者相信，即便是并不美丽的中年妇女，她温柔、良善、宽厚的心胸在某种程度上依然对男性更具有吸引力和杀伤力。小说最后，罗小军在锒铛入狱之前，替万樱摆平了一切棘手的问题。如何让他们短暂而体面地告别，的确让我费尽心思。后来，我想起了他们小时候的互相追逐，那么，就让罗小

军和万樱再来一次赛跑吧。如我们所能猜度到的一样，尽管万樱怀了身孕，她仍然把罗小军远远抛在身后。当望着人到中年的彼此时，他们蜻蜓点水般拥抱了一次。或许应该这么说，是我让罗小军拥抱了万樱。我没有写罗小军此时的内心感受，而是从万樱的视角来感受认识三十多年来这唯一的一次亲密接触：

她大笑了两声，才想继续前冲，却冷不丁被罗小军拽住。她转过身，瞪大眼睛望着他。罗小军犹豫了下，一把将她抱住。他的身体热乎乎的。他的脸热乎乎的。他的鼻息热乎乎的。他的手也热乎乎的。

她听到他说："你咋还……还蹿这么快？"

她没敢动，双臂缓缓背向身后。他的喘息声渐渐平息："你的事我摆平了。日后，再也没人敢打搅你了。"她"嗯"了声。他说："房子租了五年，你们安心住着。"她"嗯"了声。他说："你怀了身孕，可不能再这么疯跑。"她惊讶地看着他，看也看不清楚。他说："来素芸跟我讲的。没想到她挺讲义气，非要将那三百万退给我。我怎么能要呢，是吧？"万樱迷迷瞪瞪地点点头，又摇摇头。他说："麒麟是个好孩子，虽然跟你不熟，日后你蒸了饺子，也记得叫上他。他顶爱吃蒸饺。"万樱哽咽着说："好。"他将她缓缓推开，夜色让他的声音显得格外温柔："我有个纸箱，怕丢了，下午送你那儿去了。你先帮我存着，日后可记着还我。"万樱没听懂他

想说什么，就问："你个话痨，都咧咧了些啥啊？"他说："说了些最想说的，说了些早该说的。"[1]

他们平静地告别，都知晓所有的一切消逝在了风中。万樱和罗小军的世界，是完全不同的世界，可并非平行的世界，而是有交叉点的世界。这个交叉点很重要，它既是生活逻辑的产物，也是小说逻辑的产物。在万樱的心灵成长过程中，罗小军是个重要的符号。

有朋友说，《云落》这部小说是万樱的成长史，但并非心灵史。我觉得他们说得有道理。在这部小说中，万樱的性格发展其实类似于一条平缓的直线，从儿童时期到中年时期，没有过多的波折、渐进式的层次展现或突变式的戏剧性。我之所以这样安排，是因为在我的理解中，大地的成长也是缓慢的、肉眼所难窥探的。亿万年来，无论是无尽的冰原、随着四季无限变幻的平原、神秘的山峰、危机四伏的沼泽、舒缓的丘陵，还是内敛的盆地，土地都沉默不语地为万物提供着乳汁，同时也藏污纳垢，将那些黑暗龌龊、不足为外人道的隐秘事物埋藏于地表之下。在我的想象中，万樱这位女性便如大地一般存在，她的成长是缓慢的，或者说，她不需要戏剧性的成长经历。她天性如此，宽厚、宽容、仁爱，无论世界如何折磨她、伤害她，她都无所谓，在她看来，这些都是应该

1 张楚：《云落》，北京：北京十月文艺出版社，2024年，第492页。

发生的。一个一无所有的人，是最勇敢的人。

从 2018 年 6 月写下第一段文字，到 2023 年 11 月 23 日最后修改，万樱与我一起生活了将近五年半。如今她在自己的世界里生活，与我似乎没有太多交集与瓜葛。我再也不会因为她寝食难安，因为她无声哭泣。我不知道，是否还能在现实生活中遇到弟弟的那位女同学，可我知道，现实世界里的"万樱"的故事还在延续，命运还会牵引着她走向梦境结束的地方。

▶ 讨论实录

县城中国的"常"与"变"

——张楚长篇小说《云落》讨论课实录

主持人：张　莉（北京师范大学文学院教授、博士生导师）

　　　　杨　毅（天津大学冯骥才文学艺术研究院讲师）

对谈者：

　　　　程　帅（中国社会科学院文学研究所助理研究员）

　　　　马思钰（河北大学文学院讲师）

　　　　王　琪（青海师范大学文学院讲师）

　　　　张鹏禹（《人民日报·海外版》编辑）

　　　　陈　曦（天津市作家协会签约作家）

　　　　孙莳麦（清华大学人文学院博士生）

　　　　张明月（北京师范大学文学院博士生）

时　间：2024 年 3 月 10 日

地　点：北京师范大学文学院

县城社会与人物关系

杨毅： 我们这次讨论的是张楚的最新长篇小说《云落》。张楚从 2018 年开始，用 5 年的时间写了这部近 40 万字的长篇，其间经历了多次修改。熟悉张楚的读者应该知道，张楚此前主要以中短篇小说著称文坛，他的作品数量和"七〇后"同代作家相比也并不算多。《云落》是张楚的第一部长篇，用他自己的话来说，"在写了五十多个中短篇小说之后，我发觉自己变成了一个温吞的话痨，在小说本该结束的地方仍无止境地絮絮叨叨，时间久了难免自省。自省的结果就是：我可能到了写长篇的年岁"。就我自己的阅读感受来说，《云落》这部以云落为背景的小说，几乎全景式、多维度地展现了中国县城的社会生活和人物众生相，更多聚焦在云落县城里的人和事的层面上，提供了充分的细节，编织了细密扎实的网状结构，几乎事无巨细又从容不迫地描绘了生活在云落县和清水镇的人们在新世纪以来的日常生活。我们可以从很多角度来谈《云落》，比如县城书写、人物形象，以及叙事的线索和结构等。

马思钰：《云落》以冀东平原云落县城为中心，细致摹写其地理风貌、植被、动物、吃食、风俗、方言口语等，密密地建构起云落的风土人情，充满对人生命运的哲思和对人性的深度开掘。正如"云落"这个地名，它拟写了人来到世间的形态——就像云一样降落到人间，

是随机的、偶然的、命定的。人一生的命运变化折射出人生的虚无本质，但与张楚笔下的动物、植物相似，人又是顽强有生命力的。他试图在小人物的日常生活中阐释人生的意义。

万樱是小说中最重要的角色。在叙事层面，她把云落县城所有的人物和故事都串联了起来，而她身上诸层叠加的质素，托出诸多重要话题，作品丰富的可阐释域也多来源于此。万樱拥有中国传统女性所共有的优秀品质，她善良、勤劳，也热心、执着，同时还有叛逆、勇敢的一面，是一个富有生命力的女性。万樱这个人物引出了丰富的议题，比如当代女性情谊、夫妻关系形态、暗恋的出路等，在这些关系中，万樱的品质都是正向的，而在违背伦理道德的婚外情和暗流涌动的婆媳关系中，万樱的形象得以丰盈。

事实上，新文学中的婆媳关系书写有着清晰的线索，解决婆媳矛盾的方法主要有两种：一种是媳妇以私奔或离家出走的方式反抗，但出走之后的家庭生活并没有预想中的那么幸福；另一种是以触及灵魂的世界观改造的方式，去缓解婆媳矛盾，但"改造"的效果是生硬甚至夸张的。《云落》中的婆媳关系呈现出一种"中间态"——万樱和婆婆既没有剑拔弩张的正面冲突，更不惺惺相惜，较量最终和缓地落下，给双方以体面，将婆媳矛盾控制在"柔和"的状态下。

婆媳关系中的万樱，展现出狡黠、灵活、世故的一面，万樱形象的复杂性得到进一步展开。

程帅：张楚在两篇创作谈中都讲过这个问题。作者见过万樱少女时期的样子，又见过她嫁为人妇后的样子。我记得作者说她嫁为人妇之后，大概不是一个世俗意义上的体面的样子。但是，张楚在《云落》结尾处其实给了万樱的少女时代一个相对温暖、开放的句点。或许可以这样理解，张楚在万樱身上有一个根本性的思考：人的至善至纯会不会被这个世界改变？这种至善至纯在现实中有没有被护持的可能？万樱给出了这个问题的答案。我们可以说万樱是小说的主角，但实际上，我更看重万樱在小说内外都具有的功能。小说围绕万樱及其连带的社会关系勾勒"云落"，这使得小说结构本身也很适合表现县城那种密密麻麻、纵横交错的熟人社会的样态。张楚对现实世界充满了"更开阔深邃的审视"与关心，也是在这种多重复杂的社会关系中，他表露出了书写县城"心灵史"的志愿。

小说以万樱为中心，我们至少可以看到两组关系，一组是刚刚思钰讲到的她的家庭关系。《云落》中每个人的人生好像都是残缺的，每个人的生活都有破败的一面。万樱所处的现实生活同样有种种负累和不堪，但是，这种悲剧性始终没有演化为一种人间惨剧。甚至，万樱是他们这代人中唯一一个不需要打破自我恒常的生活，就能获得平静与幸福的人。《云落》着力构建的另一组关系，

是以万樱、来素芸、蒋明芳、罗小军为核心的同学关系。不同于传统社会中的邻里关系、乡亲关系、宗族关系，同学关系是具有现代意味的社会关系。通过这组关系，张楚将写作视野从个人命运延伸到了更加深广的社会问题，在历史的纵深度上开掘出思考与写作的空间：这种同学关系在面对生活的种种现实时，很容易带来县城社会个体间的参差感及其在人内心引发的心灵风暴。我们习惯以经济关系、社会地位、阶层的视角去衡量和解释这种参差感，而《云落》恰恰摆脱了这些固有的认识视角，选择在现实生活的逻辑上去描摹这些人的心理状态和精神世界，以此来构建县城社会人和人之间多元微妙的情感路径与关系。《云落》中还有一组关系是政商关系，这种关系在文中具有伤害性。万永胜和罗小军两代人经商的命运，也可以做很多分析，比如说为什么万永胜某种程度上能全身而退，罗小军就只能锒铛入狱？再比如他们和云落内外地方社会各种力量之间的关系也都非常有趣。但是这些讲述在《云落》中似乎是一个背景性的存在。张楚并没有做过多的展开，或者说，他是在严格的限度内去讲这些内容的。原因可能是多方面的。比如，通常说的"七〇后"作家不擅长宏大叙事，又或者说有其他潜在因素的左右，也可能任何文学创作都会有它的限度。我自己比较关心的问题就是，作家怎么在一个有限度的讲述内，讲出文学本身的温度和力量。

王琪：张楚为什么会以万樱这个极

其普通的女性作为核心人物呢？作家在万樱身上寄予了社会转型期平民生活中普通劳动妇女的理想人格，既有儒家传统文化的烙印，也有"五四"以来女性的独立与抗争精神。作为传统女性，她修己成贤，给人安全感。她在家里家外都是一把好手，任劳任怨照顾无情且成了植物人的丈夫近六年。她能给中年的罗小军安全感，也能给年轻的浪子常云泽归属感。作为小城芸芸众生中的一员，她热心慷慨，有极强的人格魅力。她每天要打几份工，虽然自己忙，但谁有事招呼她，她都会不计辛劳，呼之即来。万樱虽然平凡但也不凡，带给人善意与温暖。人们会不约而同地因为她的存在而感到幸福。和两个闺蜜相比，万樱不依附于男性，有其主体性和独立性。万樱幼年丧父，少年时期贫穷，被继父侵犯，年轻时候下岗，中年时夫妻感情不和，无情的丈夫在俩人离婚前一天因意外成了植物人，她却不离不弃。就算这样，作品中也鲜有流露这个人物悲叹的一面，她不断地前行，没有时间悲叹生活的苦难，这或许就是我们身边大多平凡人最真实的生活。她是云落或者我们当下芸芸众生中的一颗不那么耀眼的星星，但作家是给予这个小人物偏爱和善意的。

我认为万樱代表了作家笔下新时代普通女性的理想人格。她长相普通，靠自己的勤劳和力气来谋生。她待人真诚、与人为善、助人为乐、古道热肠、重义轻利，总是给人以温暖。她虽然没有娇美的容颜，却有着人们所期待的女性的淳朴善良和克勤克俭。她有着属于自己的爱情，来时坦然接受，走时毅然放手，这或许就是普通的小县城里普通的小人物的命运，他们以平常心和韧劲迎接生活中一切的风吹浪打，坚强生活，宁静且美好。

张鹏禹：首先是典型性与平均值的问题。《云落》在行动中表现观念、塑造典型，小说的主要人物都是注重现实生活具体问题的小人物，但和以往的平民文学、底层文学或者草根书写、素人写作不同。平民文学、底层文学追求宣扬或者贴近所谓下层社会，作家从预设的想象出发，迎合一种精英审美或者中产趣味；草根书写、素人写作以生活的粗粝感为噱头，实际上是市场行为，某种程度上又是文学界因破圈焦虑而急于寻找例证的产物。我想谈的是，张楚在写作过程当中，尽量做到了一种平衡，也就是不预设精英立场，同时也和素人写作等自发写作不同。他的目的是呈现一幅县城云落的风流图卷。他笔下的人物是"取平均值式"的。小说中很多人物的社会地位和阶级关系是流动的、有机的和变化的，实际上没有严格意义上的大富大贵式的人物，也极少有穷困潦倒、挣扎在生存线以下的破落户。大家都在这座县城里沉浮起落，没有本质上的差别，代表着绝大多数县城中人的生存境况。

第二个我想谈的是"泛家庭化"与"新世情小说"这个问题。《云落》不是严格意义上的家族小说，没有像《红楼梦》似的写一个大家族中复杂的亲属关系、姻亲关系，但又与家族小说有相似性，我称之为泛家庭化。比如说常云泽跟常献凯，不是亲生父子，而且常献凯亲生儿子的位置还让常云泽给篡夺了，这肯定就不能用严格意义上的家庭关系来界定。但是小说里有个细节，就是天青到驴肉馆去，和常献凯聊得特别来，还要给他画画，这其实是张楚埋的伏笔，后来伏笔就被揭开了。包括像常云泽和万樱这种关系，常云泽小时候跟万樱的关系就很好，连她身上的气味对他来说都记忆犹新，二人后来变成了不伦之恋的关系；罗小军和万樱的关系，他俩不是严格意义上的初恋，但也是青梅竹马；老太太和万樱的关系，有点像母女关系；还有来素芸、蒋明芳、万樱这些人之间的女性情谊，她们以姐妹相称，也类似亲人。这种泛家庭化的书写，揭示出县城社会是熟人社会、礼俗社会，是我们认识作品的一个视角。

孟繁华老师对"新世情小说"有一个界定："所谓新世情小说，就是超越了劝善惩恶、因果报应等陈陈相因的写作模式，而是在呈现摹写人情世态的同时，更将人物命运沉浮不定，融汇于时代的风云际会和社会变革之中。"[1]其实家庭化是"新世情小说"的一个比较重要的特点。张楚《云落》对中国式的人情冷暖有着精细的描述和刻画。人情是《云落》的一个核心，小说中很多地方都有体现，比如罗小军因为顾及万樱面

---

1 孟繁华：《重铸小说讲述者的"王国"——评毕飞宇的长篇小说〈欢迎来到人间〉》，《当代文坛》2024年第1期，第12页。

子，把万永胜欠蒋明芳的300万还上。小说里的几次饭局（天青刚来时的饭局，常云泽结婚的饭局，最后送蒋明芳去日本的饭局），都是在常献凯的驴肉馆进行的，如果联系起来看的话，能够看出这个热闹的人间如何由盛转衰，看见整个小说节奏及气氛的变化。所以说，人情的微妙其实是张楚刻意营造的。

陈曦： 如果把《云落》作为一个小镇的时代切面，那实在过于肤浅和草率。熟读张楚作品的读者都清楚，张楚作为"县城书写"的高手，对县城人事往来乃至草木鱼虫都有着近乎工笔细描的精恰把握，这当然在《云落》中仍旧有所体现，但是我们却在长篇里看到了一种"决绝的简省"。短篇小说是横截面的艺术，当然考验作家对于场面的精彩描写，而对于故事发生的"场"熟悉到什么程度，写到什么程度，则彰显着作家的匠心与对艺术的天然感知。而这种写作短篇的特长几乎成了所有精擅短篇的作家在写作长篇时的桎梏。好的长篇绝不是短篇的连缀与高潮的复合，如果聚焦点过于细微，内容就会变成拉拉杂杂的日常叙事与偶然发生的波澜瞬间，这是一种"隔"，阻碍整个小说的叙事与更宏阔的表达。我们没有在《云落》中读到一幅精彩的小镇图谱，更遑论小镇人或其指代的时代变更中的人所构成的所谓的精神面相。张楚在他最熟悉的领域，把最熟知和擅长的内容减省了。他以"归来者"天青为故事的切入口，以一场带有神秘色彩又关乎现实指涉的"灵修团"活动牵连起主人公，平平常常又

浩浩荡荡地写出了从万永胜到常云泽三代人的命运长歌。人在时代风云中的起落，带有宿命感的际会因缘，让小镇成为一种社会变迁中无差别的缩影，而非一种作为城乡接合部的特别存在。我们在小说里看到的不是某一列火车的停留，更不是某一个集团的进驻，而是几十上百亿的项目与整个地区在现代化进程中的地覆天翻。故事所展现的也绝不仅仅是一个特殊的侧面。《云落》以一种高清的视角扫描了整个时代难分主客观的跌宕变迁。

更为难得的是，张楚并没有写这种巨大变迁中的人的异化，也没有写人的坚守，他坦率而真挚地写人的风云与落寞背后的无奈与真诚。这是一种"去主题"化或言更贴近人本主义的书写，他在写一种更为素朴的也更贴近生命本质的内蕴——人在时代中别无选择时的自我凝视与太阳照常升起的无常之常。值得注意的是，《云落》写起高楼，也写楼塌了，但作者却以万樱这个笨重、固执，又深情大义的平凡女性为圆心，她是见证者，同时还是破局者，她的精神与情感世界，让小说于灰暗中透露出极其耀目的亮色。这是张楚"人间情"的力度。

叙事结构与艺术手法

孙莳麦：大家都注意到张楚对细节的敏感，也从内容层面展开了分析。我想从叙事的层面来谈。首先是小说的结构。《云落》有四十个章节，三条主线。第一条是天青与常云泽的身世之谜，第二条是万樱与常云泽、罗小军的感情线，第三条是罗小军与万永胜的事业线。三条线索交叉并行，中间又穿插其他人物，比如来素芸、常云霓等。我们如果看小说的目录就会发现，张楚主要是以人物为单位搭建小说结构的，每一章或每几章会有一个主要人物。人物相继出场，三条线索由此被切成小段相互交错，这就构成了小说的骨骼。其次是小说的血肉。一个显要特征是细节方面的铺陈，主要包括景色、物品，乃至对话事无巨细地展开。除此之外就是自由间接引语的使用。小说第二十三章，叙事者写天青面对常云泽时的心理活动：在"起初他只是充满了好奇和愤怒"之后，叙事者省略了"天青想"这样的提示词，直接站在天青的视角上，展开了大量的心理描写。这样的叙述方式在小说中比比皆是。如果再细看，就会发现，进入每个人物的章节时，叙事者都会自动站在人物的视角上展开对他们的关系和历史的讲述。

我想说的是，当叙事者使用自由间接引语时，读者会感到叙事者和人物的界限被模糊了，换言之，叙事者和人物的距离很近。大量自由间接引语的使用，连缀成整篇小说的全知视角。这种全知不是宏观架构的全知，而是深入细节的全知。这时的叙事者是有着"虫之眼"的人，他有一双游走在县城角角落落的眼睛，对每处风景、每个人物都充满眷恋，以至于不惜笔墨地书写种种细节。张楚所写的云落县城是城乡之间的过渡带，它一方面保留着一些传统要素，比如程帅分析的人情关系；另一方面，一些城市的要素也加入进来。这些共同构成了这个过渡带的混杂特征，而张楚的繁复修辞既出于他对细节的敏感，又是这种混杂特征的外在表现。

张明月：我主要从结构和意义两个角度理解这部小说，并且我认为这二者是互相绞合的。首先，小说的语言和结构的特点是"杂糅"，小说容纳了多种元素、故事、情节的变形，语言带有《水浒传》式的说书色彩，场景、故事和人物都弥漫着江湖气。其次是叙事的双重视角，一件事情到达节点后往往戛然而止，之后由另一个人物的视角接续。经由两方视角的补充、对照和互文，故事内部的复调结构使叙事逐渐完整，如电影画面的交叠缝合。在这样的设置下，小说人物都是被限制了视角的，作者呈现出"大他者"的俯视和掌控姿态。正因为作者与人物间的透视关系，万樱、常云泽、罗小军等人物的命运、结局才呈现为难以自控和难以逃脱的状态。

其次，小说充满了悖反式结构。其中最明显的是"春天"的悖反。故事的发生时间为春夏两季，且多集中于春天。小说多次强调"春天"这个时间段，但"春天"却是一个二律背反的概念，一反我

们有关春天作为能量向上时刻的惯有认知：它在带来光明的同时，其反面——晦暗和不光彩也在慢慢滋生。云落在万物生长的季节似乎遭遇了衰败和颓唐的艰难时刻：万樱、天青、罗小军、万永胜等人的走向都是向下的，他们经历了众多的波折与反转，云落的日常秩序和运转体系也逐步导向坍塌。表面满面红光的云落县城潜伏着无尽的欲望与秘密，所有的人物历经灵与肉的缠斗，踏足权力与欲望的沼泽，充满真实与虚伪、情感与欲望、新生与衰朽的悖反。在这种相互辩难的结构下，小说抵达的不是单向度的外在式的批判，而是导向自我的反身；并非精英主义式地外在于云落，而是将自己投身于县城和人物当中，进行深切观察、发现和共情。

在小说中，每个人物都是残缺的，他们经历着死亡、暴力、情感和家庭的破碎，都有自己的秘史和困境，也都极力掩盖或竭力挽救。但这些努力始终是被动的，事情的真相总是自然而然地浮出，走向清白，每个人的隐秘和谎言都被揭开和戳破。这个过程充满了巧合和反转，深层地搅动着云落的原始秩序，这是不以人的力量和意志为转移的，一切都在不可遏制地崩解，人物只能独自走在自戕的道路之上。更重要的是，在这之中，人物非常清楚自己的处境和罪过，充满了对自我的诘辩。也因此，这种反身更导向了他们在清醒与自觉中覆灭的悲剧色彩。

不过，在无常和无意义之间，正因为结构和人物的反身，作者的宽宥和温

情才显现出来。这种温情集中体现在万樱的身上。万樱几乎是坐标原点式的存在，是连接读者与云落的桥梁和中介。如果前面分析的是县城的"变"，那么万樱承担的则是县城的"常"，是万千变化中较恒定的存在。中年妇女万樱是地母式的人物，作为小说的亮色，彰显着生命力的旺盛和蓬勃，几乎所有和她相关的人物都从其身上得到情感和心灵的慰藉。

小说的最后，云落恢复平静，万物覆灭后，便是万物生。故事以万樱写给罗小军的一封信作为收束。从信中所示的时间看，春天又开始了。在万樱的叙述中，人物都有了新的结局。不过，作者仍将悖反进行到底："春天的鸟雀醒得可真早，东叫西叫，南叫北叫，叫着叫着，日头就出来了。日头出来了，她就睡着了。她睡着了，世界就安静了。"[1]——喧哗与肃静、白天与沉寂又构成了相反的对仗。不过，万樱的感慨所透露出的世界的肃静与止息的余味并不哀伤，万籁俱寂的时刻也是日出和新生的时刻，其中回荡着旷达、从容和悲凉后的暖意。

张鹏禹：从艺术手法上说，我觉得《云落》采用了"卷轴化"和"织锦法"结合的手法。小说分了四十个章节，每章讲完一件事之后又跳到另一条线索，刚才有老师说这里有三条主线，但是在叙事的时候，作者实际上用一种册页式的方式，让我们看画般阅读。这一页翻过去，

是另一个册页。除正文之外，小说还有一些仿宋字体的段落。作家在有些词句旁先打一个星号，然后像做注释一样在后边用仿宋字做一个补充，仿佛册页边角的眉批和旁批。"织锦法"指细节的丰盈。作家的叙述语言特别绵密。刚才大家也谈到，小说里不仅有植物，还有器物，以及人情世故和心理描写等，这种细密有时甚至影响了叙事的干净利落，使得小说有些地方比较臃肿。但绵密的叙述语言，我觉得也是一个优势。因为小说没有特别强烈的故事性和情节冲突，所以必须把密度提上去，否则小说的推进就要出问题。

杨毅：《云落》在叙事上借鉴了中国古典小说的技法。首先是富有暗示性的细节频出。比如天青的身世之谜，几乎贯穿了小说的始终。从天青来到云落的种种反常行为中就初见端倪，包括他和常云泽在饭桌上带有暗示性的对话。此时小说已经过半，读者已然知晓两人的关系。小说正是依靠大量暗示性的细节或者说伏笔，才使"真相"在抽丝剥茧的叙述中逐渐浮出水面的。类似的情况还有很多，再如老太太初见天青时格外关心，这暗示出她与天青祖辈的渊源颇深。这显然借鉴了古典小说"草蛇灰线"的笔法，即在交代事情的原委前做好充分的暗示和铺垫。

这种伏笔的运用不单体现了细节的缜密，也关联着小说在整体叙述过程中内在的结构设计。《云落》整体的叙事线索较为清晰，但铺陈的细节描摹相对繁复，通常是故事线交叉展开，各自有

---

1 张楚：《云落》，北京：北京十月文艺出版社，2024年，第495页。

条不紊地进行，自如地连缀起细节和情节点，类似毛宗岗说的"接榫"。比如上述的天青和常云泽的故事情节，就先被穿插在其他故事之中，以起到暗示性的作用，然后在层层渲染中揭露事件的前因后果。之后的叙述，依然会按照这个事件的结果顺次展开。而在盛大热烈的"欢宴"中，不合时宜地插入天青和常云泽富有暗示甚至挑战性的对话，则是古典小说常见的，在皆大欢喜的场面之中适时宕开一笔，构成某种巧妙的平衡和错位感，如《红楼梦》常常在极尽奢华的盛会宴饮之中，隐约透露出繁华落尽的哀伤和败落。

《云落》在叙事和人物塑造中经常反复提到某个情节或者意象，典型的是对万樱的塑造。小说中万樱的外表并不突出，但作者却反复提到万樱身上的那股"过期牛奶的味道"吸引着常云泽；反复描写万樱和常云泽在家中偷情的性爱场面；也反复回忆万樱和罗小军童年时代的故事。再有，戒指的意象反复出现，而且只有缠线才能戴牢，暗示着最初的感情无论如何难以抛弃；而海钓的情节除了如上所述直接发生在天青和常云泽这里，也出现在罗小军和好友刁一鹏处……这样的例子还有很多。这种"形象迻用"可能不是每次都有着明确指向的，却是作家有意为之的结果。某种程度上，张楚有意识地构造这些要素的相似性，使得《云落》拓展了故事的叙述方式，从不同层面丰富了事件的内涵，在刻画人物形象的同时，显示出人物内心及彼此间关系的复杂性。我不认为这

些细节过于冗余，因为这不仅构成了生活的毛细血管，还在叙事上起到了作用。《云落》读来带有中国古典小说的意味，也是值得重读的作品。

马思钰：《云落》的本土性毋庸置疑，但也有丰富的世界性元素。张楚将"世界"眼光与东方文化结合起来，剖析时代语境下的县城风土人情。《云落》中的人物既表现出对远方的普遍向往，又有对传统文化的自觉皈依，在这样的融合和碰撞中，作品就产生了一种奇异的气质。比如第一章天青一出场，作者特意写到他耳机里播放的是霍尔斯特（G. T. Holst）《行星组曲》（*The Planets*）里的《木星》（*Jupiter*）；看到云落里盛开的花朵，他立刻想到约翰·辛格·萨金特（John Singer Sargent）的《西班牙舞者》（*The Spanish Dancer*）。这样一个几乎饱受西方艺术熏陶的青年，随着"灵修团"到云落县城寻找"神鱼"，是带着西方审美眼光去贴近中国传统文化信仰的，这种奇妙的碰撞展现着天青性格内核的丰富性，但中与西的汇合不仅是个人的也是时代的。

罗小军也是如此。他读书时执迷于搜寻和收藏地图，《布宜诺斯艾利斯交通地图》和《巴黎地铁路线图》被他视若珍宝，潜藏着他对远方的向往。他在事业成功阶级跃升（之后）加入海钓队，这个小团体中成员的喜好也是中西结合的，比如，脖子上套着波罗的海的蜜蜡项链，手上戴着莫桑比克象牙手环的同时，手心里攥着极品麒麟纹官帽核桃，喝着勐海县普洱。他们的生活品味也不

完全是西化的。在吃过金枪鱼、三文鱼之后，罗小军最怀念的还是儿时吃过的萝卜馅儿包子。他是念旧的、淳朴的商人。如果说天青的世界眼光与他的受教育经历相关，罗小军生活中的世界标准与其资产水平有关，那么，从未走出过云落县城的万樱母亲的生活里的世界性元素，透露的应是作家对于县城中"世界"哲学的认识——"歌德歌德"作响的缝纫机声，在以万樱母亲为代表的普通人眼中只不过是谋生工具所发出的声音，并不具备生存意义之外的文化内涵。张楚对云落县城的人文风物熟稔于心，也看到在国际化语境下西方元素正不断涌入，云落的本土文化自然受到影响，但在他笔下，云落县城仍然保持着本真、向善、和谐的一面，这是作家对世界语境下小县城生态的一种判断。

温情时刻与理想人格

孙苻麦：细节对于小说的重要性不必多说，它让小说变得可信。一个看得到诸多细节的写作者是敏感的，这种敏感性会成为中短篇小说风格的立足点。但是支撑中短篇小说的敏感，是否仍然足够支撑长篇小说？我个人的看法是，《云落》叙事者构筑一个总体世界的意图，和他对于细节的敏感形成了一种割裂。叙事者距离人物很近，进而展开了大量的心理描写。在这样的全知视角中，人物自身的命运被叙事者覆盖了。这从根本来看是主观化和抒情化的。叙事者对现实世界的敏感和眷恋，让叙事在细节层面横向展开，限制了人物命运的纵向发展。这一方面导致小说在结构上很平，另一方面也让小说世界与我们生活世界的距离太近，让人感到这是对现实生活的描摹和投影。

程帅从家庭、同学和政商关系三方面分析了《云落》的细节，并提到这些细节必须在县城的熟人社会中才能成立。三种关系都属于生活逻辑的范围，但我想强调小说逻辑和生活逻辑的区别。小说中的那个世界，看起来和我们生活的世界相似，但事实上仅是生活世界的镜像。二者不是平行关系，而是对称关系。对于我们熟悉的生活，作家有没有能力将其"陌生化"，为细节赋予光彩，给予读者震惊的体验，这是每一个创作者都需要思考的问题。

我对生活逻辑和小说逻辑的区分和我对"生活"和"生存"的区分有关。生活是我们身处其间的各种事情，是所谓的"食色性"；而生存是一种处境，就是身处生活的诸多琐事中，人能不能对自己、对这个世界到底怎么回事有所觉知。一个作家一定会有自己对于世界的看法。说到细节的问题，小说一定需要细节，但细节的有效性通过什么来体现？一是它是不是准确，二是它对于呈现人的生存处境有没有用。

无论创造破碎的世界，还是整体的世界，只有在与之相匹配的形式被同时创造出来时，小说的客观性才能够达成。在这个层面上，好的作家应该同时拥有"虫之眼"和"鸟之眼"，要"入乎其内"又能"出乎其外"。"鸟之眼"是一双从生活世界中抽离出来的眼睛，需要叙事者的内省，即以第三者视角观察自身和人物的眼光。这种眼光能够穿透纷繁的现象，筛选出能呈现人的生存现实的重要细节，同时赋予小说结构、逻辑和眼界。它刚好显示了一个有关创作者的悖论：有时，写作者需要与自身和写作对象保持距离，才能看清楚它究竟是什么样子。《云落》是张楚的长篇小说处女作。在这部小说和他过往的创作中，我们看到了他的来处。我也期待他在未来的创作中，将熟悉的父老乡亲们带入一个新的小说世界。

杨毅：《云落》的人物活动分为两个区间：一是正在发生的时间，二是已经过去的时间。前者运用丰富的细节，编织起云落人日常生活的琐碎，极其饱满地呈现出云落县城日常的生态；后者则在回望中，呈现出某种含混和迷离——尽管也是真实发生的过去，却不似当下真切——它往往是对人物前史的交代（比如万樱和罗小军的过去、来素芸曾经的爱情婚姻故事）。在长时段的个人史中交代人物的来龙去脉，并且将其提升到精神层面，形成某种虚实结合的意味，这是独属于张楚式的温情时刻。虽然张楚在很大程度上，节制了早期过多的主观式的抒情话语，但对普通人的体恤和温情，则是张楚小说近来的转变，只是这种体恤和温情隐藏于叙事本身之中。

尽管小说以万樱写给罗小军的信作为结尾，但故事的结局，已然结束在两人最后的见面，也就是在这个时候"恍惚又回到二十多年前"——而这毋宁说是张楚留给万樱最后的仁慈。因为除了沉浸在这种浪漫想象的回忆之中，就再也没有任何现实的希望，支撑她未来的人生。《云落》不单描摹出县城女性的日常生存状态，更通过万樱呈现出她们的心灵史和情感史。也是在时间机制下，《云落》在描绘县城风俗画的基础上，为人物的刻画平添历史的纵深。这种纵深并非波澜壮阔的宏大历史，而是日常生活的个人史。这延续了张楚对个体命运的关注，特别是对于深陷生活泥淖的普通人而言的埋藏在内心深处的隐秘和善意。

孙莳麦：我感觉张楚在万樱身上寄托了很多自己对于美好人格的设想。但这个人物在现实中多大程度上可以成立，又在多大程度上能够展现出自己的力量，就是另一个问题。在小说叙事过程中，人物常常会脱离叙事者的控制，拥有自己的命运，比如托尔斯泰笔下的安娜。而《云落》中的万樱很多时候还居于叙事者的控制中。比如，万樱在去死的路上念头一转，这是因为老太太，这时的万樱是被动的；又如，罗小军和常云泽都会在一些特定时刻（自己的伴侣也在身边），想起万樱，而万樱又明明是被他们在情感上放弃的人。小说对此的解释，应当是万樱淳朴、善良、逆来顺受的地母般的人格，是他们想起她的根由。而在与这两人的关系中，万樱并未表现出任何主动性。我想，这确实只能说明万樱是一种理想化的想象。

张鹏禹：我也认为万樱是作家对理想人格的寄托。我觉得刚才大家讨论作品和生活的距离，包括这个作品算不算现实主义，以及说它本身存在的写作上的问题，涉及《云落》的接受问题，涉及我们能不能接受一个去中心化、去目的性的写法，排除历史演绎的冲动，接受不追求史诗性的写法的问题，其实还涉及张楚对历史的态度问题——他是要反映历史、解释历史，还是要创造历史，我觉得这可能是刚才大家讨论背后的一个问题。

我觉得虽然有时候张楚笔下的人物会脱离他的控制，但在作家心里，这些人物一定是有等级的，里面肯定有作家更偏爱的人。比如，常云泽很离奇地突然就死了，可能是为了其他人物有一个圆满的结局，所以这个人物的命运走向还是因为作家更偏爱的人物而改变了。

另外我还想提一个问题，大家都说万樱是主人公，很多评论都关注万樱。其实我觉得天青在小说里也很重要，因为他的故事在某种程度上让《云落》有了悬疑、类型小说的因素。这么一个人物，他为什么突然跑到这儿？其实是他自己被人家鸠占鹊巢了。他还找律师起草了起诉书要告常云泽。结果常云泽突然被人杀死，天青就陷入了道德困境，陷入了一种两难的境地。张楚在小说里写了这么一段话，他说就像要进攻的时候，结果发现敌人死了。所以我觉得从这个角度看，常云泽是必死的。他的死不光是一个性格导致的悲剧；从常云泽跟天青两人的关系讲，你要想让天青陷入这样一种两难困境，那就要把他的对立面给取消掉。所以从这个角度讲，常云泽也得被写死。

张明月：其实张楚的写作姿态是一种"大他者"的姿态，在俯视和掌控下，人物最后的命运都是在作者的笔下铺就的，所以小说才会呈现出这样的结局。至于最后为什么让常云泽意外死亡，作家可能是想让云落恢复到原来的状态。我觉得张楚可能在这里面寄托了他对云落县城的特殊情感，他不想让云落县城被完全改变，而如果常云泽不死，整个故事的走向可能会发生彻底翻转，所以只能以此为终结。在"常"与"变"之间，张楚倾向的其实还是"常"，而不是"变"。从这个角度说，万樱之所以是张楚倾注笔墨和心血最多的人物，恰恰是因为张楚在她身上寄托了对县城的深厚感情，她代表了云落的"常"。

程帅：我想讨论一下这部小说是不是描摹生活的问题。因为我看到很多评论，包括杨毅的文章也讲到《云落》有一种风俗画的风格，刚才张鹏禹也用了"卷轴化"的说法，或者说张楚运用了"织锦法"。在我看来，张楚可能不是一个"作画者"，而更像是一个进入现实图景的"读画者"。相较于绘画，文字本身是有其特殊质地的。《云落》不是一个在平面上展开的图景，而是一个由浅入深、由表及里地逐步交待县城生活风貌的过程。我认为整个云落图景的展开经历了这样一个过程：从最初的对地方风物的勾勒，到人物出场，再到最后一点一点拨开人和人之间那种隐而不显的情感流动和关系连带。所以小说开头有种作者一直在堆叠风物名词，似乎是在"应事作画"的感觉，但是随着整个小说氛围的渲染、画面的勾勒，读者会慢慢感受到整个"云落"的全貌。相较于画，文字写作是有其历时性特征的，这个特征使得文学作品对地方风物、地方世情的呈现更加立体。同时，它给了读者一个空间，就是说读者的阅读也是有层次的、历时的，这样就为读者去接触云落这个地方的风物、世情，留出了充分的时间和空间。从这点上来说，无论是从小说结构的安排还是从叙述顺序的选择来看，张楚的写作都是一种自觉的讲述。

我特别同意蔚麦所说的，张楚和他的写作对象之间是没有距离的，但在那种看似繁密的、事无巨细的描述中，他又有自己特别核心的追问。这个追问源自他对万樱这个人物一以贯之的观察与琢磨，也内在于他身居县城生活中的惶惑与徘徊。2014 年，张楚在谈及自己的县城生活时曾坦言，他一直想组织一个"读书会"，每个月"携妻带子"去郊外或茶馆读读书、谈谈生活和理想，以此追求精神世界的丰沛、充盈和神圣，但随即他又将此视为一种"妄想"，称这不过是他"妄图反抗县城粗俗生活和旺盛欲望"的"姿态"。张楚十年前似乎就已经感受到了县城生活中民众精神

世界和心灵世界被抽空的那种不适，所以他想要以读书会的方式去重新找到一个谈书、谈理想、谈生活的空间，我想这也在相当程度上构成了《云落》中描摹生活的潜在动机。不过，张楚与县城的关系也在慢慢发生变化。在小说的创作谈中，他最后讲"周庄梦蝶，万物非我，万物皆我"，似乎已经达成了自我与身处世界的和解。我觉得这个过程可被视为张楚个人的心灵史或精神史。同时，他也说自己创作长篇小说是想在一个更宽广和深邃的意义上去审视这个世界。在这种更宽广和深邃的意义上，《云落》尝试锚定县城生活中作者曾经特别渴求的丰沛、充盈和神圣。当然，我们不能说张楚完全完成了这种心灵史的写作，但是在我的阅读感受中，《云落》确实在触碰这个东西。张楚在多大程度上呈现出对民众心灵理解的丰富度暂且不论，但他至少在认识层面上，已经给出了这个层次，这当然与他长期生活在县城关系甚密。

说到《云落》呈现的县城本身的问题，无论在地理空间上，还是在现代化发展的不同历史阶段中，县城都处于乡土社会向都市生活转型的关节点上。在转型过程中，我们可以看到《云落》中的万樱、罗小军、万永胜等人物，一方面在付出努力，另一方面也付出了相应的代价。在这个过程中，我们的文学创作或者说具有现实主义色彩的（《云落》算现实主义吗？我其实有点犹豫）文学创作，要占据什么位置？担负什么责任？在整个转型的过程中，我们所要付出的不仅

仅是像万永胜的商业王国的败落、罗小军的锒铛入狱那样的代价，同时我们也要看到天青的年少离家、常献凯的老年丧子、万樱的忍辱负重、蒋明芳的远走异国，以及来素芸的真爱难寻等。从这个维度上，我们可以看到今天张楚在文学现场书写县城民众心灵史和精神史的意义。由此，沿着"小说描摹生活"这个问题，我想提一个问题，就是文学创作如何才能抓住生活和生命的本质，并且由此讲出我们这个时代的精神史和心灵史。在今天的写作中，这是件非常有挑战的事情。因为今天的网络信息很发达，我们有很多途径去了解、阅读生活的艰辛与生命的苦难。那么，文学创作要在哪些层面去发现、讨论和思考这些问题？如果说文学创作能够在书写心灵世界与精神世界上发挥作用的话，那么对人心、人性的洞察和深描，就特别要求作家能够深入到现实民众的生命状态、情感世界、精神世界中，讲出民众本身的复杂性——一种真的能对民众负责的复杂性。

（特约编辑：张静）

新著评介

书海摆渡人

——评邱华栋《现代小说佳作 100 部》

肖一之 *

内容提要：邱华栋的《现代小说佳作 100 部》站在世界文学的立场，怀着中国作家对小说技艺和未来的关注，评述了 100 部现代小说杰作。该书继承了前代批评家勾勒现代主义文学图景的努力，也从译文读者的角度提出了更为多元、流散的现代主义小说观。

关键词：现代主义　小说

Ferryman of the Sea of Books
——A Review of Qiu Huadong's *100 Masterpieces of Modern Novels*

Abstract: From the perspective of world literature, Qiu Huadong's *100 Masterpieces of Modern Novels* reviews 100 outstanding modern novels. It is also written out of a Chinese writer's concern for the craft and the future of the novel. This book continues the work of earlier critics in sketching the landscape of modernist literature, while also offering a more diverse and diasporic view of modernist novels as seen by a reader of the literature in translation.

Keywords: modernism; novel

* 肖一之，男，上海外国语大学英语学院讲师。主要研究方向：19 世纪和 20 世纪早期英国文学、比较文学、全球思想史、文学与科学。

一

1984 年，英国作家安东尼·伯吉斯（Anthony Burgess）出版了一本小书《99 本小说：1939 年来最好的英语小说》（*99 Novels: The Best in English since 1939*），同一家出版社埃利森与布斯比公司（Allison & Busby）在 1986 年又推出了英国评论家西里尔·康纳利（Cyril Connolly）的《1880—1950 年间来自英国、法国和美国的现代主义运动的 100 本杰作》（*100 Key books of the Modern Movement from England, France and America, 1880—1950*），而这两本书在 1988 年，由漓江出版社合二为一，以《现代主义代表作 100 种 / 现代小说佳作 99 种提要》为书名出版。同样是在 1980 年代，法国的《读书》（*Lire*）杂志为读者推荐了一套完整的理想藏书方案，方案分为 49 个阅读专题，每个专题又包含 49 本书，以此构建一个理想的家庭图书馆，而呈现这套方案的《理想藏书》（*La Bibliothèque idéale*）一书在 1996 年由余中先译为中文，进入中文读书世界。这三本来自 1980 年代的书海遨游指南最终在中国作家邱华栋的案头相会，为他勾勒出文学世界的路径，也启发他写出了自己的书海航行日志——《现代小说佳作 100 部》，为当下的读书人标注了泛舟书海的新航标。书海茫茫，任何能描绘可靠航迹的海图都是弥足珍贵的，正如邱华栋所言，"航标的出现对于行路之人是十分亲切的"，而他在这本书里试图重现的也是"当年 19 岁的我从书店

捧回一本《提要》的心情"。[1] 从伯吉斯的《99 本小说》到邱华栋的《现代小说佳作 100 部》，这些书同样也是文学之力在世间敲出的漫长的回响，它证明了伯吉斯在自己书中的开篇所言，"明显，小说是一种强有力的文学形式，它能够伸入现实世界并改变它"[2]。当一代代读者和作者将阅读与自己的人生经验相融，再一次次用书写记录、回应上一代人的文学体验时，文学之力就将弥荡开来，不停地生出新的涟漪。

正因为不同时代的阅读者占据不同的历史位置，也从不同的文化站位探索文学，所以每代人的文学航程都不尽相同。邱华栋与他的先行者所描绘的航迹就千差万别，但两代读者的区别体现的不光是个人阅读兴趣的变迁，也记录了 40 年间的世事变异，仅仅从对现代的定义便可窥见一斑。"何为现代主义"与"何为现代"从来都是个难题，无论是反叛的立场、极致的形式实验还是对内心的细密再现都无法概括现代主义的全貌。连文化史学家彼得·盖伊（Peter Gay）在他的《现代主义：异端的诱惑》（*Modernism: The Lure of Heresy*）一书中也只能承认，定义现代主义几乎是不可能的任务，"不是说有人尝试了定义现代主义但结果不尽如人意，而是大家觉得这件事情太难了于是根本就没有尝

---

1 邱华栋：《现代小说佳作 100 部》，南京：译林出版社，2024 年，第 658 页。

2 Anthony Burgess，*99 Novels：The Best in English since 1939*，London：Allison & Busby，1984，p. 11.

试过"[1]。尽管如此，任何一位试图编订选本的人还是不得不划定自己的工作定义，并据此框定自己要讨论的文本。在康纳利勾勒的现代主义运动简史中，现代主义运动还是有明确起止时间与有限地理疆域的艺术运动。从 19 世纪晚期开始一直到 20 世纪中叶，现代主义运动从大西洋的一侧到了另一侧，"法国人孕育了现代主义运动，然后它慢慢地越过英吉利海峡，然后再跨过爱尔兰海，直到美国人最后接管了它，把他们自己恶魔般的能量、极端主义和对巨大事物的偏好融入其中"[2]。而在邱华栋笔下，现代主义运动的时间线和疆域都被大大延展、扩张了，现代状态不再是欧洲或者美国这些先发地区的特权，而是持续在世界中流动并且保持了流动的状态：

从 1920 年代到 1940 年代，现代小说主要出现在欧洲，它们几乎奠定了如今我们所谈论的现代主义小说的基本范式。1940 年代到 1960 年代，现代小说的大潮转移到了北美和南美，出现了美国文学的多元生长和"拉丁美洲文学爆炸"现象。1970 年代到 1990 年代，出现了"无国界作家"和"离散作家"群现象，更多亚洲、非洲作家涌现。这一阶段，中国当代文学也带着独特的生命印记汇入世界文学大洋，世所瞩目。[3]

康纳利的欧洲中心主义视角和邱华栋的世界文学视角的区别，既是 40 年间世界文学批评离开欧洲，挖掘新经典，重构边缘和中心的大趋势的历史，也是英国作者和中国作者的不同文学体验的结果。对欧洲而言，现代主义是远去的经典时代，只能用怀旧的目光将它固定并怅惘它的逝去。而对中国和其他在传统历史叙事中被置于边缘的地区而言，重述自己的文学与现代的关系，将自己的文学传统与欧洲经典叙事置入同样的历史时刻，是还在发生的进行时，因而呈现出了更流动不居的状态。

还有一例可以说明邱华栋的世界文学立场与康纳利或者伯吉斯的英语文学本位视角之间的差异。在康纳利的叙述中，他将自己的选择限制在英法美三国文学之中，而将俄国文学与德国文学摒除在对现代文学的讨论之外，这一选择源自对译本的怀疑。因为他不通德语和俄语，所以"不能通过翻译就绝对准确地评价一本书，不论翻译得有多完美"[4]。而法语则不是问题，英国文化精英康纳利甚至可以笃定地说："我假定我们都能阅读法语原文。"[5] 在世界文学读者邱

1 Peter Gay, *Modernism*：*The Lure of Heresy*, New York：Norton, 2008, p. 2.

2 Cyril Connolly, *100 Key Books of the Modern Movement from England, France and America, 1880—1950*, London：Allison & Busby, 1986, p. 14.

3 邱华栋:《现代小说佳作100部》，南京：译林出版社，2024 年，第 657 页。

4 Cyril Connolly, *100 Key Books of the Modern Movement from England, France and America, 1880—1950*, London：Allison & Busby, 1986, p. 16.

5 Cyril Connolly, *100 Key Books of the Modern Movement from England, France and America, 1880—1950*, London：Allison & Busby, 1986, p. 17.

华栋的视角里，翻译是阅读"外国"文学的基本状态，凭借译本进入文学世界是常态而非例外，能否方便地获取译本反倒成了他裁切自己书单的准则之一。"写作这本书，还有一个基本的设定，就是每一本小说都要有简体中文译本，这样读者就能找到原著去阅读。"[1] 拥抱译本，接受翻译背后的文本流散，还是坚持原文的优越，维护某种基于国族语言的纯洁性，不同的选择当然会形成截然不同的文学视角。

二

邱华栋的世界文学立场也非常明显地体现在《现代小说佳作100部》的编排体例上。全书的100篇文章被分作三卷，大致"按照作家生活和写作题材的地理板块来划分。第一卷是欧洲作家的作品，第二卷是北美洲、南美洲和大洋洲作家的作品，第三卷是亚洲、非洲作家的作品"[2]。每篇文章都在三五千字之间，从作家的生平入手，进而勾勒作品的主要特征并以评论收束。如此写作自然很方便读者将全然陌生的作者放置于基本的作者群中认知，更重要的是，对作家和作品的介绍并非终点而只是手段，读者从《现代小说佳作100部》中应该获得的是继续前进的路线图和对某位或者某类作品的基本认知。正如邱华栋所言，他的书"是一扇门，打开门，我希望读者可以迈出更远的足迹进入小说那广袤的森林"[3]。

在这个意义上，《现代小说佳作100部》的确是一本合格的文学导览手册，但阅读导览手册的意趣往往在导览内容之外，个性化的书单更多揭示的是作者自身的文学趣味和他所依赖的判断标准，琢磨任何一本文学指南所呈现的最终形态的背后缘由，往往能让人更好地看清暗伏其中的历史文学脉络。邱华栋笔下的100篇文章纵然都是合格的阅读导览，但论其精彩程度，篇目之间还是各有起伏的，而这些起伏的峰谷之间的落差泄露的便是一位中国小说家对现代小说的个人偏好和他关于小说艺术的隐而未宣的思想资源。

在《现代小说佳作100部》关于现代欧洲小说的第一卷中，邱华栋从普鲁斯特（M. Proust）出发，讨论了乔伊斯（J. Joyce）、伍尔夫（V. Woolf）、卡夫卡（F. Kafka）和托马斯·曼（Thomas Mann）等但凡论及现代小说都无法绕过的作家，但他同时也将维托尔德·贡布罗维奇（Witold Gombrowicz）、赫尔曼·布洛赫（Hermann Broch）、罗伯特·穆齐尔（Robert Musil）等与他们并列，给了东欧作家更多的出场机会。实际上，在第一卷中，东欧和俄罗斯作家的数量远胜西欧作家，东重西轻的分配固然是对传统上以英美现代主义为中心的叙事的矫正，然而也让人好奇是什么样的思想资源让邱华栋对俄国和东欧作家更为偏好。

1 邱华栋：《现代小说佳作100部》，南京：译林出版社，2024年，第656页。

2 邱华栋：《现代小说佳作100部》，南京：译林出版社，2024年，第656页。

3 邱华栋：《现代小说佳作100部》，南京：译林出版社，2024年，第658页。

答案自然在书中。在贡布罗维奇的条目中，首先出场的作家却是米兰·昆德拉（Milan Kundera），邱华栋引用了昆德拉在《被背叛的遗嘱》（Les testaments trahis）中对欧洲各民族接力创新小说艺术的论述，并直接将自己对贡布罗维奇的关注归因于昆德拉。"他（昆德拉）把贡布罗维奇的贡献放到小说发展史的关键转折点上来强调，使我们将目光也投向了贡布罗维奇。"[1]昆德拉对卡夫卡、穆齐尔、贡布罗维奇和布洛赫这"中欧文学四杰"的论述贯穿了邱华栋对他们的介绍。和昆德拉一样，他把"精神性写作趋向"[2]视作理解他们的关键词。例如在讨论穆齐尔的《没有个性的人》（Der Mann Ohne Eigenschafte）时，邱华栋也引用了昆德拉来说明穆齐尔在小说史上的意义。"在米兰·昆德拉看来，《没有个性的人》的特性，就在于小说在向哲学接近，在精神的层面上展开平面扩大的叙事。它成为以情节和故事取胜的小说向内向式的精神性小说转折的基石，这是《没有个性的人》带给小说史的贡献。"[3]昆德拉实际上成了邱华栋理解欧洲小说的一条暗线，于是当他写到昆德拉之时，对昆德拉的热情赞颂也就显得理所应当了。"米兰·昆德拉在 20 世纪欧洲作家中十分特别和耀眼。他的小说的音乐性、中

欧特性和哲思的光芒使他有着极高的辨识度。他对'欧洲小说'概念的清理、发现和拓展，也使我们对欧洲小说看得更加清晰。"[4]实际上，除了他在后记中点明的三本文学阅读指南之外，邱华栋自然还有别的文学引路人，而米兰·昆德拉正是影响了他对欧洲小说理解的线索人物之一。

三

除了小说史上的线索人物，《现代小说佳作 100 部》还有另一条暗线，那就是一位小说家对小说技法和小说未来的关心。对坐而论道的学者而言，写作文学指南时大可以安于描述文学史的过去，不必急于预言文学的未来，毕竟文学研究者甚少直接介入文学生产的第一线，隔岸观火，自然少了烟火燎烧眉毛的急迫感。而对小说家而言，回望小说的过去暗指的还有小说的当下和未来，指向如何写好小说这一小说家每天都需要面对的生存拷问。

这一小说家的立场自然被邱华栋带进了他的文学指南中，于是我们可以看到技法卓越或者在小说史上走出一条新路径的作家往往更受他的青睐。俄罗斯作家巴别尔（I. Babel）的写作简洁洗练但富有冲击力，也着力于勾勒过去的细节，这让他不由得将巴别尔置于和普鲁斯特相较的高位。"在普鲁斯特的笔下，回忆那些过往的生活细节可以像连绵流

---

1 邱华栋：《现代小说佳作 100 部》，南京：译林出版社，2024 年，第 53 页。

2 邱华栋：《现代小说佳作 100 部》，南京：译林出版社，2024 年，第 139 页。

3 邱华栋：《现代小说佳作 100 部》，南京：译林出版社，2024 年，第 146 页。

4 邱华栋：《现代小说佳作 100 部》，南京：译林出版社，2024 年，第 149 页。

淌的河流那样无穷无尽，而在巴别尔的笔下则是短短的素描。两人都创造出独树一帜的风格。"[1] 而对法国新小说派小说家克洛德·西蒙（Claude Simon）的创造性写作的欣赏让他忍不住为西蒙一辩：

有人会说克洛德·西蒙将小说引入了某个死胡同，或者说，他给我们建造了一个小说的晦涩迷宫。其实，在靠近他的文学迷宫时，读者首先应该认真对待他那创造性的写作，而不是在晦涩难懂面前却步。当我们习惯了某种小说阅读的审美定势时，需要的是打破自己的审美习惯，看到创造性的作家为我们展开的别有洞天的文学世界。[2]

诸如卡尔维诺（I. Calvino）这样的作家也自然会让他倾心，在他看来，卡尔维诺"轻盈地飞到文学想象的天空中，用游戏和趣味带给我们想象的甜蜜。他把高深的知识和有趣的想象结合，丰富甚至改变了 20 世纪的文学版图"[3]。美国小说家保罗·奥斯特（Paul Auster）借类型小说之壳（如侦探小说）创造出一条新的小说写作路径，这也令他不由击节赞叹，他说奥斯特"位列美国一流作家的方阵，从一条狭窄的小道，找到了通向小说开阔地的道路，给未来的小说寻找

到了光明的前景"[4]。或者可以用邱华栋评价法国小说家路易－费迪南·塞利纳（Louis-Ferdinand Céline）的话来总结他对创新型小说家的偏好，因为这是关乎小说前路的大事："只有艺术上的反叛和革新，才能不断开辟新境地，看似穷途末路的小说才能不断打开新的空间。"[5]

某些时候，小说家对小说创作的关切会让邱华栋忍不住现身，从历史回到当下，借域外小说家之石来攻一攻中文小说写作之玉。在对穆齐尔小说的精神性维度表示倾慕之后，他忍不住批评了当下小说创作中精神性的缺失。"在 21 世纪的今天，很多作家还在写传统意义上的故事，讲述那些带有奇观性的传奇……故事的奇观性在媒体的版块上和自媒体上到处都是，现实生活中发生的各种千奇百怪的、离奇的、匪夷所思的事，早就超越了作家本人对奇观性故事的讲述能力，因此，把讲故事当作小说的唯一圭臬，是当代小说的一个误区。"[6] 而他在为罗贝托·波拉尼奥（Roberto Bolaño）的实验性小说所折服之时，也借《2666》的体量张扬了长篇小说之长的意义：

常常有人说，小说不要写那么厚，否则读者不会多，谁有闲心看那么长的东西呢？……长篇小说的光荣恰恰是其长

---

1 邱华栋：《现代小说佳作100部》，南京：译林出版社，2024 年，第 69 页。

2 邱华栋：《现代小说佳作100部》，南京：译林出版社，2024 年，第 100 页。

3 邱华栋：《现代小说佳作100部》，南京：译林出版社，2024 年，第 105 页。

4 邱华栋：《现代小说佳作100部》，南京：译林出版社，2024 年，第 285 页。

5 邱华栋：《现代小说佳作100部》，南京：译林出版社，2024 年，第 118 页。

6 邱华栋：《现代小说佳作100部》，南京：译林出版社，2024 年，第 146 页。

度、厚度和难度带来的。一部篇幅巨大的小说，因其体量巨大，就像是一幢高楼大厦那样，依旧会吸引很多人仰望的目光。而一部小说的长度、厚度和难度也表明了一个作家的创造力和驾驭能力。[1]

他对小说写作的剖析还会深入到技法的深处，在讨论美国作家雷蒙德·卡佛（Raymond Carver）之时，邱华栋甚至提供了模仿卡佛写作的训练方案：

他（卡佛）容易学习，但并不是你很容易就能学得好……因为雷蒙德·卡佛的小说表面上看似非常"简约"，可是实际上他又是非常复杂的。所以，学习雷蒙德·卡佛，可以先把小说写满，然后再做减法。这个时候不要以为你做完一次减法就和他一样了。你再加上去，再写满，然后，再做减法。来这么两三遍，你才可能真正达到简约。[2]

这或许就是小说家的小说读法，阅读同时也是对小说技法的砥砺。

关于 100 部小说的书看似只关乎阳春白雪，但它的背后也有书和现实的绞结。正如伍尔夫所言，"小说就像蜘蛛网，或许只有非常些微的联系，但它的确四角都是与生活相联系的"[3]。在写到加缪

时，邱华栋道出了《现代小说佳作 100 部》与现实的隐秘连接。"疫病是悬在人类头顶上的达摩克利斯剑，总是在人出其不意的时候掉落下来。"[4]而疫病也正是催生这本书的缘由之一。"2022 年，外部世界被战争和疫情所裹挟而纷扰不堪。在书房中，夜深人静，一眼望去，成千上万册图书簇拥着我，让我摆脱了某种忧虑。"[5]诞生在疫情中的文学之书自然是文学之力的明证，而《现代小说佳作 100 部》的诞生故事也自然让人想到了另一本诞生在疫情时期的文学之书，哈佛大学教授大卫·丹穆若什（David Damrosch）的《八十本书环游地球》（*Around the World in 80 Books*）。在前言里，丹穆若什精确地点明了文学在面对社会危机时的意义，危机中的阅读让我们有机会反省自己的生活，"既是为了纯粹的乐趣，也是为了思考我们周围的社会和政治斗争，同时借助文学想象的时间与地点，在世界乱流之中寻找航向"[6]。这句话同样也可以囊括邱华栋的《现代小说佳作 100 部》的意义。把这两本书放在一起，我们可以感觉到文学之力的新的一轮激荡，展望在文学之海中缓缓延伸的新航道。

（特约编辑：张执遥）

---

1 邱华栋：《现代小说佳作 100 部》，南京：译林出版社，2024 年，第 421 页。

2 邱华栋：《现代小说佳作 100 部》，南京：译林出版社，2024 年，第 333 页。

3 Virginia Woolf, *A Room of One's Own and Three Guineas*, Oxford：Oxford University Press, 1998, p. 53.

4 邱华栋：《现代小说佳作 100 部》，南京：译林出版社，2024 年，第 125 页。

5 邱华栋：《现代小说佳作 100 部》，南京：译林出版社，2024 年，第 655 页。

6 大卫·丹穆若什：《八十本书环游地球》，宋明炜等译，上海：上海译文出版社，2024 年，第 7 页。

"往后退上几步"

——读吴晓东《从卡夫卡到昆德拉：20 世纪的小说和小说家》

王都 *

内容提要：吴晓东《从卡夫卡到昆德拉：20 世纪的小说和小说家》于 2024 年 5 月第三次重版。此书对现代主义、小说诗学与文学性的思考，很大程度上代表了吴晓东的学术形象，这既与其文学和理论偏好相关，又深受 1980 年代以来的中国现代文学研究范式转型的影响。"往后退上几步"，对此书的文学观和方法论进行某种程度的知识考古，或许能帮助我们进一步理解其产生的历史语境以及研究者的学术抱负。

关键词：现代主义　小说诗学　距离

"Step Back a Few Steps"
——Reading Wu Xiaodong's *From Kafka to Kundera: Novels and Novelists of the 20th Century*

Abstract: Wu Xiaodong's renowned work on 20th-century western modernist fiction, *From Kafka to Kundera: Novels and Novelists of the 20th Century*, was reissued for the third time in May 2024. The profound reflections of this seminal work on modernism, novelistic poetics, and literariness have exerted a considerable influence in shaping Wu's academic image. This is not only related to his literary and theoretical preference but also profoundly impacted by the paradigm shift in modern Chinese literature studies since the 1980s. "Step back a few steps" and conducting a certain extent of intellectual archaeology on the literary view and methodology of this book might assist us in further comprehending its historical context as well as the researcher's academic aspirations.

Keywords: modernism; novelistic poetics; distance

* 王都，男，北京大学中文系中国现当代文学专业博士生。

2023 年 7 月 11 日，米兰·昆德拉（Milan Kundera）去世。2024 年 1 月，《当代文坛》刊出吴晓东《无法终结的 20 世纪——重估米兰·昆德拉的历史遗产》一文，作者坦言昆德拉的离去给他带来"格外的感伤"。对昆德拉的阅读和思索不仅构成了他们这一代人的青春记忆，还形塑了他们的"生命、思想和情感历程"。[1] 四个月后，吴著《从卡夫卡到昆德拉：20 世纪的小说和小说家》（下文简称《从卡夫卡到昆德拉》）第三次重版。全书讨论了九篇既"最能反映 20 世纪人类的困扰与绝望、焦虑与梦想"，又"在形式上最具创新性和实验性"的具有现代主义倾向的小说。[2] 此书是许多中国读者认识这一流派的启蒙读物，更已成为国内解读西方现代主义小说的经典，对一些年轻学生而言，阅读此书也构成了他们的青春记忆。《从卡夫卡到昆德拉》对现代主义、小说诗学与文学性的思考，很大程度上代表了作为文学研究者的吴晓东的学术形象，这既与吴晓东的文学和理论偏好相关，又深受 1980 年代以来的中国现代文学研究范式转型的影响。因而，"往后退上几步"，对此书进行知识考古，或许能帮助我们进一步理解吴晓东的历史关怀，以及该书的历史语境。

一、"现代主义"的反动

与前两版仅仅出现了卡夫卡和昆德拉名字的封面不同，第三版的封面从上到下依次排列了九位小说家的外文名，这进一步暗示了他们之间共享的身份范畴，即"现代主义"。而吴晓东之所以会关注现代主义小说，一方面是因为阅读现代主义小说是他这一代人的共同经验，另一方面，在他看来"正是日渐复杂的现代小说才真正传达了 20 世纪的困境，传达了这个世纪人类经验的内在与外在图景"[3]。在绪论部分，通过阐述 20 世纪现代主义小说观念的革新与反动，吴晓东进一步强调了现代主义小说复杂的形式特征与 20 世纪无序、荒诞的生活经验之间的同构性。换言之，现代主义小说正是吴晓东眼中的 20 世纪的精神形式。

如果说，对现代主义小说的关注很大程度上基于吴晓东对 20 世纪的历史结构与人类生存处境的理解，那么在知识考古的意义上，发表于《读书》1986 年第 8 期的文章《"现代主义"的反动》或许可被视为这一思索进程的原点。按照作者自己的说法："《"现代主义"的反动》……是站在现代主义文学的立场，来反思所谓的后现代主义的种种问题。"[4] 在这篇文章中，作者借用杰姆逊（F. Jameson）等人的观点，分析了后现代主义在哲学和美学层面的特征。相对于"在

---

1 吴晓东：《无法终结的 20 世纪——重估米兰·昆德拉的历史遗产》，《当代文坛》2024 年第 1 期，第 5 页。

2 吴晓东：《从卡夫卡到昆德拉：20 世纪的小说和小说家》，北京：生活·读书·新知三联书店，2024 年，第 6 页。

3 吴晓东：《从卡夫卡到昆德拉：20 世纪的小说和小说家》，北京：生活·读书·新知三联书店，2024 年，第 5 页。

4 唐伟：《文学批评的可能性——吴晓东访谈录》，《创作与评论》2017 年第 6 期，第 22 页。

怀疑、探索客观世界的同时，也有史以来最深入地探究了主体世界，表现出了强烈的主体意识以及主体对客观世界的渗透与介入"的现代主义来说，吴晓东认为后现代主义的理论和创作放弃了"深度"，而转向一种文本中心主义的纯粹形式游戏，同时由于"商品化的渗透……造成艺术'自在性'的某种丧失，其结果，自然是审美过程中距离感的消失"。[1] 因此，后现代艺术成了商品，既无法表现主体的深度，也丢失了进行审美的条件。"主体""艺术自在性""审美""距离"等，这一系列关键词构成了吴晓东在这篇文章中思考现代主义和后现代主义之间区别的观念脚手架，同样从中我们也能够窥见随后以审美、文学性和距离感为核心的"吴晓东诗学"的隐秘起源。

如果说在《"现代主义"的反动》中，吴晓东通过对后现代主义的批判初步明确了自己的现代主义观，那么在《从卡夫卡到昆德拉》中，对现代主义的体贴和阐释进一步发展为在主体意识状态和社会历史语境的内外之间讨论文学形式的"际间性"与"可能性"的方法论自觉。一方面，吴晓东认为20世纪的现代小说"越来越成为小说家个人精神的漫游与形式的历险"[2]，另一方面他也特别重视小说创作与历史语境和生活世界之间的关联。对吴晓东来说，文学、主体与历史形成的是"结构性的互动关系"，历史现实通过文学形式的折射存在于作品之中，而作品中的主体意识则是"被审美化和形式化了的存在物"[3]。因而，理想的小说研究"必须以文本为中介，才能够把理论和历史勾连在一起，建立一个所谓的'文本 – 理论 – 历史'三位一体的范式和框架"。[4] 在论及昆德拉的"小说的可能性限度"时，吴晓东便认为不能仅仅强调小说形式的创新，而忽略现实语境，因为"形式必须与它发现的世界在一起才不是苍白贫血的"。[5]

《从卡夫卡到昆德拉》对西方现代主义的关注，对"文本 – 理论 – 历史""微观诗学"研究范式的强调，实际上不仅与吴晓东个人的文学偏好相关，还内在于1980年代以来发生的社会转型和中国现代文学研究范式的转移之中，更与其导师孙玉石有着深刻关联。

二、小说的"微观诗学"

在一次对话中，吴晓东曾提及1980年代对其形成文学感受的重要性。在他看来，1980年代既是一个"人文主义的时代"，同时也是"文学的时代"，文学依然保留了能够对社会产生影响的"轰

1 吴晓东：《"现代主义"的反动》，《读书》1986年第8期，第159页。

2 吴晓东：《从卡夫卡到昆德拉：20世纪的小说和小说家》，北京：生活·读书·新知三联书店，2024年，第8页。

3 吴晓东、罗雅琳：《通向一种具有开放性的"文学性"——吴晓东教授访谈录》，《当代文坛》2021年第3期，第27页。

4 吴晓东、李国华、刘东：《文学、1980年代与重建感性学——吴晓东教授专访》，《中国当代文学研究》2021年第6期，第198页。

5 吴晓东：《从卡夫卡到昆德拉：20世纪的小说和小说家》，北京：生活·读书·新知三联书店，2024年，第373页。

动效应"，与此同时，原本在 1950 年代到 1960 年代被认为是"颓废、没落甚至反动的同义词"的现代主义文学，在 1980 年代摇身一变成为最时兴的阅读对象："在 80 年代，尤其表现了对 20 世纪西方文学的极大兴趣。包容广泛的所谓'现代派'文学，更成了作家、读者、刊物、出版商关注的热点。"[1] 除了"现代派"的重新登场，各种西方理论的大量引介也刺激和改变了文学研究者的语言表达与思维方式。

《从卡夫卡到昆德拉》自觉采用的方法论"小说诗学"便带有形式主义、结构主义和文化诗学等理论学说的痕迹。对《城堡》（*Das Schloss*）的复调特征、《白象似的群山》（*Hills like White Elephants*）的"冰山文体"、《交叉小径的花园》（*El jardín de senderos que se bifurcan*）的"迷宫叙事"等的分析，意味着相较于"反映论"，吴晓东更强调"一切是怎样落实和具体反映在小说形式层面以及微观诗学层面的"[2]。换言之，如果承认具体的社会历史现实以某种形式存在于文本之中，那我们同样应当认识到这一过程并非透明的，所谓的"现实"是经由某种特殊的形式棱镜折射之后才沉淀在文本之中的，因而构成文学自律性的便是这样一种创造性的"编织"行为，小说由此可被理解为"以叙事的方式对小说外的片段化、零散化、复杂化的经验世界的缝合"——将文本理解为编织物，强调深入文本肌理，"揭示小说结构和小说形式的内在矛盾"。[3] 这一研究思路明显受到了罗兰·巴特（Roland Barthes）文本理论的影响。

与此同时，深受 1980 年代知识氛围影响，强调微观诗学的《从卡夫卡到昆德拉》也与整个中国现代文学研究的范式转型有着内在关联。从诗学、审美和形式的微观分析出发，重视西方文学和思想资源，力求联通文本的内外，可以说是吴晓东学术理路的核心。这样一种重视文学性和审美性，强调微观与宏观分析结合的研究思路，内在于 1980 年代中国现代文学学科尝试使自身"从从属于整个意识形态系统的关系中摆脱出来，成为一门独立的、审美的文学史学科"[4] 的范式转型之中。1985 年 5 月 6 日在北京召开的第一届中国现代文学研究创新座谈会强调，需要"重视中国现代文学发展与世界文学发展的同步性"；1988 年，第二届中国现代文学研究创新座谈会为改变"大而空"的研究倾向，提倡加强文本精读和微观宏观的综合研究。从中我们不难窥见这一系列学术动向与《从卡夫卡到昆德拉》之间的关联。但或许更为直接地影响吴晓东学术理路的是孙玉石的相关研究。简言之，孙玉石

1 洪子诚：《中国文学 1949—1989》，北京：北京出版社，2020 年，第 130—131 页。

2 吴晓东：《从卡夫卡到昆德拉：20 世纪的小说和小说家》，北京：生活·读书·新知三联书店，2024 年，第 10 页。

3 吴晓东：《从卡夫卡到昆德拉：20 世纪的小说和小说家》，北京：生活·读书·新知三联书店，2024 年，第 10—12 页。

4 陈思和：《告别橙色梦》，广州：广东人民出版社，2018 年，第 346 页。

从 1980 年代开始的"重建现代解诗学"，对中国现代主义诗潮的关注，对东西方诗艺融合的追求，以及对"文化－历史－审美"研究范式的强调，都在某种程度上影响了吴晓东的文学观念和研究方法的形成。虽然和孙玉石着意将中国现代主义诗潮从逆流变为主流的学术主张不同，《从卡夫卡到昆德拉》并未明确将为现代主义文学"翻案"作为目的，但恢复现代主义文学本身的面目并且重估其价值，依然是这部著作的潜台词。

从 1997 年秋天开设"20 世纪外国现代主义小说选讲"课程到 2003 年书稿出版，《从卡夫卡到昆德拉》的诞生跨越了五个年头，这样一段时间的间隔从某种角度来说也提示了理解吴晓东诗学和学术的法门，即"距离"。

三、"尺八的距离"

在《从卡夫卡到昆德拉》第九讲中，吴晓东认为"试图把历史事件的报道、哲学论文、神学思考和小说文体结合起来"的《生命中不能承受之轻》，"标志着这类复调式的文体杂糅小说的一个极限，再往前走几步，就会越过'小说性'这一界限而真正成了哲学沉思或者别的什么"——文体的杂糅，一方面意味着小说作者试图通过形式实验，以求小说文体的新的表意可能，但另一方面，文体杂糅也有一个限度，形式的创新不能取代"使小说成为小说的东西"，因而，吴晓东认为"从小说艺术的完美性的角度考虑"，《生命中不能承受之轻》

并不如《为了告别的聚会》，"如果昆德拉往后退上几步他就会写出更好的小说"。[1] 虽然在书中，吴晓东并未专门解释"小说性"这一概念的具体意涵，但依照这一范畴判断小说创作的审美和艺术维度，同样是《从卡夫卡到昆德拉》的追求。在如今许多看似成熟精致的学术研究中，研究者往往出于对作品的超保护阅读态度，仅仅止于解释或阐释文本的文学特征、意识形态和历史意涵，而常常轻易地放弃了对作品进行审美判断。对"小说性"及其界限意义的强调，在这个意义上便不只是某种"纯文学"式的浪漫想象，更关涉建立一种兼具感受力、阐释力和判断力的文学研究伦理。因此，"往后退上几步"，既是对文学创作的艺术要求，也是对更客观、兼容、综合的研究形态的倡导。

在论及自己进行的当代文学批评时，吴晓东便强调"有距离"的批评对维持批评生命力和学理性有重要意义。[2] "拉开一定距离的批评"意味着研究者作为具体的人需要有意识地在自己与某些现实的人事关系之间构建弹性空间，使用相对客观的学术场域中的概念工具来有"分寸感"地分析研究对象，与此同时保持某种文学感受能力。"距离"并不必然意味着研究者要成为一个完全的理性读者，恰恰应当在认识到"距离"对

1 吴晓东：《从卡夫卡到昆德拉：20 世纪的小说和小说家》，北京：生活·读书·新知三联书店，2024 年，第 368—369 页。
2 唐伟：《文学批评的可能性——吴晓东访谈录》，《创作与评论》2017 年第 6 期，第 26 页。

建立学理认识的重要性后，依旧保持作为文学阅读者的对人的生命体验和生存处境的感受能力。

不过，毛尖意识到了吴晓东研究姿态中"往后退上几步"的距离感和兼容性之间微妙的张力。在她看来，"吴晓东的诗学发生，也有'阳台'特征，兼顾了文学性的内在理路和意识形态、文化政治的外向链接"[1]，然而这一表面上看来颇具兼容性的研究形态，实际上内在地持存着如高悬的阳台一般的"微妙的尺八距离"。如其所言，一方面，吴晓东是"谦谦公子，温润如玉，行走江湖，装饰了很多人的梦，却和谁都保持了'尺八'的距离"，另一方面，在其"重建兼容的审美"的学术追求之中，始终存在某种坚执的内核。所谓"尺八的距离"，或许指涉的就是对"文本的中介性和文本的细致解读的重要性"的不断强调，因为在吴晓东看来，"只有把文本真正打开，才能够为理论和历史安置它们的'肉身'"[2]。

对"距离"的坚持是"吴晓东的诗学核心"，同时在其背后隐伏的对"文学性"的坚守也意味着在这样一个文学性丧失现实基础的时代，这一研究理路势必会遭遇难以克服的困顿。倪文尖对此或有深切体会："毛尖说过，文学性就是吴晓东，吴晓东就是文学性。……诚哉斯言，我只补充一句：说不尽的文学性，仍将是晓东的'阳光与苦难'。"[3] 也正是在这个意义上，《从卡夫卡到昆德拉》树立起了一座现代主义的纪念碑。

（特约编辑：张执遥）

1 毛尖：《春雨楼头尺八箫：论吴晓东诗学》，《文艺争鸣》2023 年第 6 期，第 170 页。

2 吴晓东、李国华、刘东：《文学、1980 年代与重建感性学——吴晓东教授专访》，《中国当代文学研究》2021 年第 6 期，第 203 页。

3 倪文尖：《吴晓东与文学性——〈文本的内外〉的外和内》，《中国当代文学研究》2023 年第 2 期，第 86 页。

从"继承改良"到"超越雅俗"

——评张蕾《传统的踪迹：古典章回小说的现代承继》

黄诚 *

内容提要：厘清现代通俗小说与传统之间的承继关系，不仅事关通俗文学的价值定位，还是建构超越雅俗、多元共生的现代文学史的重要一环。在《传统的踪迹：古典章回小说的现代承继》中，张蕾具体而微地探讨现代通俗小说对《红楼梦》《水浒传》等古典小说伟大传统的创造性继承与发展，填补了现代通俗小说与古代小说之间承继关系的研究空白；在此基础上，她发扬师承学脉，以超越雅俗的宏大视野，将"传统"作为切入点，为建构多元共生的现代文学史做出可贵探索。从考察现代通俗小说的传统踪迹，到探索雅俗比翼齐飞的现代文学史书写路径，《传统的踪迹：古典章回小说的现代承继》开拓了通俗文学研究新境界，是近年来现代文学史研究的重要收获。

关键词：继承改良　超越雅俗　填补空白　开拓新境界

Inheritance, Improvement and Transcendence over Refined and Popular Tastes
——A Review of *The Traces of Tradition: The Modern Inheritance of Classical Chapter Novels* by Zhang Lei

Abstract: Clarifying the inheritance relationship between modern popular novels and tradition is not only crucial for the value positioning of popular literature but also an important part of constructing a modern literary history that transcends the binary existence of refined and popular tastes and embraces diversity. In *The Traces of Tradition: The Modern Inheritance of Classical Chapter Novels*, Zhang Lei meticulously explores how modern popular novels creatively inherit and develop the great tradition of classical novels such as *The Dream of the Red*

---

* 黄诚，男，扬州大学文学院副教授。主要研究方向：中国现当代通俗文学史、现代文学史料学。

Chamber and *Water Margin*, filling the gap in the research on inheritance relationship between modern popular novels and ancient novels, based on which she carries forward the academic lineage with a grand vision that transcends the binary existence of refined and popular tastes, using "tradition" as the starting point to make valuable explorations into constructing a diverse and coexistent modern literary history. From examining the traditional trails of modern popular novels to exploring the path of writing a modern literary history that soars with both refined and popular tastes, *The Traces of Tradition: The Modern Inheritance of Classical Chapter Novels* opens up new realms in the study of popular literature and represents an important achievement in recent years' research on modern literary history.

Keywords: inheritance and improvement; transcending refined and popular tastes; filling gaps; opening up new realms

一、填补"继承改良"派的源流研究空白

20 世纪 80 年代以来，范伯群先生开辟了中国现代通俗文学研究领域，经过长期努力，不仅"为一批现代文学时段的通俗文学作家摘去具有'鸳鸯蝴蝶派'贬义的帽子，戴上'市民大众文学'的桂冠"[1]，还找回了中国现代文学史的另一只翅膀，通俗文学也逐步成为中国现代文学研究最为活跃的领域之一。囿于主客观原因，"通俗文学研究领域仍有一些盲点、一些空白"，除作家作品研究还有待进一步发掘外，"对通俗文学的脉络与规律，还研究得很不够"[2]。其实，以《中国近现代通俗文学史》《中国现代通俗文学史（插图本）》为代表的现代通俗文学史专著往往以不同的体例对通俗文学的脉络与规律做多角度的深入研究，而在对通俗文学的源流传承做系统性的探寻方面就"研究得很不够"甚至是"空白"。范伯群先生在将现代通俗文学与知识精英文学作比照的基础上，指出通俗文学的源流传承侧重于对传统小说的"继承改良"，"主要继承中国古典小说中志怪、话本、讲史、神魔、人情、讽刺、狭邪、侠义等小说门类，随着时代的进展而加以改良和发展，并进行新的探索与开拓"[3]。此论断不仅从宏观上精准地把握了通俗文学在源流传承上与知识精英文学侧重"借鉴革新"

1 范伯群：《中国市民大众文学百年回眸》，南京：江苏凤凰教育出版社，2014 年，第 1 页。

2 黄修己、刘卫国：《中国现代文学研究史（下）》，广州：广东人民出版社，2008 年，第 813 页。

3 范伯群：《中国现代通俗文学史（插图本）》，北京：北京大学出版社，2007 年，第 1—2 页。

不同的特点，还为这一研究领域指明了方向，也为研究现代通俗小说如何"继承"古典小说传统，又怎样在西学东渐的语境下创造性"改良"传统从而生成其现代性等相关问题留下了空间。张蕾教授的《传统的踪迹：古典章回小说的现代承继》正是针对"这一学术界存而不论的问题进行专门研究，着重探讨古典章回小说与现代通俗小说之间的关系，在传统与现代、承继与变革、影响与焦虑之间，做出细察与剖析"[1]，为中国现代通俗小说寻根溯源，填补现代通俗文学研究在源流传承上的空白。

《传统的踪迹：古典章回小说的现代承继》第一至八章细察与剖析了现代通俗小说诸类型，如历史、武侠、神魔、世情、言情等，在文体形式、叙事语法、故事选材、情感思想等方面对《三国演义》《水浒传》《西游记》《金瓶梅》《儒林外史》《红楼梦》《花月痕》《儿女英雄传》八部"第一流小说"的"继承改良"。"第一流小说"代表着中国小说的伟大传统，在伟大传统的脉络中烛照现代通俗小说家的创作，可以发现其独特价值，进而为建立独立的中国现代通俗文学研究体系提供维度。与鲁迅、茅盾等知识精英作家的立场不同，现代通俗文学作家不仅接受过传统小说的教育，还自觉认同并服膺古典小说传统，因此他们在创作中时时与传统同频共振，处处取法传统，借鉴"演义"写历史小说，

重写《水浒传》，仿作《红楼梦》，借《儒林外史》《西游记》等小说中的人物或事件发表议论等，其创作处处体现出传统的强大背景与影响。传统的影响春风化雨、润物无声，现代通俗小说家受其影响是自觉内化，并非被动接受，更不是亦步亦趋地模仿，而是在接受与抗拒之间饱受心理与精神折磨，展现出传统影响与承继的幽微复杂性。张蕾借鉴了布鲁姆的理论，将这种接受与抗拒的复杂性定义为"掺杂着防御机制的文学之爱"，"这里的防御机制在每个诗人身上都有不同的体现，但爱仍然占了绝对优势"。[2] 因"爱"而继承，因"防御机制"而寻求改良，正是在继承和改良中，八部古典章回小说在现代语境下或被仿写重作，或被"翻新""拟旧"，或借体还魂，或变相重生，以各种方式传承新变。

在张蕾笔下，现代通俗小说正是通过通俗作家怀揣着的对传统"掺杂着防御机制的文学之爱"，找到自己的位置与价值。《三国演义》的"演义"传统在《历朝通俗演义》《痛史》《洪秀全演义》《孽海花》中随着历史观念和叙事方法的变更而逐步演化为历史小说。这些历史小说虽然在艺术价值上达不到《三国演义》的高度，在影响力上也不如《三国演义》，但如果放在中国历史小说的古今演化中看，其推动"演义"向历史小说文体演进的功绩不可磨灭。"翻新"《水浒传》的小说如张恨水《水

---

1 张蕾：《传统的踪迹：古典章回小说的现代承继》，北京：北京大学出版社，2024年，第2页。

2 张蕾：《传统的踪迹：古典章回小说的现代承继》，北京：北京大学出版社，2024年，第21—22页。

浒别传》《水浒新传》等，从主题上延续了《水浒传》"英雄传奇"的传统，符合当时救亡图存的时代主题，获得了社会政治价值。姚民哀的"连环格局"结构、赵焕亭的"珠花式"结构，以及《近代侠义英雄传》的"英雄何处不相逢"结构都是对《水浒传》结构的继承与开拓创新，对武侠小说文体的现代发展作出了可贵的探索。张恨水的《八十一梦》、耿小的《云山雾沼》和《新云山雾沼》沿用晚清的"翻新""拟旧"思路，延续了《西游记》的讽刺警世传统；《江湖奇侠传》《蜀山剑侠传》则在继承《西游记》传统的基础上完成了神魔与武侠小说的现代演变；《老残游记》等谴责小说继承《西游记》游记传统"揭发伏藏"，显其"风俗"；张恨水的《燕归来》则将《西游记》中虚构的山水变成"活物"，使山水"成了小说故事意义的结构性部分"[1]，生成其现代性。在与《西游记》价值传统的相互阐发中，它们获得了文学史价值。此外，《广陵潮》《金粉世家》在晚清民国人情小说、社会小说、家族小说中的经典地位于《红楼梦》的伟大传统中得以进一步确证；鸳鸯蝴蝶派的现代抒情传统意义因《花月痕》得以彰显；武侠小说文体流变的现代性在《儿女英雄传》儿女、英雄的辩证里凸显。在这些具体而微的论述中，传统如何通过现代通俗作家的承继，以何种面目"活"在现代通俗小说中，就不再

是"不证自明"或"存而不论"的，而是本正源清、目张纲举的，现代通俗小说创造性继承中国古代小说传统的"继承改良派"地位也就言之凿凿，它实现中国古典小说现代转型的价值也就确可信据了。

二、开拓超越雅俗的文学史书写新境界

范伯群先生在《中国现代通俗文学史（插图本）》"绪论"中开宗明义地指出研究通俗文学的最终目的："我们首先有必要为中国现代通俗文学史建立独立的研究体系，将它作为一个独立自足的体系进行全面的研究，在此基础上再将它整合到中国现代文学史的'大家庭'中去……只有在对它作了全面的摸底、盘查，再进行科学的审视与研究后，它的地位与价值才能真正地浮出水面，然后再进行另一道新的工序——探讨如何将它整合到中国现代文学史中去，它的'定位'也许会更精确些。"[2] 范先生心中理想的中国现代文学史图景，是在通俗文学史研究体系独立并凸显其地位价值的基础上，最终实现通俗文学史向整个中国现代文学史的"回归"，建立一个"雅俗双翼展翅"的中国现代文学史。[3] 写一部超越雅俗、多元共生的中国现代文学史不仅是范伯群先生的理想，

---

1 张蕾：《传统的踪迹：古典章回小说的现代承继》，北京：北京大学出版社，2024年，第157页。

2 范伯群：《中国现代通俗文学史（插图本）》，北京：北京大学出版社，2007年，第1页。

3 范伯群：《填平雅俗鸿沟——范伯群学术论著自选集》，南京：江苏教育出版社，2013年，第697页。

还是现代文学界的共同追求，也是一个有待大家共同努力的方向。黄修己、刘卫国主编的《中国现代文学研究史》曾言："如何写一部新文学与通俗文学对峙与流变的大文学史，就是一个有待完成的任务。现有的文学史写作，新文学与通俗文学仍是割裂的，独立的新文学史和独立的通俗文学史都只是半部文学史，即使是将新文学与通俗文学糅合在一起，整个文学史的框架用的仍然是新文学的框架……通俗文学有自己独特的分期，但有的文学史著把通俗文学强行纳入三个十年的框架，这完全是削足适履。"[1] 张蕾的整个求学过程都得到了范伯群先生的指导，她深受范先生超越雅俗、多元共生文学史观的影响。在北大求学期间，张蕾又得北大兼融雅俗、超越雅俗的学风真传，如严家炎、陈平原、孔庆东等先生都是兼治雅俗文学的。张蕾以能超越雅俗的"故事集缀型"章回小说作为研究对象，以超越雅俗的学术格局与视野研究章回小说，可以看作是她对其学术渊源的承继。

张蕾从章回小说中的故事集缀型小说出发，讨论章回小说现代蜕变中的雅俗互动，揭示故事集缀型小说中群体叙事摆脱了个体与国家叙事带来的局限性的现象，从而使章回小说的讨论超越文学史的雅俗分野，得到学界赞许。陈艳在《评张蕾〈"故事集缀型"章回体小说研究〉》中称赞其"超出现有的通俗

小说研究，不失为一次'超越雅俗'的精彩实践"[2]。此后，张蕾继续将此课题拓展深入，完成《章回体小说的现代历程》一书，对现代章回小说的生命形态作了细致深入的呈现，在中西、新旧章回小说辩证中探讨新旧中西的融合发展，一以贯之地展现出超越雅俗的学术格局。如果说前两本书是在现代章回体小说范畴内探索雅俗融合的话，那么，在《传统的踪迹》中，张蕾则沟通古今，通过讨论章回体小说的源流传承，为建构雅俗融合的文学史夯基探路。她在"导论"中梳理了从周作人以来的新文学与传统文学关系的相关研究，特别是与其有师承关系的王瑶、方锡德先生的研究成果。尤其是方锡德教授，他是张蕾教授博士期间的导师，也是研究现代小说与传统文学之间关系的大家，其《中国现代小说与文学传统》《文学革命与文学传统》是此领域的代表性研究成果。张蕾在《传统的踪迹：古典章回小说的承继》中讨论章回小说与传统小说的关系，将现代小说从知识精英文学拓展到章回小说，又将传统聚焦到现代通俗小说的主要影响源——古典章回小说，这可以看作是张蕾对北大师长关于"中国现代小说与文学传统"研究传统的承继、拓展与深化。

扎扎实实地厘清通俗小说与古典小说传统的关系，不仅可以更加全面地把握传统与现代小说的关系，还可以尝试

---

1 黄修己、刘卫国：《中国现代文学研究史（下）》，广州：广东人民出版社，2008 年，第 813 页。

2 陈艳：《评张蕾〈"故事集缀型"章回体小说研究〉》，《中国现代文学研究丛刊》2014 年第 4 期，第 209 页。

将"传统"视角纳入到雅俗比翼展翅的中国现代文学史建构中去。张蕾在《传统的踪迹：古典章回小说的现代承继》中做了相关尝试。在第七章中，她通过绵密细致的文本细读，从多个层面阐明了鸳鸯蝴蝶派小说《玉梨魂》《昙花影》对《花月痕》传统的"继承改良"，指出鸳鸯蝴蝶派开创了民初的"哀情"时代，创作了一批如何梦霞、吴英仲等韦痴珠式形象的正统继承者，补上了从晚清到"五四"中国现代抒情传统发展脉络的重要一节，从而在言情小说的传承与发展脉络中将鸳鸯蝴蝶派与"五四"爱情小说有机地糅合在一起。第六章讨论故事集缀型通俗小说能否被纳入现实主义小说的问题。她认为，《儒林外史》及谴责小说、黑幕小说等清末民初小说所具有的故事集缀型特征，既能"追溯小说创生期的姿态"——街谈巷议，又可以"把长篇通俗的整体构造形态拆散开来，通过集缀多个故事的方式，为通俗小说注入现代色彩"；同时，"拼贴、琐碎、日常……这些现代性的议题同样发生在故事集缀型小说身上，而被拼贴起来的故事又具有统一的意向，统一于现代的理性原则，显示出了现代性的力量"。[1] 她又援引王德威所论谴责小说的"丑怪的现实主义""中国牌的荒诞现实主义"，指出，如果打破"五四"文学家关于现实主义的"观点局限"，以"宽容态度来思考现代小说内在的相通

气质"[2]，将"丑怪的现实主义"纳入现实主义范畴，不但能拓宽现实主义源流与概念，而且能够从现实主义的多元性把握雅俗文学之间多元互补的关系。"结语"中，张蕾教授又以《红楼梦》对巴金《家》、路翎《财主底儿女们》、老舍《四世同堂》的影响，《儒林外史》对鲁迅《阿Q正传》等小说的影响为例，将"传统的踪迹"转入新文学与古典章回小说的关系之中。

结合正文八章的内容不难看出，"传统的踪迹"可以作为雅俗融合、多元共生的现代文学史的重要维度。因而，张蕾教授的《传统的踪迹：古典章回小说的现代承继》不仅与新文学的相关研究一起为"传统的踪迹"基础上的雅俗融合打下了坚实的基础，还从鸳鸯蝴蝶派的抒情传统、故事集缀型章回体小说的写实主义及《红楼梦》在雅俗文学中的影响等方面散点透视地为超越雅俗、多元共生的现代文学史写作探路，对超越雅俗的中国现代文学史整体研究具有范型意义。

结语

《传统的踪迹：古典章回小说的现代承继》在细察、剖析文本与史料的基础上，运用利维斯（F. R. Leavis）、艾略特（T. S. Eliot）、布鲁姆（H. Bloom）等人的理论，以"史"的视野与超越雅俗的学术格局，

---

[1] 张蕾：《传统的踪迹：古典章回小说的现代承继》，北京：北京大学出版社，2024 年 5 月，第 242 页。

[2] 张蕾：《传统的踪迹：古典章回小说的现代承继》，北京：北京大学出版社，2024 年 5 月，第 244 页。

讨论古典小说传统与现代通俗小说的对接转化与继承发展，填补了作为"继承改良派"的现代通俗小说在源流传承研究上的空白，为建立独立的现代通俗文学史研究体系提供传统视角，向超越雅俗、多元共生的现代文学史建构迈出了重要一步，是近年来通俗文学研究的标志性成果之一，开拓了通俗文学研究的新境界。

（特约编辑：张执遥）

从今文学到新文学："现代"中国叙事的起点

——评朱军《晚清文学儒家乌托邦叙事研究》

张建锋 *

内容提要：晚清至"五四"是中国文学由传统向现代转型的时期。受维新和革命风潮的正向推动，由经学而文学的儒家乌托邦想象构成早期新文学最显豁的特质，"今文学—新文学"成为这一时期文学范式转换的主轴。朱军的《晚清文学儒家乌托邦叙事研究》通过对上述文学传统所具的"万物一体之仁"的探觅，试图复归一个具有未来指向性的"大同世界"。需特别强调的是，著者并非纯然以学者立场和视野来检视晚清至"五四"的乌托邦叙事作品，而是以思想家的视野来检视文明传统，故论著不失为建构兼具中国性与世界性话语的尝试。

关键词：过渡时代 今文学—新文学 晚清文学 儒家乌托邦

From New Text School to New Literature: The Starting Point of Chinese "Modern" Narratives——A Review of *Confucian Utopia in the Literature of Late Qing Dynasty* by Zhu Jun

Abstract: The period ranging from late Qing Dynasty to May Fourth period witnessed the transformation of Chinese literature from the traditional to the modern. Driven by the positive trends of reform and revolution, the Confucian utopian imagination evolving from Confucian studies to literature formed the most salient feature of early modern literature, and "New Text School to New Literature" emerged as the main axis of literary paradigm transformation during this era. Zhu Jun's *Confucian Utopia in the Literature of Late Qing Dynasty* endeavors to restore the future-oriented "Great Harmony" by exploring the unique "benevolence of the unity of all

---

* 张建锋，男，上海师范大学旅游学院讲师。主要研究方向：比较诗学、中外文化关系等。

things" in the literary tradition mentioned above. Special attention should be paid to the fact that the author does not examine the utopian narrative works from late Qing Dynasty to May Fourth period from a purely scholarly standpoint and perspective, but also from the perspective of a thinker to examine the civilizational tradition, therefore making this monograph a constructive attempt to build a discourse with both Chinese characteristics and global significance.

Keywords: transitional era; New Text School to New Literature; late Qing literature; Confucian utopia

晚清社会作为中国近代激烈动荡的焦点，相较于其前洋务派所主持的褊狭器物变革，以及其后新文化运动所主导的文化变革，因其更内在的思想变革与更基本的制度变革而坚实地构成中国现代性的真正逻辑起点。本已出现裂痕的中国传统文化内核儒家思想和制度基础君主专制在这一时期加速衰变，并在短暂时段内轰然倒塌，身处其中的梁启超先生遂以"过渡时代"来概括晚清社会。[1] 在这一历史进程中，晚清公羊学者在西方科学与制度的冲击下，以《礼记·礼运篇》的大同学说为资源，构筑儒家乌托邦想象，其引领作用是根本性的。而受维新和革命风潮的正向推动，由经学而文学的儒家乌托邦想象亦构成了早期新文学最显豁的特质，"今文学—新文学"成为这一时期文学范式转换的主轴。朱军的新著《晚清文学儒家乌托邦叙事

研究》正由此入手，为我们揭开久被遮蔽的现代文学源发期的神秘面纱。

一、历史的共谋：
乌托邦、今文学和新小说

张灏断言，中国现代政治思想的共同底色是乌托邦主义。《转型时代中国乌托邦主义的兴起》指出："乌托邦意识在中国现代知识分子之间是相当的普遍，它在 20 世纪中国主要思想流派中亦有重要地位。"[2] 依据张灏的理解，现代中国的乌托邦主义是"中西思想化合"的结果：一方面，以儒释道三教为主的"中国精英文化的主要思想传统都有乌托邦主义倾向"[3]，这构成现代中国知识分子接受来自西方乌托邦主义的重要前见；另一方面，西方启蒙运动以来激进的理

---

1 任公（梁启超）：《过渡时代论》，《清议报》1901 年第 83 期，第 1—4 页。

2 张灏：《幽暗意识与民主传统》，北京：新星出版社，2010 年，第 270 页。

3 张灏：《幽暗意识与民主传统》，北京：新星出版社，2010 年，第 273 页。

性主义和浪漫主义催生的"对人的可完美性与社会不断进步的乌托邦信念"[1]，深刻地影响了现代中国的知识分子。

"中国乌托邦主义"研究涵盖晚清至五四时期中国思想界的各大流派，如无政府主义、自由主义、共和主义、马克思主义等，看似笼统，实则深刻。关于中国思想中乌托邦主义的历史源头，受西方学者艾森施塔特（S. N. Eisenstadt）、史华慈（B. I. Schwartz）等所谓的"超越的时代"影响，张灏认为可追溯到轴心时代的精神突破，后者由德国哲学家雅斯贝尔斯（K. T. Jaspers）最早提出。随着王汎森、萧公权、史华慈、墨子刻（T. A. Metzger）、李泽厚、金观涛、佐藤慎一、沟口雄三等众多学者不断地寻绎推进，相关研究蔚为可观。

晚清乌托邦想象与清中叶后的公羊学新变有着深刻的内在联结。鸦片战争前夕，中国社会内部的危机意识已被触发，以龚自珍、魏源为代表的具有经世致用思想的儒家知识分子就已经开始有意识地援引公羊学者论著批判清王朝时政，锋芒所指已触及专制制度本身。梁启超在《清代学术概论》中指出："段玉裁外孙龚自珍，既受训诂学于段，而好今文，说经宗庄、刘……往往引《公羊》义讥切时政，诋排专制……"[2]又说："今文学之健者，必推龚、魏。龚、魏之时，清政既渐陵夷衰微矣，举国方沈

酣太平，而彼辈若不胜其忧危，恒相与指天画地，规天下之计。"[3]龚自珍所宗的庄存与是清中叶今文经学大家，其经学研究刊落训诂名物制度，专意寻求微言大义，与有清一代主张考据的戴震、段玉裁等所取路径迥异，其《春秋正辞》更是今文经学的代表性论著；刘逢禄继庄存与崛起，著《春秋公羊经何氏释例》，其因将何休所持论的"通三统""绌周王鲁""受命改制"等义逐一发明，而被梁启超赞以"有条贯，有断制"，其作被誉为"在清人著述中，实最有价值之创作"。[4]以上二人开清代今文经学研究端绪，并为后来者龚自珍、魏源所取法。作为清中叶与晚清今文学之间的枢轴人物，龚自珍、魏源遗风又被清末的康有为、梁启超、谭嗣同等晚清今文学中坚自觉追随，并最终形成以康有为《大同书》、谭嗣同《仁学》为代表的儒家乌托邦构想。

维新变法的失败虽然宣告今文经学者所构造的儒家政治乌托邦的破产，然而余波所及，儒家乌托邦在政治之外却另辟天地，这即是由梁启超大肆鼓吹的"小说界革命"与有着鲜明国族观念和文化立场的乌托邦叙事小说。得益于清末报章业、出版业的发达和专业作家群体的涌现，清末乌托邦叙事小说创作在短时期内就出现了繁盛的局面。据统计，清末出现的各种乌托邦性质的小说有近

---

1 张灏：《幽暗意识与民主传统》，北京：新星出版社，2010年，第275页。

2 梁启超：《清代学术概论》，上海：上海古籍出版社，2019年，第122页。

3 梁启超：《清代学术概论》，上海：上海古籍出版社，2019年，第124页。

4 梁启超：《清代学术概论》，上海：上海古籍出版社，2019年，第122页。

90 部，这些乌托邦小说以对"中国前途"的想象和讨论为中心，与科学革命、政治革命相互促进，内容涉及无政府主义、女性解放、男女平权、华夷之辩、大同理想等，儒家底色浓厚。

晚清今文学的复兴有其内在学理逻辑。如朱军所言，今文学本质上是一种内外交困下的危机意识产物，是在中国本土传统话语面对外来思想和文化入侵时，儒家知识分子的一次思想与文化重建。这次重建虽因充斥着浓厚的乌托邦思想意识而在理论上显得荒谬，且未能经受住历史的检验，但其本身所起到的反专制性与引领性作用却是不言而喻的，因而具有进步意义。至于由今文学者的乌托邦想象所引发的"新小说"风潮中大量存在的乌托邦叙事，在今天看来同样显得荒谬和不合情理，但站在中西古今之变的特定立场来审视，它起到了否定旧思想、旧文化的作用，并推动了新思想和新文化的再造，因而其进步性同样值得肯定。

质而言之，乌托邦、今文学、新小说具有同质性和一体性，它们形成一种历史共谋，并指向未来。朱军勾连"今文学"运动与中国近代乌托邦文学思潮的内在联系，并在中西古今之变中深入铨梳，进而探寻中国知识分子构建理想文明政治体制的独特意义，更以之为切入点来观照经学向文学的转型以及中国文学现代性的生成，眼光堪称精审独到，问题意识鲜明。

二、综合考辨，发新柠于旧识之中

《晚清儒家乌托邦叙事研究》在接续本土现当代文学研究传统的同时，注意借鉴海外现当代文学研究者的异域新声，从而在综合考辨中呈现出体大虑周、求证谨密、新见迭出的特点。

晚清文学由于其新旧过渡的性质，素来是现当代文学研究的重镇。钱基博较早给予了康有为和梁启超高度评价，认为他们是"政治学术之剧变"的前驱、"文章之革新"的开启者[1]；阿英注意到了晚清儒家乌托邦书写，并对一些作品给出了恰如其分的评价[2]；在当代研究者中，任访秋秉承"从中国发现历史"的思路，提出近代文学的开山人物上宗公羊[3]。相较而言，海外学者则更为关注晚清乌托邦叙事，王德威在《被压抑的现代性——晚清小说新论》中所做的"乌托邦式的科学幻想，可把一个失败的国族空间投置在乌有乡中，重新建构其合法与合理性"的定性，亦足称不刊之论。[4] 王德威除对晚清小说中的女性乌托邦主义、无政府乌托邦主义、恶托邦等专题进行论述外，还给予具体作品如《新石头记》《新中国未来记》《月球殖民地

---

1 钱基博：《现代中国文学史》，上海：上海古籍出版社，2011 年，第 237 页。

2 阿英：《晚清小说史》，南京：江苏凤凰文艺出版社，2017 年，第 101—156 页。见"立宪运动两面观""种族革命运动""妇女解放问题"三部分的相关论述。

3 任访秋：《中国新文学渊源》，郑州：河南人民出版社，1986 年，第 103—104 页。

4 王德威：《被压抑的现代性——晚清小说新论》，宋伟杰译，北京：北京大学出版社，2005 年，第 309 页。

小说》《新纪元》《新法螺先生谭》《女娲石》《女狱花》等充分重视。[1] 韩南（P. Hanan）肯定了《新石头记》的思想价值和艺术表现，以及吴趼人先于鲁迅的实验精神，并认为基于传统儒家道德和西方先进科学的中国乌托邦是一个超越西方世界的存在，它隐含着对于西方现代文明的深刻反省。[2] 海外学者中的另一重要代表人物夏志清的研究，也重在揭示晚清乌托邦想象与儒家思想的关系。[3]

陈平原肯定了新小说作为 20 世纪中国小说起点的性质，并认为新小说家的创作实验对"如何克服'中化'或者'西化'的简单化倾向，通过'转化'传统而不是'认同'或者'决裂'传统来实现小说艺术的革新和发展"这一 20 世纪文学史最重要命题，有着自觉和重要的贡献。[4] 杨联芬对政治小说、理想小说和科学小说作了比较详尽的论述，揭示了乌托邦精神在晚清新小说中的传承，如其论述清末的科学小说"'科学'的成分有限，而又没有展开'幻想'的翅膀；它们的想象，都胶着在现实的焦虑中，

带着浓厚的政治乌托邦色彩"。[5] 作为目前最为系统性的研究晚清至 20 世纪 40 年代乌托邦文学的专著，耿传明《来自"别一世界"的启示——现代中国文学中的乌托邦与乌托邦心态》精辟地指出：

走出传统、斩断传统以求得涅槃新生，成为时代先觉者的强烈心声，在这种时代氛围之下，乌托邦文学的兴盛也就不难理解了，它成为先觉者弃绝、不满于传统和当下的政治现实的精神寄托、批判利器，旧世界愈腐败、愈不可救药，这种对新世界的向往便愈强烈、愈难以抑制。[6]

李青果独辟蹊径，从近代中国的学术转型入手揭示近代文学的中国想象，指出作家在今文经学影响下，以经世致用文学观为导向，主动担负起了再造新国的使命。[7] 周黎燕将晚清至民国的文学乌托邦予以类型区分，以政治乌托邦、乡土乌托邦和革命乌托邦进行归纳。[8]

基于上述研究，朱军全面、系统、辩证地探究了晚清乌托邦思潮于文学的生成、发展及其影响，总结了其时代特征、叙事结构、美学结构和历史贡献，

1 王德威：《被压抑的现代性——晚清小说新论》，宋伟杰译，北京：北京大学出版社，2005 年，第 186—192、309—354 页。

2 韩南：《中国近代小说的兴起》，徐侠译，上海：上海教育出版社，2010 年，第 149、163—164 页。

3 夏志清：《〈老残游记〉新论》，载《文学的前途》，北京：生活·读书·新知三联书店，2002，第 53—85 页；夏志清：《文人小说家与中国文化——〈镜花缘〉新论》，载《人的文学》，福州：福建教育出版社，2010 年，第 25—61 页。

4 陈平原：《中国现代小说的起点——清末民初小说研究》，北京：北京大学出版社，2005 年，第 23 页。

5 杨联芬：《晚清至五四：中国文学现代性的发生》，北京：北京大学出版社，2003 年，第 67 页。

6 耿传明：《来自"别一世界"的启示——现代中国文学中的乌托邦和乌托邦心态》，天津：南开大学出版社，2014 年，第 2 页。

7 李青果：《学术变迁与近代文学的中国想象》，广州：中山大学出版社，2013 年，第 4 页。

8 周黎燕：《"乌有"之义：民国时期的乌托邦想象》，杭州：浙江大学出版社，2012 年。

规制宏大、条理井然，专题研究、类型研究和个案研究弥合互补，首尾贯穿中体系自成。除了严整的视野，其著在材料上也做出重要拓展。一方面，在前人基础上清列出近 90 部全篇以乌托邦为主题的小说，这超出了前人的研究范围；另一方面，诸如《诗经》《庄子》《列子》《桃花源记》《短歌行》等中国古代经典中的相关乌托邦元素都受到征用。朱军通过论列分析这些材料，不仅开掘出一个本土的乌托邦谱系，还构筑起一个含纳革命乌托邦、无政府主义乌托邦、女子乌托邦、科学乌托邦、文学乌托邦在内的体系化乌托邦论述。

值得重视的是，王德威的"被压抑的现代性"历来为学者所称道，但作者却通过纵横深入的考辨阐发指出，在晚清乌托邦文本的"被压抑的现代性"之外，还存在着一种"互诤的现代性"，而之所以是"互诤的"，是因为其中蕴含着一种源自本土文化的自发超越。[1]

三、回望与前瞻：
从"中国"到"世界"

《晚清儒家乌托邦叙事研究》在指出东方乌托邦是文学传统的复兴和发明之余，还基于新的阐释框架重估了清末乌托邦思想的价值意义。

尽管中国古代有着诸如华胥国和桃花源这样的乌托邦资源，然而中国的乌托邦并非西方意义上的 Utopia。晚清转型时代，传统被重估，今文公羊经学复兴的同时也在重新被发明。从"革命"到"中国""小说""文学"，乃至"儒学"本身，都是被重新发明的产物，而伴随着 20 世纪种种乌托邦运动的勃兴，乌托邦话语不断地在被重新阐释的过程中被重新发明。朱军就此指出："晚清乌托邦思想和小说的生成是儒家价值世俗化的内部要求，也是西方科学天理观外在推动的结果。从龚自珍到魏源、王闿运，直到廖平和康有为，从重拾'张三世'到创构了一个超越性的乌托邦理想，这一理想之中沉淀着公羊学者集数千年苦思冥想之力凝集而成的瑰宝。通过公羊学家的改制努力，传统知识人的道德理想主义和现代知识分子的实学精神有效地统合在了一起，主张革命者与主张保守者在新的乌托邦想象中都找到了投射，一个通向现代性的具有内在活力的文化运动即将展开。"[2] 在朱军看来，正是在乌托邦话语的转化中，传统文人的时代终结了，现代性的时间开启了。

论著并没有轻易否定晚清文学乌托邦的虚幻性质，而是在一种新的阐释框架下赋予其一种积极内涵。"1895 年到 20 世纪 20 年代，是中国思想文化与政治制度开始从传统过渡到现代的'转型时代'，此一时期也是前所未有的乌托邦思想和文学勃兴的时期。就小说而言，以《新中国未来记》为代表的乌托邦小

1 朱军：《晚清文学儒家乌托邦叙事研究》，北京：中国社会科学出版社，2023 年，第 86 页。

2 朱军：《晚清文学儒家乌托邦叙事研究》，北京：中国社会科学出版社，2023 年，第 73 页。

说是梁启超等发起的'小说界革命'的
开端，也是现代'新小说'的开篇。从
更为宏观的层面看，19 世纪末 20 世纪初
中国知识分子的乌托邦想象，是现代意
义上家国建构的起点，也是 20 世纪至今
各种乌托邦运动的开端。这是现代意义
上'新中国'想象的源头，理解 20 世纪
'中国梦'的独特内涵需从此开始。"[1]
著者以贯通古今的历史视野，将晚清知
识分子的乌托邦想象视为现代意义上的
家国建构的起点以及 20 世纪至今的各种
乌托邦运动的开端，并通过将其标举为
现代意义上"新中国"想象的源头以及
理解 20 世纪"中国梦"的起点，赋予乌
托邦叙事焕然一新的时代价值。

《晚清儒家乌托邦叙事研究》潜藏
着一种对现代以来久已失落的文化理想
的追寻和肯定。"后记"写道："本书
是在我博士学位论文基础上增补修改而
成，还记得论文完成前夕，地摊上偶然
买到一本李泽厚旧作《世纪新梦》，回
到宿舍便写完了论文的结语。嗣后了解
到李泽厚先生正是从《大同书》的研究
起步。也许是一种隐秘的呼应，激发我
沿着康、梁所开拓的'今文学—新文学'
的演进思路，讨论乌托邦文学思潮在近
现代中国的不同面貌，体会儒家思想在
时代激流下的诸种困顿与新变。这一乌
托邦不仅仅是指向未来的'新中国'，
它同样是保守的、复古的，正如梁启超
将'以复古为解放'作为清学伟大的传统。

这种复古与解放的双重措置普遍存在于
新旧交替的知识分子之中。"[2]"偶然"
也许是一种"必然"，康有为于一个世
纪前创构的"大同理想"与李泽厚在百
年后重新萌发的"世纪新梦"，形成了
跨越时空的对话，而著者对于二者之间
的"隐秘呼应"，似乎不仅展露出一位
新世纪学人站在新的历史转折点上对于
一个伟大传统的回望，还表现出对于这
一伟大传统未来前景的瞻望。

论著对于中国文化主体性的深刻认
同，是一种对"以中国作为方法"的自
觉尝试。大同乌托邦没有被简单看作康
有为个人的空想，如沟口雄三在《中国
前近代思想的屈折和展开》中就感叹："中
国的近代是其独特的共和革命、人民革
命，中国的近代思想要从共同体式的、
例如万物一体之仁——大同思想的潮流
中分析提取出来。而且，天、理、自然、
公就是那些共同体式的思想的体现，在
思想史上，亚洲的一个近代的历史性或
曰主体性本质也理当能够通过这些研究，
得到探索并确定。"[3]如朱军所言："对
于近代中国来说，沟口雄山所言'以中
国作为方法，就是以世界作为目的'似
乎更为贴切。中国共同体式的近代在历
史中徐徐展开，而大同乌托邦的初衷和
理想并非在于改革自身，而是立志改变
世界（天下）。如果说有什么不同的话，
那么便是随着西方政治和'乌托邦'概

1 朱军：《晚清文学儒家乌托邦叙事研究》，北京：中国社会科学出版社，2023 年，第 1 页。

2 朱军：《晚清文学儒家乌托邦叙事研究》，北京：中国社会科学出版社，2023 年，第 439 页。

3 沟口雄三：《中国前近代思想的屈折与展开》，龚颖译，北京：生活·读书·新知三联书店，2011 年，第 102 页。

念在晚清传入，中国人所信仰的'三代之治'的滑落和突变，促进了神圣性的旧宗教转向了人文性的新文化。尽管政治和科学的自信在晚清蒙上了阴影，但是积累了数千年的思想野心并未有所削减，反而更像先抑后扬的枝条一样迸发出超越的勇气。今人看来充满痴心与妄想，但却是一代知识人光荣的失败⋯⋯甚至可以说，'世界'反过来成了'中国'的构成因素，即通过'中国'这一独特的世界，来观察欧洲，批判过往的'世界'。"[1]

如上思考兼具主体性和时代性，论著孜孜以求的是一种极具召唤性质的超越建构，即通过探觅一个伟大文学传统所独具的"万物一体之仁"，复归一个具有未来指向性的"大同世界"。这是轴心时代的中国儒家思想群体的集体贡献，却又被清末今文经学思想家再发明，并为清末的新小说所着力揄扬，同时又为今日之世界所企盼。就此而论，作者并非以纯然的学者立场和视野来检视晚清至"五四"的乌托邦叙事作品，而是以思想家的视野来检视文明传统的。重估意味着发明，无论从何种视角看，朱军所著都不失为建构有中国性，亦具有世界性的话语的尝试。

（特约编辑：张执遥）

---

1 朱军：《晚清文学儒家乌托邦叙事研究》，北京：中国社会科学出版社，2023年，第441页。

图书在版编目（CIP）数据

小说研究. 第二辑，书海摆渡 / 朱振武主编.

上海 : 上海文艺出版社，2025. -- ISBN 978-7-5321
-9263-2

Ⅰ. Ⅰ106.4

中国国家版本馆CIP数据核字第2025V41X71号

策 划 人：杨　婷
责任编辑：汤思怡　韩静雯
封面设计：观止堂_未氓
排版制作：观止堂_未氓

书　　名：小说研究. 第二辑，书海摆渡
主　　编：朱振武
出　　版：上海世纪出版集团　上海文艺出版社
地　　址：上海市闵行区号景路159弄A座2楼 201101
发　　行：上海文艺出版社发行中心
　　　　　上海市闵行区号景路159弄A座2楼206室 201101 www.ewen.co
印　　刷：启东市人民印刷有限公司
开　　本：787×1092 1/16
印　　张：12.5
字　　数：261,000
印　　次：2025年3月第1版 2025年3月第1次印刷
Ｉ Ｓ Ｂ Ｎ：978-7-5321-9263-2/I.7265
定　　价：68.00元
告 读 者：如发现本书有质量问题请与印刷厂质量科联系　T: 0513-83349365